Mushuc
Pablo Medel

Pablo Medel

MUSHUC

katakana
editores

Mushuc
Primera edición 2024
© Pablo Medel
© D.R. de esta edición katakana editores 2024

Editor: Omar Villasana
Diseño y maquetación: Elisa Orozco
Imagen de portada: Karla Cuéllar

ISBN: 979-8-9865284-6-5

katakana editores corp.
Weston FL 33331
✉ katakanaeditores@gmail.com

A mi madre

*Lo que se hacía hace mucho tiempo
y ya no se hace, otra vez se hará.*

1

La luz del atardecer todavía calentaba la plaza y los últimos vientos de enero no parecían tener muchas ganas de soplar. Aún faltaba para que el reloj marcara las seis, pero ya estaban ocupadas las sillas de plástico que habían colocado frente a la entrada del Cabildo. Tras los soportales del Parque Central, la banda municipal tomó posiciones entre las columnas coloridas de madera; estaba montado el nuevo escenario alrededor de la gran marimba que ocupaba toda la atención.

Balam, ajeno a las miradas, siguió limpiando la madera de las tablas con un trapo húmedo, en espera de que llegara su hermano; ese día ocuparía la parte más aguda del instrumento estrella de los domingos. Balam no tenía claro qué lado le tocaba aquella tarde, pero no le dio importancia: en unos minutos, pensó, saldría de dudas. A fin de cuentas, el juego de alternarse los puestos en la marimba no era idea suya. Desde que empezó el año, tenía pensado dejar la orquesta, aunque no sabía cómo decírselo a su hermano y que no pensara que su decisión tenía que ver con él: sería el primer Guillén que rompería con la tradición familiar.

Balam comprobó la holgura de cada tabla con la precisión de un carpintero: tensó el cordel entre las clavijas, comprobó la estabilidad de las patas y, cuando terminó, recostó las cuatro baquetas de cedro sobre las teclas de su lado. Pasó las yemas de los dedos por el canto del bastidor, como quien acaricia el lomo de un animal de compañía que aún sigue dormido. Avisó a los músicos de que todo estaba en orden y, con mucha calma, bajó las escalinatas.

Si algo definía entonces a Balam era, como le recordaba su hermano una y otra vez, que tenía atole en las venas. Se lo decía para molestar, pero lo que no sabía Moisés era que aquella expresión le encantaba: el atole de granillo era, sin duda, su bebida favorita.

De pequeño, según le contaba su madre, su rebeldía con los horarios le empujaba a hacer trastadas como aquella, tan sonora, de esconder los relojes de la casa en el congelador para parar el tiempo y que lo dejaran en paz.

Balam cruzó la pista de baile improvisada, entre el jolgorio de familias que iban ocupando las sillas y el griterío de los vendedores de paletas, dulces de yema y nuégados que aprovechaban los minutos previos al concierto y la buena temperatura, que hacía que hubiera más gente de lo común.

Llegó hasta el templete del parque y sonrió al ver a una niña que señalaba maravillada con el índice las alas transparentes de una mariposa de cristal. Cuando se acercó para verla más cerca, revoloteó inquieta y desapareció lejos de la fuente que salpicaba sin gracia unos chorritos desiguales en el pilón de piedra. Se desanudó la corbata rosa que hacía juego con las alforzas de la camisa y miró más allá de la fuente, entre el hueco que dejaban los laureles de la India. Aquellos milenarios árboles estiraban su sombra con lentitud sobre las piedras de la calzada. Se encogió de hombros y, silbando la melodía de una canción que no tocarían esa tarde, se encaminó hacia la esquina del parque, a la altura del nuevo teatro Junchavín.

Moisés aún tardaría en llegar, así que Balam decidió sentarse a esperarlo. Eligió la única banca que estaba libre, justo en la zona donde las tamaleras trabajaban sin descanso, a espaldas del imperturbable templo de Santo Domingo. Balam miró el reloj del ayuntamiento y suspiró soñoliento. Se abanicó con la palma de la mano mientras veía, sin mucho interés, la horda de feligreses que salían de la iglesia, junto a las mujeres tojolabales que, sin levantarse del suelo, tendían las manos en busca de una ayuda que no llegaba. Entonces, se dio cuenta de que estaba sentado al lado de uno de los boleros del paseo al que, sin querer, le estaba quitando espacio. Aquel niño de cabello revuelto no tendría más de ocho años. A Balam le llamó la atención, no que llevara los pantalones rotos, sino que estuviera descalzo. Con un cansancio adulto, observó con fijación la punta del zapato café que tenía entre sus manos. Los dedos, pringosos y salpicados de betún y suciedad, comenzaron a frotar el empeine con una jerga desgastada.

El dueño del zapato de cuero era un hombre corpulento que vestía un traje de lana azul que contrastaba con la palidez de su piel. Leía en silencio un periódico nacional. Por un lado, asomaba una mano enorme con un reloj de pulsera dorado. A la altura del titular que anunciaba la muerte de Audrey Hepburn, se veían la mitad de la copa redonda de un sombrero de fieltro de ala pequeña y una finísima hilera de humo avainillado. Al pasar de página, el hombre revisó con la mirada el trabajo del limpiabotas y Balam, sin ser visto, se fijó en el bigote fino que, de tan arreglado que lo llevaba, parecía postizo, en contraste con el tono de piel tan rosáceo. El hombre dio una calada superficial al purito y le dijo al niño que se apurara. El pequeño comenzó a agitar con destreza su cepillo para lustrar formando círculos veloces sobre la puntera café. El hombre negó con la cabeza, miró la hora en el reloj de muñeca y siguió con su lectura.

Justo detrás de ellos, sobre la mezcla de voces del parque, el nevero, las dos eloteras y el ruido del tráfico, se escuchó la de la anciana que estaba en la esquina del teatro. La mujer, de cabello largo y canoso, tenía la piel arrugada y una mirada profunda de ojos diminutos. Dejó de anunciar sus productos y sacó de la olla un puñado de tamales de chipilín. El olor a maíz hervido cambió el gesto de Balam que, en ese momento, se echó para atrás con las piernas estiradas y reposó la nuca entre las manos, con los ojos cerrados, como si así pudiera acallar el tumulto de la gente y los cláxones que pitaban caóticos a su paso por el Parque Central.

La tranquilidad de Balam duró poco; un grupo de franceses que buscaba los mejores ángulos para fotografiar el parque se hablaba a gritos, consciente de que nadie sabía lo que estaban diciendo. Uno de ellos se separó del grupo y le preguntó con señas a la tamalera si podía hacerle una foto. La anciana, sin levantar la mirada, asintió. Se ajustó la falda de satín, una muy vistosa con encajes florales y listones de colores y, al levantarse del huacal que hacía las veces de asiento, se quedó congelada en espera del disparo, pero el chico de la cámara ya no estaba; cambió de objetivo al ver la fila de muchachos que estaban boleando zapatos. Balam se fijó en los pies oscuros de la mujer que, como los del niño, también estaban descalzos; y, en un acto reflejo, se llevó la mano al bolsillo del pantalón para ver cuánto dinero llevaba encima.

Con la nueva moneda todavía no se aclaraba. No porque fuera difícil quitarles tres ceros a los nuevos pesos, sino porque no acababa de entender muy bien el sentido de aquel cambio; ya no sabía ni a cuánto estaba la orden de tamales.

— Se viene una buena, Balam.

Eso fue lo último que le dijo su hermano quien, desde hacía meses, no hacía más que quejarse de las políticas de Carlos Salinas, las tropelías de Absalón Castellanos y de que lo peor estaba por llegar.

— Será nuestra sentencia de muerte.

Eso decía.

Balam no estaba al tanto de la actualidad y tampoco tenía claro qué decir ni qué hacer, más allá de lo evidente: los pobres cada eran más pobres y los ricos, cada vez más ricos. Además, cuando llegara el verano y terminara, por fin, la Preparatoria, su idea era marcharse de Comitán y conseguir alguna beca para estudiar en Europa. Y no en París, se justificaba, ya que ese era el destino con el que muchos soñaban por las películas que habían visto, sino Barcelona; tras haber estado pegado al televisor durante todo el verano anterior, le llamó la atención aquella ciudad colorida junto al mar.

— Están igual o peor que nosotros, Balam.

Su hermano le intentó explicar más de una vez cómo la burbuja inmobiliaria de Japón estaba afectando a toda Europa, y en los países del Sur estaban sufriendo las consecuencias de una crisis económica que, en una especie de ajuste de cuentas histórico, golpearía, sobre todo, a España. Unas razones que Balam no acaba de comprender, ya que cuando salía el tema, a Moisés se le llenaba la boca de un discurso confuso y revolucionario que, a oídos de Balam, era aburrido e incomprensible a partes iguales: lo que le rondaba la cabeza apuntaba hacia otro lugar que nada tenía que ver ni con la economía ni con el reparto de tierras o las viejas historias de la conquista.

— ¿Cómo podés decir eso, Balam? ¿No viste cómo lo celebraron? ¡Si hasta lo siguen llamando descubrimiento!

— No manches; eso pasó hace quinientos años.

— Ish, ¡abrí los ojos, Balam!

Balam miró sin mirar hacia la torre mudéjar de Santo Domingo e hizo esfuerzos por mantenerse despierto; la noche anterior había dormido fatal, y no por las discusiones habituales que tenía con su hermano, sino por culpa de un zancudo que estuvo toda la noche dando vueltas sobre su cabeza en busca de una picadura que nunca llegó y una pesadilla recurrente que, por más que lo intentaba, no conseguía recordar.

Las manecillas gigantes del reloj de la plaza estaban a punto de alinearse en la mitad de la esfera. Balam vio cómo, entre los huecos de las columnas, los músicos le hacían señas. Su hermano seguía sin aparecer y, si no llegaba a tiempo, sabía que se metería en problemas: la orquesta tendría que tocar esta vez sin los hermanos Guillén.

Cuando sonó el primer llamado, Balam pensó que su hermano lo escucharía y aparecería por la calle del teatro de la Ciudad Junchavín, justo por donde caminaba con prisa el hombre del traje azul. Tan convencido estaba que ni se levantó. Balam dejó un hueco en la banca a Mayra que, con mucha educación, le pidió sentarse junto a él.

— Con permiso.

Balam se hizo a un lado y Mayra le devolvió una sonrisa maternal que fue correspondida. Se ajustó con timidez la falda de tubo de su vestido y, acomodándose la diadema de tela negra, se quedó quieta a su lado, como quien espera su turno en una entrevista de trabajo.

— Por nada.

Su cara le resultaba familiar.

— ¿Nos conocemos?

Balam no había sido muy discreto.

— Creo que no, señorita.

Su acento no era chiapaneco, así que descartó cualquier posibilidad de que se conocieran; lo más lejos que había salido de Comitán fue a Guatemala, y de eso hacía ya muchos años. Además, los pocos amigos que tenía Balam eran, como él, de Las Margaritas. La mayoría, de hecho, no había conocido ni siquiera los Lagos de Montebello.

El tercer llamado de la orquesta hizo que Balam arqueara las cejas y, tras echar un último vistazo hacia la esquina del teatro, se levantara de la banca. Se disculpó de Mayra, que seguía en la misma postura observando su paleta de chimbo como si estuviera intentando averiguar a qué sabía ese cilindro de helado amarillo, antes de darle un primer mordisco.

Balam caminó hacia al escenario, con la misma calma con la que bajó hacia tan solo unos minutos. Al llegar, los músicos, doblemente preocupados, le preguntaron qué pasaba. Balam, una vez más, se encogió de hombros.

Ni rastro de su hermano.

2

Podría haber volado a Tuxtla o a Villahermosa y luego buscar la combinación de camiones que la llevaran a Comitán, pero Mayra prefirió hacer el viaje del tirón. No fue tanto por el dinero, sino porque pensó que sería más seguro ir directa en el Cristóbal Colón, aunque no le convencía la idea de que, cuando dejaran atrás la sierra veracruzana, se toparan con los retenes de los tramos fronterizos de la Panamericana.

Sabía que el viaje hasta Chiapas sería muy largo desde el Distrito Federal, pero los asientos de primera clase de las nuevas flotas de Mercedes eran, como anunciaban a bombo y a platillo, un lujo asiático. Con lo que no contó Mayra es que los nuevos modelos presentaron durante aquellas semanas una de las novedades más esperadas: monitores de televisión que, en todo el trayecto, estuvieron proyectando imágenes sin descanso. A pesar del volumen y de las risas de su compañero de asiento, Mayra pudo adelantar lecturas durante la mayor parte del camino. E incluso se animó a ver una de las películas que proyectó el pequeño televisor que colgaba del techo. Celebró que fuera justo *El secreto de Romelia*. Aquella coincidencia fue como una señal caída del cielo. No por recordar lo que pasó con Román aquella Navidad durante el estreno en la Cineteca Nacional, sino porque la historia de Busi Cortés estaba basada en un cuento de su querida Rosario Castellanos: la razón por la que había decidido elegir como destino, precisamente, a la antigua Balún Canán.

Mayra apoyó la cabeza en la ventanilla y recordó los viajes de pequeña, con Chayito y su hermana Fernanda en la parte trasera de aquel Vocho que pasó a mejor vida, que se resumían en cantar rancheras y contar curvas. Aun así, ni las melodías de Vicente Fernández ni la técnica de su hermana, ni siquiera los lengüetazos cariñosos de Chayito, evitaban que se mareara.

El Cristóbal Colón aminoró la marcha y, al ver la fila de cabezas que se asomó al pasillo, volvió a sentir aquella sensación de que algo no estaba bien. Pero esta vez no tuvo miedo. Como el resto, comprobó lo que llevaba encima y esperó a que abrieran la puerta y les pidieran la documentación. La parada en la caseta duró solo unos minutos y, enseguida, retomaron la carretera de cuota y siguieron su marcha entre la línea imaginaria que divide el estado de Veracruz con el de Oaxaca.

El viaje fue largo y pesado: veinte horas.

A medida que se fue adentrando en el valle de Chiapas, la noche fue ganando terreno al bosque interminable de coníferas y encinas que se superponían a su derecha al ritmo de la marcha, a medida que cruzaban una autopista entre milpas que parecía no terminar nunca. A través de la ventanilla, Mayra distinguió la presa de Malpaso donde una niebla incipiente ocultaba la estructura del descomunal puente de acero, a medio construir, y misteriosamente abandonado, que pretendía conectar las orillas del Grijalva.

Mayra entrecerró sus pequeños ojos castaños en busca de un mejor enfoque, pero no pudo; la oscuridad hizo que lo único que reflejara el vidrio bamboleante fuera su propio rostro. Ver aquella imagen fantasmagórica de sí misma hizo que se espantara. Tras reconocerse en aquellos ojos diminutos y cansados, Mayra fue consciente de que ya no era esa niña inocente de cabello crespo que, abrazando con fuerza a Chayito, contaba las curvas con su hermana.

Mayra se aplastó las mejillas y las estiró como quien seca con desgana el plato de una antigua vajilla familiar. Al acercarse para ver si eran arrugas o tan solo la suciedad del espejo, se dio un golpe involuntario con la nariz. Del susto, levantó sin querer a su compañero de asiento. El hombre suspiró y, tras cambiar de postura, se tapó la cara con el canotier que llevaba puesto y siguió durmiendo con el cuerpo recostado, esta vez, hacia el pasillo.

El dorso de la nariz de Mayra, que en ese momento era lo único que podía ver, había pasado de ser una maldición durante la adolescencia al orgullo indígena adulto de quien, más allá del mestizaje y de no conocer la cultura precolombina más allá de los libros, siente una profunda conexión genética con una tierra que, pese a serle aún desconocida, le hace sentirse en casa.

Al final, se quedó dormida pensando en su hermana Fernanda y en lo feliz que estaría entonces si supiera que, tras tantos años de hablar sobre lo mismo, por fin estaba a punto de cumplir con su palabra y escribir aquel libro prometido.

Cuando abrió los ojos, ya había amanecido.

Por lo que escuchó de la conversación ente las dos mujeres que viajaban detrás de ella, supo que estaban a punto de llegar a la terminal de Comitán de Domínguez. Mayra cerró el bolso de piel, se lo llevó al pecho y, llenándose de aire los pulmones, entre nerviosa y aliviada, esperó a que el pesado Cristóbal Colón entrara en la estación.

Un operario risueño de bigote revolucionario les hizo señales con su sombrero de paja y el segundo conductor consiguió encajar el autobús en el andén improvisado. Cuando echó el freno de mano, Mayra sintió una emoción nueva; no había más que ver la enorme sonrisa con la que se levantó de su asiento y se fue a esperar a que le entregaran aquella maleta de cuero. Hasta el taxista que la dejó después en el hotel de los Cruz se alegró de llevar a una pasajera tan agradecida. De todos modos, el cansancio pudo más que la emoción; cuando tumbó la maleta cuadrada sobre el colchón de aquella enorme cama de matrimonio, la siguiente en caer redonda fue ella; había pasado un día entero desde que salió.

Cuando se despertó, la maleta y Mayra todavía seguían en la misma posición. Miró el reloj que había dejado junto a la lámpara de mesa y se extrañó, no tanto de que fueran casi las seis de la tarde, sino del calor que sentía en el cuerpo. Se tomó la temperatura en la frente con el dorso de la mano y descartó que tuviera fiebre. Se secó el sudor del cuello y, mientras se preparaba para ir al baño, le hizo gracia recordar la coincidencia de que los mexicas hubieran renombrado aquella ciudad maya con el nombre de *El lugar de las fiebres*, que es lo que significa en náhuatl la palabra *Komitl-tlán*. A Mayra le encantaba su sonido, pero no tenía para ella la fuerza de su antiguo nombre maya, *Balunem K'anal*, que ya siempre estaría unido de por vida a Rosario Castellanos. *Las nueve estrellas*, se dijo al ver el paisaje nocturno de uno de los cuadros de la habitación que explicaba el origen de aquel nombre olvidado.

Al abrir el ventanal, confirmó sus sospechas. Sabía que en el sur haría más calor, pero no en febrero; según había leído, en Chiapas era un mes frío y de mucho viento.

Nada que ver con la realidad.

El sol de la tarde desafiaba el calendario sobre las torres de las iglesias que, a lo lejos, asomaban dispersas. El reflejo de la luz caliente, invisible y pesada, parecía rebotar sobre la teja y la madera de los techos cobrizos y hacía que las cuestas parecieran aún más empinadas. Las fachadas, portones y rodapiés mostraban una paleta de colores pastel que alternaba entre blancos y lavandas, azules y verdes, cafés y chocolates y, sobre todo, el tono estrella de Comitán: el amarillo napolitano.

Cuando bajó por las escaleras, a Mayra le pareció haber viajado en el tiempo. Mucho más que en aquellas visitas a Querétaro, Guanajuato, Zacatecas, Morelia y aun en ciudades como Puebla. Aquella casona de los Cruz, convertida en hotel, tenía unas proporciones descomunales, y eso que desde fuera no parecía tan grande.

Siguió el caminito de piedras del jardín que bordeaba la fuente y, cuando se encontró entre la cortina de vegetación tropical, el rumor del agua y la mezcla de fragancias de las rosas, los jazmines, el azahar y el olor que desprendían las ramas de un enorme limonero le provocaron una sensación liberadora que hacía tiempo que no sentía.

Mayra cruzó el patio observando con interés lo cuidado y fresco que estaba el pasto y la colección de jarrones de arcilla de curiosas decoraciones indígenas. Asintió con la cabeza, como si le diera el visto bueno al detalle de las vasijas y, saliendo del patio, se acercó a la sala donde estaba el mostrador.

Pulsó un par de veces el timbre de una pequeña campana de servicio de acero inoxidable, mientras seguía contemplando las paredes de la casona, como quien estira con calma el tiempo durante el recorrido solitario de un museo.

Al descubrir los versos del poema *Destino* pintados en una de las paredes cobrizas, Mayra supo que estaba donde tenía que estar, a pesar del gesto de su cara cuando vio las fotos de la familia Cruz y un desproporcionado retrato de Belisario Domínguez que rompía la armonía estética de aquel lugar.

— El tío Belis, sí.

Un chico enclenque, con una camisa blanca de una talla que lo hacía parecer aún más delgado, apareció entre los rosales de la entrada. Algo apresurado, se disculpó por la ausencia momentánea.

Mayra se presentó y le preguntó cómo ir al centro.

— Cómo no, señorita.

El recepcionista desplegó con torpeza un mapa de Comitán y le dio las indicaciones. Mayra se fijó en la suciedad de la uña con la que marcaba el camino y, al ver la distribución de las calles, ella misma se dio cuenta de que la pregunta sobraba.

— Es fácil, sí. Como en cualquier ciudad colonial.

— ¿Mande?

— Que el camino es sencillo; las calles hacen una cuadrícula, ¿ves?, y en el centro siempre está el zócalo.

— ¿Zócalo?

Mayra señaló con su dedo la parte central del mapa.

— ¡Ah! ¡Vos querés ir al Parque Central!

El chico se encajó en el pantalón el bajo de la camisa que le colgaba de un lado.

— ¿Gusta de alguna otra cosa?

Mayra le dijo que todo estaba bien y, cuando le entregó la llave de la habitación, el chico desapareció tras las jardineras colgantes, como por arte de magia.

Afuera, sintió una vez más esa sensación extraña, entre placentera y melancólica, que tuvo desde que pisó la terminal y vio tantos sedanes blancos circulando por la larga avenida de Belisario Domínguez.

Cruzó el Parque de Guadalupe bajo los muros blancos de la iglesia y, al ver la cuesta empedrada de la Calle Central, dudó si volver o no al hotel para ponerse un calzado más ligero. Ganó el ruido del estómago y las ganas de estirar las piernas, así que se ajustó la diadema negra y se encaminó por la calle empinada, bajo el cableado caótico que conectaba los tejados de las casas con la torre de Santo Domingo que, lejana y diminuta, asomaba frente a los lomeríos del fondo.

Podría haberse parado en una de las loncherías con las que se cruzó en el camino o haber comprado fruta en alguna de las tienditas por las que pasó, pero Mayra, quizá contagiada por el río de familias con las que compartía destino, decidió ir directa al Parque Central.

— Con permiso.

3

Aquel año Cuauhtémoc recibió más encargos que nunca. Tras más de tres décadas dedicado al cuero, nunca había tenido tanto trabajo: los pedidos de las rancherías se acumulaban con los de locales y turistas en busca, no solo de su colección de monederos, fundas y huaraches, sino de los cintos piteados que, como se leía en la placa de la entrada, le habían valido el primer premio en el certamen de *Manos de México*.

El proceso de elaboración de aquellos cinturones era largo, intenso y complejo. Los clientes no eran conscientes, aunque les llamaba la atención que los precios fueran más altos que en las otras talabarterías. Aquello sería señal, pensaban, de que sus productos estaban mejor hechos.

Una vez que había dibujado los diseños y comprado la piel, Cuauhtémoc tenía que repararla, plancharla, trazar las medidas y hacer los cortes precisos. Crear los diseños requería de mucho tiempo y, sobre todo, de paciencia. Y más cuando solía cambiarlos sobre la marcha, si se le ocurría algún detalle nuevo mientras los marcaba, que era lo habitual.

Lo más pesado era trabajar la pita. Había que deshebrarla hasta conseguir nivelar, uno a uno, el grosor de todos los hilos que brotaban de sus manos curtidas, pringadas de saliva. Después, tocaba el bordado con la lezna, que era un punzón parecido al que utilizan los zapateros para coser. Cuando terminaba, llegaba la hora del maceteado, que consistía en dar golpes con la piedra al cuero, con mucha fuerza, para aplastarlo bien contra la mesa de madera. El cincel se encargaba después de dibujar minuciosamente los motivos de la correa, con especial atención a los detalles de las grecas. El olor a cuero y a pita se mezclaba entonces con el guayal, que era un pegamento de contacto más contundente que el resistol. De hecho, Cuauhtémoc evitaba untar el cinturón cuando había clientes en la tienda, para evitar así mareos y preguntas.

Las dos agujas de la máquina de arrastre martilleaban y aplanaban entonces el cinturón que Cuauhtémoc cosía, casi sin mirar, a diferencia del momento en el que removía el sobrante con la cuchilla o le quitaba el filo de los bordes con aquel pedazo húmedo de cebo de vaca, algo que solía hacer con unos lentes convergentes, debido a su vista cansada. Tras perforar los agujeros con el sacabocados, Cuauhtémoc tenía que lustrar y pintar los bordes, antes de llegar al último paso: armar la hebilla y colocar la aguja en su sitio.

Podían pasar semanas hasta que el producto estuviera listo para su venta, y más en el caso de Cuauhtémoc que, a diferencia del resto de talabarteros, lo hacía sin ayuda familiar, pese a que parecía tener un ayudante por las conversaciones que se escuchaban desde fuera. Por eso, que su negocio le fuera mejor había generado muchas antipatías en el gremio.

—Chale, si me hubieran dado a mí ese premio...

Eso era lo que se escuchaba con frecuencia, como un mantra lastimero, en la talabartería del viejo Flavio: la primera que se abrió en el barrio de San Sebastián.

Cuauhtémoc hacía oídos sordos, e incluso se lo tomaba con humor. Su éxito, más que por el premio nacional o por ser de Jalisco, se debía a la suerte: si Pablo Cruz era tu cliente, tenías el negocio garantizado. Aun así, aquella tarde conoció a un nuevo comprador que le daría más trabajo durante aquellos meses.

Cuando le propuso el primer encargo, le dijo que el dinero no sería un problema.

—¿Cuántos me dijo?

Cuauhtémoc volvió a escuchar la cantidad.

—Eso son hartos caballos, amigo.

Cuando el hombre se rascó la barba, Cuauhtémoc se fijó en los dos relojes idénticos que llevaba en las muñecas. No hizo falta preguntarle nada; él mismo le contestó.

—Diferentes horas. Pronto se emparejarán.

No supo qué decir y tampoco entendió bien a qué se refería, pero lo que más le inquietó de aquel hombre de cara pálida fue que nunca lo había visto por allí y, sobre todo, que no parecía ni ranchero ni campesino. No había más que verle las manos. Quizá fuera extranjero, pensó cuando le vio los ojos verdes, aunque su acento era, claramente, norteño.

— Son muchos albardones, amigo.

— Uno por caballo, carnal.

Aquel comentario les hizo gracia a los dos.

— ¿Y para cuándo los quiere?

— Cuando pueda. No se apure.

Cuauhtémoc hizo los cálculos, le dio una fecha orientativa y le enseñó los únicos modelos que tenía en la tienda. Incluso bajó del gancho una silla de montar de piel curtida, pero le dijo que no se preocupara; unos albardones como esos, le aclaró, eran perfectos.

Por alguna razón, a Cuauhtémoc le cayó bien aquel hombre tan educado. Su mirada transmitía tranquilidad y magnetismo a partes iguales. Además, físicamente le recordaba un poco a sí mismo cuando llegó a Comitán, salvo que él siempre fue más de mostacho que de barba.

— Mañana mismo me pongo con lo suyo, patrón.

El hombre torció el gesto y le dijo su nombre de pila.

— Cuauhtémoc Torres, para servirle.

— Pues ya quedó, carnal.

Lo acompañó hasta la salida y, con un apretón de manos, se despidió del nuevo cliente.

— Con cuidado, amigo.

Sin darse la vuelta, el hombre se marchó calle arriba despidiéndose con el dorso de la mano.

— ¡Siempre!

Cuauhtémoc se estiró una punta del bigote blanco y sonrió satisfecho. No tanto por el encargo, que tampoco sería tan difícil, sino por los recuerdos que le trajo, sin saberlo, aquel hombre.

Se vio a sí mismo subiendo por esa misma calle, treinta años atrás, recién llegado de Colotlán. La energía y la vitalidad con la que paseaba su versión optimista de treinta años no solo atraía las miradas de las chicas que salían de la antigua paletería de doña Lupita, sino que contagiaba su alegría jalisciense a cualquiera que se cruzara por su camino. Cuauhtémoc se descubrió el sombrero, el mismo texano de palma que llevaba entonces, devolviéndose un saludo que desafiaba tanto al espacio como al tiempo.

— ¿A quién saludás, Cuauh?

Pablo Cruz llevaba un rato esperando.

— Disculpe, patrón.

Cuauhtémoc se puso el sombrero y entró en la tienda en busca de los cinturones piteados. Al salir, los extendió sobre la tarima y esperó, como era costumbre, el veredicto.

— Qué bueno que sos, cabrón.

Le agradeció con modestia el cumplido y, secándose el sudor de la frente, observó cómo miraba sus nuevos cinturones con orgullo.

La sorpresa fue cuando se fijó en el escudo que estaba grabado en la hebilla.

— Cuauh, aquí hay una estrella de más.

— No, patrón: son nueve.

Pablo Cruz le paró en seco y le explicó el error.

— Debajo de la serpiente solo hay una, ¿ves?

Cuauhtémoc se llevó la mano a la cabeza y le pidió disculpas.

— ¿No ves que cada estrella tiene ocho puntas?

En efecto, el escudo de su apellido tenía una estrella menos alrededor de la cruz y parecía lógico que fueran ocho. Aquel fallo le trastocó los planes de aquella tarde, pero no podía decirle que no.

— No se preocupe, patrón.

— Tranquilo, Cuauh.

— Ya merito se los compongo, don Pablo.

— ¿Vuelvo mañana entonces?

— A primera hora, sí.

Cuando se fue, Cuauhtémoc se preocupó de veras; era la primera que vez que cometía un error y la mala suerte quiso que fuera con aquel cinto. Lo tendría listo al día siguiente, de eso no había duda, aunque justo aquella tarde sus planes eran otros.

Bajó la persiana de la tienda y, como tantas otras noches, se encerró en el taller y tuvo una discusión consigo mismo. Si alguien hubiera pasado por la puerta en ese momento, la habría escuchado y hubiera dado la razón al viejo Flavio. Pero no: Cuauhtémoc estaba tan solo como en los primeros años en lo que llegó a Comitán. Y no es que fuera huraño, a pesar de su timidez; con tanto trabajo, no tenía tiempo para nada más.

Antes se organizaba mejor.

Viviendo en aquel barrio era más sencillo; cuando se celebraban las ferias de San Sebastián, todo Comitán se concentraba en el parque donde Cuauhtémoc vivía. Su casa, no muy lejos de la de los Guillén, estaba en la entrecalle de la iglesia, justo en el lugar donde se levantaba un enorme chulul que pasó a mejor vida. Aquel árbol guatemalteco, siempre verde y florido y con aquellos frutos enormes, mucho más que los zapotes o los mameyes, era la seña de identidad de aquella plaza, casi tanto como la ceiba milenaria de San Caralampio.

Las razones, eso sí, eran más taurinas que originarias; cuando aún existía el Patio de Toros, la gente se subía hasta las ramas más altas de aquel árbol desaparecido para ver la corrida y, si Cuauhtémoc no corría las persianas, también a él.

Quisiera o no, a finales de enero se unía a la fiesta y, aunque se fuera a cualesquiera de los otros ocho barrios vecinos, al final acababa volviendo; no era fácil decir que no a una botella de *posh*. Era habitual que alguien llegara con un par de botellas de ese aguardiente dulce y dijera aquello de que estaba muy *cuajado* el chulul que, aunque ya no quedara rastro de aquel árbol, era la forma de decir que el ambiente estaba mejor en San Sebastián que en la vinatería o la cantina donde estuvieran.

Había pasado mucho tiempo desde que desmontaron el Patio de Toros. Cuauhtémoc tenía por entonces poco más de treinta años y sus prioridades, eso estaba claro, eran otras. Con sesenta y tres cumplidos había llegado, se decía a sí mismo, el momento de hacer balance.

— ¡Huchas, ya casi tengo edad para jubilarme!
— ¿Cómo te quedas?

Su conclusión, en parte gracias al apoyo de los Guillén, que pronto lo adoptaron como un miembro más de la familia, era positiva. Con sus claros y sus oscuros, pero positiva. Y sí: a pesar de no haberse acostumbrado al vos ni a los chismes, se sentía tan o más comiteco que el resto.

— No somos chismosos, Cuauh; somos comunicativos.

Eso le dijo una vez Flavio, muchos años atrás, antes de conocer a los Guillén, cuando a Cuauhtémoc era más fácil encontrarlo en una cantina que en la talabartería.

El cuerpo pronto le dio el primer aviso y, de un día para otro, no volvió a probar una gota de alcohol. Desde entonces, decidió tomarse en serio el oficio que le enseñó su padre cuando aún vivía y acabó siendo, contra todo pronóstico y habiendo sacrificado su vieja idea de montar una familia, uno de los mejores talabarteros no solo de Comitán, sino como decía la placa que colgaba con orgullo en la entrada, de todo México.

Cuauhtémoc seguía recordando aquellos tiempos, con una mezcla extraña de nostalgia y amor propio, mientras marcaba en el cuero las ocho estrellas del cinturón, cuando escuchó unos golpes que, por la hora que marcaba el reloj, le sonaron familiares.

Resopló con resignación y dejó el cincel en la mesa de trabajo. Cuando abrió la persiana de la tienda, pensó cómo decirle a Yumil que esa noche no podía quedarse otra vez a dormir allí.

Pero no hizo falta.

— ¡Se llevaron a Moisés!

4

De espaldas a la fuente de piedra, Daniel siguió leyendo con interés la placa del general José Pantaleón Domínguez. Se decía que había participado en la batalla de Puebla con una tropa de trescientos voluntarios. Intentó hacer las cuentas de cuánto habrían tardado si, según parece, el batallón de campesinos e indígenas que lo acompañó no fue a caballo sino a pie, y los caminos en 1862 tendrían unas condiciones pésimas. Estaba seguro de que llegaron tarde o no tuvieron mucha relevancia aquel 5 de mayo, ya que nunca había oído que hubiera ningún destacamento chiapaneco; la victoria contra los franceses de Ignacio Zaragoza, según lo que Daniel había leído, tenía que ver más con los zacapoaxtlas, que eran poblanos, aunque tampoco les sirvió de mucho; pocos años después, los galos arrasaron con todo y llegaron a la capital de México.

Daniel observó con detalle el busto del militar y se quedó pensando en el poder que tienen las imágenes. Hubiera sido o no un éxito aquel viaje a Puebla, la mirada intensa y aquellas barbas desaliñadas de Pantaleón Domínguez reflejaban a la perfección el heroísmo patriótico que buscaba la escultura que se erigía sobre el pedestal. Sobre todo, si se comparaba con el semblante de Zaragoza quien, con aquellos lentes minúsculos con los que se le solía retratar, se daba más un aire de poeta modernista menor que de comandante en jefe. Además, pensó Daniel, uno murió de tifoidea a los pocos meses de la guerra. El otro escapó hacia Veracruz y acabó siendo gobernador de Chiapas. Lo que no le cuadraba a Daniel era el uniforme de gala que llevaba puesto; los flecos de las hombreras le hacían ver más como un soldado napoleónico que como uno porfiriano. Le dio la sensación de que habían conseguido el efecto contrario; más que un héroe nacional, lo que transmitía aquel bloque de hierro era la visión que podrían haber tenido, años después de la batalla de Puebla, los guatemaltecos o los tsotsiles durante la Guerra de Castas: la de un político inflexible con ínfulas de emperador europeo.

Daniel sonrió por la ocurrencia y, ajustándose en el hombro la correa de la bolsa fotográfica, siguió su camino hacia la Esquina de Belisario. Desde que decidió alargar su estancia en Comitán, aquella cafetería del Parque Central se había convertido en la parada rutinaria de las tardes. Es cierto que tampoco había muchas más opciones, pero había elegido aquel lugar, no porque el café supiera a café o por el buen trato que recibía, sino por la ubicación; desde aquella mesa podía leer con tranquilidad y, cuando le apetecía, ver sin ser visto.

—¿Lo de siempre, amigo?

Daniel asintió con la cabeza.

Comprobó que la bolsa de la cámara estaba bien cerrada y la dejó encima de la mesa. De uno de los compartimentos sacó el libro que lo acompañaba entonces y, como un mago que abriera una baraja justo por la carta oculta del truco, encontró la página que buscaba y leyó las anotaciones que había sobre los márgenes.

—Así que era su tío…

—¿Quién?

Daniel había dicho aquello en voz alta, sin darse cuenta. El chico, que ya estaba de vuelta, le dejó la taza de café sobre la mesa y abrió los ojos en espera de que resolviera la pregunta.

—Nada, cosas mías.

La respuesta no fue suficiente.

—Me refería al cabezón de la plaza.

El chico puso cara de seguir sin entender. Daniel apuntó hacia la entrada de la cafetería. Señaló hacia las letras de madera del portón café, donde estaba dibujado el retrato del famoso político que daba nombre al local. El mesero se esforzó por seguir la plática, pero seguía sin saber de qué estaba hablando.

—Que Belisario era el sobrino de Pantaleón.

La orquesta comenzó a tocar los primeros acordes de un son chiapaneco. Las melodías simultáneas de las marimbas atrajeron la atención de todo el parque. Los últimos rezagados de las bancas que bordeaban el templete se dieron cuenta del cambio y se apresuraron hasta los soportales del ayuntamiento. Los que salían del Centro Cultural se arremolinaron entre los puestos callejeros de las escalinatas de la fuente y, en el movimiento, aunque lento y armonioso, se chocaron con los que bajaban por la calle de la cafetería. En el centro del corro central, donde los laureles de la India regalaban las últimas sombras vespertinas a los paseantes, las primeras parejas comenzaron a bailar alrededor del círculo de sillas. Daniel cerró el libro y, tras dar un sorbo largo de café, movió la silla y, sonriente, se dispuso a escuchar el concierto de aquella tarde.

— Qué raro se me hace.

Daniel, sin dejar de mirar a la pareja de ancianos que bailaba a un ritmo distinto al de la canción, giró la cabeza.

— Que falte uno de los de Guillén.

— ¿Quién?

El chico le contó, por encima, que conocía bastante bien a Moisés, aunque ya casi no se vieran desde que él tuvo que dejar la banda de música y ponerse a trabajar en la cafetería. Las razones no las quiso contar, pero se podían imaginar. Lo que había quedado claro es que habían sido buenos amigos en el pasado.

— Era el mejor, pero Balam también es bueno.

Eso dijo, y lo dijo parado, cruzándose de brazos con la vista fija en el escenario, con una mezcla de orgullo y envidia.

— Es el que está a la izquierda de esa marimbota, ¿ve?

Daniel no supo a cuál de las marimbas tenía que mirar. Aun así, desde tan lejos, tampoco distinguía bien ni a los instrumentos ni a los músicos. No porque vistieran todos con el mismo uniforme, sino porque era imposible verles la cara; estaban muy concentrados en los golpes precisos con los que percutían la madera de aquellas voluminosas marimbas.

Daniel, de espaldas, le aclaró que sí lo había localizado. Más que nada por seguir escuchando la historia de aquel chico con nombre de dios maya.

— Ese mero, sí.

— ¿Y qué fue del hermano?

— Se lo tragó la tierra.

— ¿Y eso?

— Nadie sabe. Yo tengo mi teoría, pero...

Daniel se dio la vuelta otra vez. Le llamó la atención que el mesero se hubiera sentado en una de las sillas. Sin dejar de mirar al escenario, sacó un encendedor del bolsillo de su chaleco y prendió el cigarrillo que Daniel acababa de llevarse a los labios.

— Como le decía, amigo. Si hubiera sido Balam, lo entendería. Él siempre quiso irse, ¿pero Moisés?

Daniel arrugó la frente e intentó comprender qué había querido decir con eso. Cuando le contó que él creía que Moisés se había ido a la Selva Lacandona, entendió menos todavía. Era algo, por otro lado, a lo que se había acostumbrado desde que decidió pausar su largo viaje por la Panamericana. Ya llevaba suficiente tiempo en México como para saber que se encontraba en una tierra donde todo era posible. Por eso, prefirió guardase el comentario y esperar a que terminara la historia, por disparatada que fuera, porque al final, y ahí estaba la gracia del asunto, la importancia no radicaba en el juicio sino en la escucha.

Así le pasó, recordó entonces, cuando escuchó a aquel guía verborreico de Palenque quien, para ganarse la atención y la propina de los turistas, alimentaba las leyendas de platillos voladores y pirámides mayas como gasolineras donde recargaban combustible en sus viajes espaciales. Les decía, avivando las invenciones que tanto gustaban a los visitantes, pero que tanto daño hacían a los locales, de que el hombre de Pakal era, en el fondo, un viajero del tiempo. No había más que ver su postura para entender que era un astronauta a punto de despegar, decía. Daniel estuvo a punto de intervenir y decirle que equiparar el tránsito de la vida a la muerte con un viaje espacial no solo denigraba la historia del pueblo maya, sino que infravaloraba la relevancia de una cultura que, por méritos propios, consiguió una lista interminable de avances científicos y culturales superiores a otras civilizaciones. Era algo parecido, pensó Daniel recordando la vez que estuvo en Tlatelolco, a sostener que los aztecas habían sido antropófagos cuando Tenochtitlan se rindió, y aquello lo dijo con las palmas de las manos abiertas, por falta de comida.

En ese momento, justo cuando Daniel jugaba con la punta del cigarrillo en el borde del cenicero de arcilla, y mientras seguía escuchando la historia del hermano de Balam, una niña de mirada adulta, vestida con una blusa negra de manta y una pañoleta blanca sobre la cabeza, se acercó a la mesa donde estaban. Se ajustó el pañuelo por detrás de una oreja y les dijo algo en tojolabal. Ninguno de los dos la entendió, pero respondieron al unísono con la misma sonrisa condescendiente.

— No, gracias.

— Muy amable.

Daniel, guiado más por la lástima que por la curiosidad, siguió el camino de la pequeña que ahora arrastraba sus huaraches rotos en busca de otras mesas, como una autómata que no sabe ya ni lo que dice ni por qué está ahí. El chico terminó de contar su historia y, tras ese silencio habitual que se generaba cada vez que alguien se acerca a la mesa a pedir limosna o vender dulces, le contó cómo los negocios estaban de capa caída y que, de no ser por turistas como él, Comitán entero acabaría en bancarrota.

— ¿No recuerda usté a Yumil, amigo?

Daniel intentó recordar.

— El que iba bolo el otro día.

— ¿Iba cómo?

— Ya sabe...

El mesero hizo la señal de shaka con la mano y se tocó la boca varias veces con el pulgar.

— Ah, sí: el borracho ese.

— ¿Qué cree? Si hasta tuvimos que pedir que se lo llevaran. Se agarró una buena el día de Tata Lampo. ¿A poco no estuvo usté en el desfile?

Daniel le dijo que no.

— ¿Ni en la entrada de flores?

Daniel repitió el mismo gesto.

— Pues se armó en grande allá abajo. El caso, que Yumil estuvo echando trago en la Pila desde la mañana y, cuando llegó, ya estaba bien bolo. Poco después de irse usté, cayó al piso redondo como una guanábana.

— Vaya, pues ya lo siento.

— Lo perdió todo y, desde entonces, anda muy amolado, pero ¿qué haría usté en su lugar?

Daniel se quedó pensando en silencio.

Aplastó el cigarrillo en el cenicero, como si así encontrara una respuesta que parecía no llegar, aunque no consiguió entender qué tenía que ver aquel pobre hombre con la historia de Moisés y Balam.

— Todo, amigo. Todo.

Justo en ese momento, la orquesta anunció la última canción de la tarde. De todos los rincones del Parque Central se escucharon las palmas espontáneas del público que, con una sincronía pasmosa, marcaron el ritmo de las melodías alegres de las marimbas. Al sentir la emoción contagiosa de la plaza, Daniel, que miraba sorprendido la destreza de Balam con las cuatro baquetas, creyó entender la trascendencia que tenía aquel instrumento, y no otro, en un lugar como Chiapas.

5

Como cada mañana, Yalit se levantó antes de tiempo. A oscuras, salió de la habitación y bajó las escaleras sin hacer ruido. Cruzó el zaguán midiendo bien dónde pisaba y, al llegar a la cocina, prendió la luz.

Mientras el café y las dos ramas de canela se calentaban en la olla de peltre, descorrió las cortinas de la ventana. Se extrañó de que aún no hubiera amanecido si ya eran más de la seis. Salió al jardín para ver qué pasaba y fue entonces cuando contempló aquellos nubarrones en el cielo todavía negro. Aún con el cabello despeinado, se cubrió con la chalina y arrastró su pequeño cuerpo hasta la cabaña del jardín de la entrada. Al entrar, se sorprendió al comprobar que faltaba uno de los machetes. Volvió a la cocina con el único que encontró y, tras apagar el fogón y cerrar la tapa azul turquesa de la cazuela, bebió un vaso de agua de la jarra de cristal que estaba en la mesa.

Entonces se acordó de dónde lo había dejado.

Fue directa al asador de carbón donde partió la noche anterior el enorme chilacayote con el que prepararon el agua de sabor. Allí estaba el machete que buscaba. Se dio la vuelta y alzó la vista para comprobar que el cuarto de los Cruz seguía apagado. Entonces fue cuando, junto al gran ciprés del jardín, clavó con decisión el primer machete. El segundo, que era casi más largo que su brazo, lo hundió de lado, como si fuera la hoja de una tijera gigante que hubiera brotado de la tierra. Fue un golpe seco y silencioso.

Yalit se sentó en una de las sillas del porche y, quitándose los huaraches, esperó a que amaneciera. Al cerrar los ojos, comenzó a oler el aroma de los jazmines de la mesa de madera, y sintió en los párpados la primera luz de la mañana. Como quien finge estar esperando una sorpresa, pisó con fuerza el pasto y alargó la sonrisa antes de abrir los ojos.

El día, en efecto, amaneció con un cielo despejadísimo.

Yalit se levantó de la silla, se calzó, desclavó con maña los dos machetes y los volvió a guardar en su sitio. Al pasar por la puerta de la cocina, escuchó la voz de su madre.

— ¿Despierta a estas horas?

Yalit se encogió de hombros y, sin despegar los brazos de la espalda, siguió su camino hacia la cabaña.

— ¡Orita voy!

Rosita terminó de picar los chiles y, mientras batía los huevos con calma a la vez que le bailoteaban con gracia las dos trenzas negras, se quedó viendo el amanecer desde la ventana. Pronto, la melodía que estaba silbando se mezcló con el canto de un turpial que, en ese momento, posó su pequeño cuerpo naranja sobre el alféizar.

La luz del sol comenzó a iluminar el valle de Uninajab, desde el bosque de coníferas que limitaba el horizonte hasta los manglares que bordeaban la laguna de Coilá. A través de la ventana, se podían distinguir a lo lejos las albercas naturales que, como dos ojos azules, se abrían y reflejaban un agua termal y solitaria. La luz del amanecer, ahora húmeda y cristalina, fue avanzando gradualmente hasta rebotar en la ventana. El pequeño turpial echó a volar y, en cuestión de segundos, la luz del alba se coló por la cocina e iluminó las columnas del patio, una a una.

Yalit acabó de apilar las tortillas calientes, las cubrió con una mantilla roja bordada a mano y, justo cuando fue a dejarlas en la mesa del comedor, se encontró con Teresa.

— ¡Buenos días, doña Teresa! ¿Le traigo el desayuno?

— Sí, bonita.

Yalit notó algo diferente en su mirada.

— ¿Todo bien, doña Teresa?

— Claro, bonita. No te preocupes.

— ¿Seguro?

— Segura.

Supuso que estaría cansada; últimamente se acostaba muy tarde. Aun así, su sonrisa la tranquilizó. Rosita le avisó desde la cocina. Cuando regresó, le dijo que no fuera tan argüendera; ella se encargaría de llevar los platos a la mesa.

— ¿Don Pablo se levantó enojado?

— Ese hombre vive engazado, Yalit.

Yalit no salió de la cocina, pero escuchó toda la discusión. Al parecer, había un problema con unos terrenos que tenían en Las Margaritas. Teresa escuchaba en silencio dándole vueltas al café con una cucharita de plata, mientras Pablo se quejaba, cada vez con más violencia. Cuando levantó la voz, Rosita terminó de servir y, al volver, cerró la puerta de la cocina.

— ¡Andá vos y me limpiás la entrada, mijita!

— ¡Pero si no hay hojas, ma!

A Rosita no le hizo falta decir nada; arqueó las cejas y le dejó claro que no había réplica posible.

Yalit obedeció y salió de la casa.

Agarró una de las escobas de palma y comenzó a barrer el piso de cerámica del porche, a pesar de que no había ni hojas ni polvo. Cuando llegó a la esquina donde había clavado los machetes, aprovechó para dejar la escoba apoyada en una de las columnas de piedra y se sentó en una silla de tule, en espera de que su madre le dijera qué hacer.

La hacienda de los Cruz era gigantesca.

Yalit nunca había visto un lugar así, y lo que le llamó la atención la primera vez que llegó fue no entender por qué vivían tan poquitos en aquella mansión, si en esa finca podría entrar una ciudad entera. Según le dijo su madre, trabajar con los Cruz era muy difícil y, si habían tenido la suerte de poder estar allí, debía estar agradecida.

Yalit, como cualquier niña de doce años, no comprendía muy bien por qué, pero no le quedaba de otra. Además, desde hacía tiempo su preocupación no tenía nada que ver ni con la hacienda de los Cruz ni con sus terrenos perdidos, sino con una duda familiar de la que algún día, se decía, encontraría respuesta.

Cuando sonó el timbre, Rosita le pidió a Yalit que fuera a abrir. Era Yumil con su inseparable sombrero de paja. Traía un bote de pintura de veinte litros y una cubeta blanca con la que atrancó la puerta principal. Yumil volvió al coche y, mientras bajaba la escalera vertical de aluminio que estaba amarrada en el techo de la furgoneta, Yalit abrió la tapa, pero no encontró nada interesante: unos paños, un puñado de brochas, un par de rodillos, una lija desgastada, un rollo de cinta crepé, dos espátulas y unos guantes de goma amarillos. Yalit sacó los guantes y, al ponérselos, empezó a reírse de lo grandes que le quedaban. Yumil entró con la escalera cargada al hombro y, al pasar, le sacó la lengua. Dejó la escalera apoyada en una de las columnas y, antes de entrar, le dio dos bolsitas de plástico: una de alpiste y otra de dulces.

— Esto queda entre nosotros, cositía.

Yalit se sentó en la silla y esparció un puñado de semillas sobre la cerámica del porche. Con la vista fija en las ramas altas del ciprés, esperó a que bajara la familia de jilgueros que, desde que sonó el timbre, piaban sin descanso. Pero esta vez no descendieron, y no porque no tuvieran hambre, sino porque había demasiada gente; Rosita estaba en el porche hablando con Yumil en tojolabal y, por las caras que puso, Yalit dedujo que no hablaban de la pared que debía pintar.

— ¿Moisés?

— Yalit, no estamos hablando con vos. ¡Echale jule a tu canía, que no son horas! ¡Mirá que sos calash!

— ¡Pero, ma!

Yalit agarró el mango de caña de la escoba y amontonó las semillas que había tirado en el porche. Cuando se fue a buscar el recogedor, los jilgueros bajaron y se comieron el alpiste a toda velocidad.

Yalit, sin darse la vuelta, sonrió satisfecha.

— Doña Teresa, ¿se encuentra usté bien?

— Sí, bonita. Es esta migraña que me tiene…

— ¿Quiere que le traiga algo?

— No, bonita. Ahorita se me pasa.

Rosita entró en la casa y le advirtió a Yalit que dejase a Teresa tranquila.

— No se preocupe, Rosita; Yalit nunca molesta.

— Lo sé, patrona, pero necesita descansar.

Teresa terminó su café y se levantó de la mesa.

— ¿El señor sigue en la casa?

— Creo que sí, aunque hoy tiene que irse pronto para recoger unos pedidos a Comitán.

— Ya llegó Yumil.

Teresa se quedó pensando.

— Lo de la pared de la cochera...

— ¡Híjole, qué cabeza tengo! Lo había olvidado. Pásele, pásele.

— Con permiso, señora.

Yumil se detuvo para descubrirse el sombrero. Cargó de nuevo la escalera y los dos botes de pintura, cruzó el patio y se fue directo hasta la cochera. Yalit se mantuvo quieta, sin saber qué hacer con las manos.

— ¿Y a ti qué te pasa, bonita?

— Nada, señora. ¿Por?

Yalit se encogió de hombros y, en un acto reflejo, cerró con firmeza el puño donde traía los dulces de Yumil.

— Todo bien, patrona —contestó Rosita por ella—. Y vos, Yalit —dijo dirigiéndose a su hija—, ya puse la bomba. Luego, si querés, ve con Yumil y le preguntás si precisa algo, ¿va?

Rosita le dio una toalla de algodón gris. Yalit se marchó, aunque en lugar de ir al baño, cruzó el patio de columnas y fue directamente a la cochera.

Yumil estaba subido en la escalera, a punto de aplicar la mezcla de pintura, cuando Yalit le pidió que la dejara estar allí con él un rato. Se sentó junto a la puerta y observó cómo pintaba la pared.

— ¿Sabés por qué se llama amarillo napolitano?

Yalit abrió la bolsita y mordió con interés una golosina de tamarindo. Aunque estuviera de espaldas, no hizo falta decirle nada.

— Italia es un país de Europa.

— Ya sé dónde está Italia, Yumil. Es la botita.

— ¡Ándale! —dijo alargando mucho las sílabas—. A la altura del tobillo, hay una ciudad maravillosa que fue famosa por su pintura. Se llama Nápoles y, junto a Sicilia, fue un antiguo reino de España.

— ¿Como México?

— No exactamente. El caso es que en Nápoles hay un volcán.

— ¿Como el Tacaná?

— Más chiquito, pero más conocido.

— ¿Más que las *pizzas*?

A Yumil le hizo gracia la comparación, pero le dio la razón.

— ¿Vos te acordás de aquella historia que te conté de Pompeya?
Yalit asintió.

— El Vesubio se llama. Pues de ahí salen unas piedras bien bonitas que tienen este color.

— ¿Son amarillas?

— Si las partes, sí.

— ¿Y diay?

— Pues que cuando llegaron los españoles construyeron sus casas y las pintaron con colores de allá.

— ¿Porque echaban de menos las suyas?

Yumil sonrió y se quedó pensando cómo explicarle una pregunta que no era fácil de contestar.

— Hacés muchas preguntas, cositía. Puede ser, pero creo que las razones fueron otras.

— ¿Cuáles?

Yalit siguió comiendo los dulces de su bolsita a la espera de una respuesta que nunca llegó; la voz de su madre se escuchó desde el patio. Tuvo que salir corriendo y, con la toalla sobre los hombros, le dijo que el agua aún no estaba caliente, pero que ya estaba a punto de entrar.

— Yo estaré en la cocina. Y te vas luego a la cochera por si Yumil necesita algo, ¿sí?

— ¡Sí, ma!

Yalit contestó desde el baño, mientras el chorro templado de la alcachofa metálica salpicaba para nadie en el plato de la ducha. Abrió la pequeña ventana y, alargando el mordisco del último dulce que quedaba en la bolsa, contempló la belleza del valle, silencioso y soleado, de aquella calurosa mañana invernal.

6

— ¿Más café?

Mayra asintió sin levantar la vista del libro. El chico le rellenó la taza y se llevó el plato vacío del desayuno. Cruzó el patio donde estaban las mesas del comedor y, al abrir de espaldas la puerta de la cocina, vio que Daniel bajaba por las escaleras.

— ¡Ahorita voy!

Daniel le indicó con las manos que no se apresurara. Dejó el mapa de carreteras rojo junto al jarrón de jazmines y se sentó a la mesa, con la tranquilidad que suele ofrecer un domingo por la mañana.

Mientras esperaba, se quedó un rato embobado ante el rumor del agua de la fuente y la vegetación del patio. Sobre todo, por las colas de quetzal que colgaban de las vigas de madera. Justo a la altura de aquellos gigantes helechos estaba la mesa de Mayra.

Aprovechó que ella seguía leyendo para mirarla fijamente. Le extrañó no haberla visto antes. A pesar de la distancia y de que la fuente los separaba, Mayra sintió su presencia y, cuando pasó de página, confirmó sus sospechas.

— Provecho.

Lo dijo levantado su taza de café, sabiendo que así evitaría la molestia de sentirse observada. Cuando Daniel le devolvió el saludo, Mayra se dio cuenta de que no parecía un hombre ofensivo. Todo lo contrario. A pesar de su aspecto desaliñado, sobre todo por el fleco alborotado y la barba sin arreglar, tenía una mirada limpia que, a simple vista, mostraba a una persona con pocas dobleces. Torció la boca, en lo que pretendió ser una sonrisa, y entonces fue Mayra quien sintió que no estaba siendo muy discreta. Bajó la mirada y siguió leyendo, aunque ya le quedaba poco café y, sobre todo, una página por leer.

Cuando el chico terminó de servir la mesa de Daniel, no hizo falta que volviera a preguntar a Mayra. Sin que ella le dijera nada, se acercó y le volvió a llenar la taza.

— ¿Gusta de algo más, señorita?

Mayra cerró el libro y, con un suspiro de satisfacción, le dijo que no. La sensación de terminar un libro siempre le provocaba un placer difícil de describir. Y en ese momento, todavía más. No solo porque no era la primera vez que leía *Balún Canán*, sino porque ese final literario cobró entonces un sentido mucho más profundo en aquel lugar. Se quedó pensando en el acierto de la última escena, que tantas veces había leído, en donde la pequeña protagonista pintarrajeaba el nombre de su hermano por las paredes, tras el encuentro inesperado con su nana. Aquel desenlace cerraba con un perdón que transgredía su significado e iba más allá de la ficción. Mayra cerró el libro, le dio la vuelta y lo agitó como quien examina un paquete navideño que no le corresponde y pretende desvelar su contenido a través del papel de regalo. Lo puso sobre la mesa y, apoyando el codo sobre el mantel, dejó caer lentamente la cabeza sobre la palma de la mano.

— Se parece usté un buen a la de la foto.

Mayra frunció el ceño y buscó entre los cuadros del fondo, pero solo vio dos retratos de Benito Juárez y uno de Belisario Domínguez bajo las colas de quetzal.

El chico le señaló con el dedo la solapa del libro.

Mayra observó la foto de Rosario Castellanos y, en un acto reflejo, se ajustó la diadema que daba forma a su nuevo peinado. Al verse, confirmó que no se parecía en nada y no entendió dónde estaba el parecido: ella tenía el cabello lacio, jamás se pondría pestañas postizas, sus cejas no estaban pintadas, sus orejas eran mucho más pequeñas y, sobre todo, aunque las dos tuvieran unos labios parecidos, su nariz era, pese a ser también grande, totalmente distinta. Además, ella no era tan bajita como Rosario. Entonces, Mayra se dio cuenta de que la comparación no tenía que ver con su rostro, sino con la postura del brazo y con algo de mayor relevancia para ella: a ojos de los demás, se veía como una escritora. Por eso, aquella observación la recibió como un cumplido y le dio ánimos para empezar, cuanto antes, a escribir el primer capítulo de una ficción que aún desconocía, pero que tenía claro dónde estaría ambientada.

— Si necesita cualquier cosa...

— Pensaba ir a Tenam Puente. ¿Son seguros los camiones?

— Si gusta, puedo pedirle un taxi, señorita.

En ese momento, la voz profunda de Daniel se coló en la conversación desde el otro lado del comedor.

— Si quieres, te puedo llevar yo.

Mayra ladeó la cabeza, y sorteando el cuerpo del mesero, descubrió a Daniel tras el ramillete de jazmines, idéntico al de su mesa. Le agradeció el ofrecimiento, pero le dijo que no era necesario.

— No es ninguna molestia; me pilla de camino.

Mayra se levantó e, insistiendo que no hacía falta, pero que era muy amable por su parte, se levantó y subió a la habitación. Al cerrar la puerta, se dio cuenta de que se había dejado el libro. Volvió a salir y, cuando apoyó la mano en la barandilla y pisó el primer peldaño, vio que Daniel estaba subiendo.

— Te dejaste lo más importante.

Mayra arqueó las cejas, como dando a entender que era alguien despistada, cuando no era, ni mucho menos, un rasgo que la caracterizara. Daniel hojeó el libro una vez más antes de entregárselo.

— Qué mujer tan especial, ¿verdad?

No le quedó claro si Daniel dijo aquello porque realmente conocía su obra o porque quiso provocar la plática que vino después.

— ¿La conoces?

Daniel le dio el libro y, al hacerlo, se acercó demasiado a Mayra. Ninguno de los dos supo qué hacer, así que estuvieron un rato quietos, algo incómodos, a unos peldaños de distancia. Hacía tiempo que Mayra no veía a alguien con unos ojos tan claros.

— Claro, aunque te confieso que justo este no lo he leído. El que leí fue *Oficio de tinieblas* —añadió abriendo mucho los ojos—. Por cierto, mi nombre es Daniel.

Mayra se presentó y le extendió la mano, pero la libre que tenía era la izquierda, así que el saludo fue algo torpe y, tras un silencio momentáneo que duró una eternidad, Mayra no supo qué pensar. Por un lado, le asombraba que aquel extranjero supiera quién era la autora de la *Lamentación de Dido*, y ese era un tema del que ella podría hablar durante días sin parar. Por otro lado, pensó que con la información de la solapa podría haber sacado el título y aquello no era más que una excusa para ganarse su confianza e insistir en llevarla, por razones que no quería considerar. Era imposible saberlo en ese momento, pero Mayra no se dio la vuelta e, impulsada por la curiosidad, le preguntó que por qué había leído aquel libro.

—Lo leí antes de llegar a San Cristóbal de las Casas. Es una historia un poco larga, pero si quieres...

Mayra se acomodó en el barandal y, sin moverse de su sitio, escuchó durante varios minutos a Daniel.

—¿Y tu idea es llegar hasta Buenos Aires?

—Hasta Ushuaia. Ahí se termina la carretera.

—¿Y cuántos llevas ya?

Daniel hizo las cuentas mentales y confirmó los kilómetros que llevaba recorridos.

—Pues, con la tontería, unos veinte mil.

Mayra asintió, aunque le había preguntado por el número de libros; la historia que más le llamó la atención no fue tanto que hubiera decidido, por su cuenta y riesgo, viajar desde Alaska hasta Argentina, sino el plan de leerse un libro que hubiera sido escrito en el lugar por el que pasara.

—¿Así que solo estás de paso?

Daniel abrió las palmas de las manos, en un gesto que mostró más resignación que ingenuidad.

—Bueno, ¿y quién no?

Mayra no esperaba aquella respuesta. Ella, en el fondo, también estaba de paso, pese a que su plan inicial era estar de vuelta antes del verano. Cuatro meses serían suficientes, aunque no quería pensarlo entonces; como le decía siempre su madre parafraseando al emperador Julio César, hasta que no se llegara al río no había que preocuparse por cruzar el puente.

— Insisto. Si quieres que te acerque, por mí, encantado. De verdad que no es ningún problema.

Mayra aceptó y quedaron en el *hall* en diez minutos.

Cuando entró en la habitación, dudó entre si había hecho bien o no, pero Daniel había sido educado y le entró curiosidad por saber con más detalle los motivos que habían llevado a aquel español a cruzarse el continente de norte a sur. Además, si era cierto que no le desviaba tanto, le parecía una buena opción. Sabía que Chiapas estaba lleno de europeos errantes. No pensó en aquel momento que quizá tendría que volver sola. Entonces le pareció razonable; la vuelta, pensó, sería más fácil desde la zona arqueológica.

Al bajar, preguntó al recepcionista por Daniel.

— Fue a traer su carro de la cochera. Me dijo que le esperara, que ahorita venía. Le gustará, ya verá.

Mayra sonrió para sí.

— Es un lugar hermoso. Si no lo conocen...

Aquel plural la desconcertó y, cuando le quiso aclarar que ella iría sola y que solo estaba aceptando el viaje de ida, escuchó el pitido del claxon.

Daniel abrió la puerta desde dentro y Mayra, con una emoción adolescente de quien piensa que está tomando una decisión arriesgada, se subió en el sedán crema, muy parecido al que tenía su padre, y se dejó llevar.

El camino fue mucho más corto de lo que pensaba.

A diez kilómetros de haber salido de Comitán, Daniel giró el volante y salió de la Panamericana. Dejaron atrás los lomeríos de la Meseta Tojolabal y siguieron por una carretera de piedra, rodeada de milpas y cañaverales, bajo un sol que calentaba más de la cuenta por las horas que eran. Mayra se fijó en el letrero de madera que les daba la bienvenida a San Rafael Chacaljemel, pero allí no había nada: un páramo solitario con varias casas de láminas de adobe en las que parecía no vivir nadie. Salvo por un camión de volteo lleno de indígenas que tomó la desviación hacia Montes Azules, recorrieron solos los últimos kilómetros.

Al poco de llegar, Daniel extendió el brazo para mirar el mapa de carreteras y, al hacerlo, dio sin querer un volantazo. Tras el choque involuntario, sonó un estallido que preocupó a Mayra.

—¿Se ponchó la llanta?

A Mayra se le juntó el sudor del calor con el de la angustia de pensar que se podrían quedar tirados en aquel sitio. Daniel le dijo que no se preocupara. Sacó la cabeza por la ventanilla y comprobó que el sonido de los neumáticos era normal, aunque disminuyó todavía más la marcha. Lo que no hizo falta fue que le pidiera abrir el mapa; pronto vieron las indicaciones de Tenam Puente.

—Entonces, ¿fue un accidente?

Daniel continuó con la plática que habían pausado desde que salieron de la Panamericana.

—Según yo, sí.

—Me cuadra más que fuera un suicidio, pero…

—¿Lo dices por el chofer? No creo. Rosario solía ir mucho a ese bazar de Tel Aviv, y no tendría sentido; estaba en su mejor momento. Además, esa lámpara la eligió ella.

—Pero eso de que saliera de la ducha mojada…

—Eso dicen, pero no creo que se bañara.

—¿Y eso por qué?

—Ella solía quitarse los zapatos antes de entrar en la casa y aquel día hacía muchísimo calor.

—No entiendo.

—Fue por el sudor, no por el agua.

Daniel asintió, pese a que le cuadraba más la versión del suicidio.

—Pues qué final más tonto, ¿no?

7

A Cuauhtémoc no le hizo falta llamar al timbre; la casa de los Guillén estaba abierta y, pese a que todos se conocían en la colonia, le extrañó que no hubieran echado la llave. Cruzó el sinuoso pasillo sorteando las dos marimbas y las jardineras de la entrada y, al escuchar el ruido de la televisión, fue directo hacia la salita. Allí se encontró a Juan en el viejo sillón de piel, como si no estuvieran ahí ni los personajes de la telenovela ni María, que estaba hecha un ovillo a su lado. Fue extraño ver a Juan viendo aquel programa y, sobre todo, que la casa estuviera tan desordenada; los Guillén siempre habían sido muy exquisitos con la limpieza.

— ¿Sabemos algo?

Juan, con la mirada perdida más allá de la pantalla donde unas adolescentes se bañaban con los uniformes escolares en una poza, ni se volteó; cerró los ojos y negó con la cabeza varias veces, con una lentitud que preocupó a Cuauhtémoc. Pensó qué palabras elegir para consolarlo, pero no dio con ninguna; seguían sin tener noticias de Moisés, salvo que ya pasó, como les dijeron, de ser una persona no localizada a una desaparecida.

De nada habían servido los anuncios en Radio IMER ni los carteles que estuvieron pegando por las calles durante los días posteriores. Ni tampoco la visita de los policías que les pidieron paciencia, ya que el caso era complejo. A Moisés se lo había tragado la tierra y la teoría de su hermano cada vez cobraba más sentido. Según él, quizá se marchó sin más, porque sí, y había que hacerse a la idea; pero la resignación no estaba en los planes de nadie y, haberse ido sin avisar no tenía ningún sentido, y menos en aquel momento. Era pronto para suponer las razones, pero lo cierto es que los ánimos habían decaído tanto que uno ya no sabía qué pensar.

— Lo encontraremos.

Así de seguro hablaba el padre Unai días atrás, sin tener en cuenta que aquellas palabras preocupaban aún más a Cuauhtémoc, al que, a pesar de lo evidente, no le gustaba que estuviera en la casa de los Guillén a esas horas. Y no porque desconfiara, sino porque pensaba que había asumido un papel que le quedaba grande.

Dejó la bolsa de plástico que traía en la mesa, movió la primera silla que encontró y, dándole la vuelta, Cuauhtémoc se sentó y apoyó los brazos en el respaldo.

Aprovechó al momento de los comerciales.

— Juanito, quizá tenga razón Balam.

Quien contestó fue María.

— No, mi Cuauh. Yo sé que a mi choshito se lo llevaron —dijo viendo el cuadro familiar infantil de la pared.

Poco podía añadir, salvo que sentía que les estaba fallando. Después de todo lo que habían hecho por él, pensaba que había llegado el momento de devolverles el favor, pero no sabía cómo. Lo que sí sabía era que no podía verlos así durante más tiempo. La desaparición de Moisés era un rompecabezas y, por muchas vueltas que le dieran, por muchos carteles que pegaran, por muchas preguntas que hicieran o por muchos ánimos que les diera el padre Unai, no había forma de saber qué había pasado.

Durante aquella semana, Cuauhtémoc llegó a pensar que tal vez Balam estaba en lo cierto, pero sentía que debía ser él quien resolviera el misterio de su hermano. Lo que tenía claro es que hacía falta pensar en otro plan, porque todo lo que habían hecho no había servido para dar con su paradero.

María se levantó del sofá, se recogió su larga cabellera negra en una coleta y, dando un golpecito con la mano al cojín naranja de bordado artesanal, le invitó a sentarse junto a ella.

— ¿Y qué averiguó el padre Unai?

En la pantalla se vio la imagen de una hacienda llamada Los Arrayanes. Los personajes discutían sobre una deuda con unas tierras y los problemas familiares de aquella familia rica con su hija rebelde.

— Ahí está en su cuarto con Balam.

Cuauhtémoc miró hacia el pasillo y comprobó que la puerta estaba cerrada.

— ¿Sigue sin ir a la escuela?

— En eso estamos. A ver si él lo consigue, porque a nosotros ya ni... Hablá con él, Cuauh, que vos lo conocés desde que era un chamaquito.

Cuauhtémoc bajó la mirada y no supo qué decir. Seguía viendo a Juan con preocupación. Arqueó las cejas en dirección al sillón de piel y María levantó los hombros. Al ver a su marido, extendió la mano y le sobó el antebrazo con ternura, como si fuera un animal malherido. Juan le acarició la mano de vuelta y, sin moverse del sitio, fingió seguir prestando atención al drama familiar de aquella telenovela.

— Les traje unos tamalitos de elote.

María le agradeció con una sonrisa cansada y deshizo el nudo de la bolsita de plástico. Le ofreció un tamal a Juan pero no quiso.

Cuauhtémoc se sintió incómodo; pensó que se esperaba más de él y, por la conversación que se imaginaba en la habitación de Balam, consideró que debía ser él quien tendría que estar consolando a esa familia y no un cura español que, como ya les dijo días atrás, les estaba prometiendo algo que no podía cumplir. Cuando escuchó aquel día eso de que iba a remover Roma con Santiago, lo primero que pensó fue que, con esas coordenadas, poco iba a encontrar allí. Aun así, tenía que reconocer que se había volcado con los Guillén y no parecía mal hombre, aunque seguía sin entender en qué momento se convirtió en uno más de la familia.

Cuauhtémoc abrió la hoja de plátano y masticó el tamal en silencio. Juan seguía en su sitio, impertérrito, frunciendo el gesto al ver cómo se peleaba la hija manipuladora con su padre de ficción que, físicamente, se parecía bastante a él. María lo miraba como se mira a un familiar enfermo durante sus últimos días y, sin decir nada, los dos coincidieron en el parecido que tenía el actor de la novela con Juan. No solo por el cabello blanco o el bigote gris, sino por la casualidad de que la bata café que le cubría su cuerpo rollizo era casi idéntica.

Cuauhtémoc dejó de prestar atención a la pantalla y, al ver a Juan, se sintió culpable; el trabajo en la talabartería no le dejaba tiempo suficiente y se sentía responsable de su inoperancia. Hasta cuando Yumil le dio la noticia, no reaccionó como se esperaba de él. Al principio creyó que no había motivos para alarmarse, y así lo dijo. Cuando al día siguiente no tuvieron noticias de Moisés, se dio cuenta de la magnitud de lo que estaba pasando.

— Pero bueno, Cuauh. ¡Dichosos los ojos!

El padre Unai entró en el salón. Se le veía cansado, pero mantenía el rictus sereno, con aquella sonrisa calmada que, según quién la interpretara, podría transmitir más confusión que sosiego. Se ajustó los lentes de carey y se abrió los botones altos de la camisa de lino marenga. A Cuauhtémoc le extrañó que no llevara ningún crucifijo colgado del cuello, pero como aquel párroco delgaducho rara vez vestía con sotana y era, como decían, tan moderno para la época, no le dio importancia.

Él mismo se contestó.

— Sí que hace calor aquí dentro, sí.

Fue hacia la silla donde antes se había sentado Cuauhtémoc y se sirvió un vaso de agua. María se levantó del sofá y le preguntó si había novedades. Un resoplido fue suficiente para entender que todo seguía igual. Fue entonces cuando, con una señal de complicidad que a Cuauhtémoc le sorprendió, María le propuso salir al traspatio. Cuauhtémoc se quedó sentado en la silla y, una vez más, se sintió ridículo; no quedó claro si la invitación lo incluía también a él. Fue entonces cuando Juan, como un oso somnoliento, despertó de su letargo.

— Cuauh, dejá que el padre ayude.

— Claro, Juanito. Es solo que no tengo claro que...

— ¿Que qué?

Se levantó del sillón y apagó la televisión.

— Que sea la persona adecuada.

Juan se sentó a la mesa junto a él y desenvolvió uno de los tamales que quedaban en la bolsa.

— ¿Y eso por qué?

— Ya lo sabes. Nunca me cayó bien.

— Es un buen hombre. ¿Vos recordás al padre Efraín?

— Cómo olvidarlo.

— Pues eso.

— ¿Y tú cómo estás?

Juan abrió los ojos dejándole claro que no era necesaria la respuesta. Lo que sí se escuchó entonces fue la voz de Balam, que acababa de salir de su habitación.

— ¿Qué onda, padrino?

Balam le chocó amistosamente el puño y, tanto Juan como Cuauhtémoc, se quedaron esperando a que les contara qué había pasado en la habitación.

— Ya le dije que, cuando esté con ganas, volveré.

Balam agarró el último tamal que quedaba.

— ¿Y la marimba?

— Pa, dejalo ya, ¿va?

Juan quería saber si lo de dejar de tocar era también temporal o no. Cuauhtémoc no se estaba enterando, así que decidió unirse a la plática.

— ¿Y qué le pasa a la marimba?

Juan miró a Cuauhtémoc confuso; no entendía por qué había hecho esa pregunta.

— A la marimba no le pasa nada.

— Pa, ahorita no, ¡ya!

Cuauhtémoc intentó mediar, cambiando de tema.

— Balam, confía: encontraremos a tu hermano.

Al escucharse, Cuauhtémoc supo que estaba haciendo justo lo que criticaba del padre Unai pero, al ver la cara de Balam, se dio cuenta de que no había vuelta atrás y se sintió en la obligación de mantener la postura.

Cuando les contó su idea improvisada, a Juan le pareció un disparate y, sobre todo, insistió en que era peligroso, aunque coincidían en un mismo punto: la policía no solo no les iba a ayudar, sino que podía ser sospechosa. Resopló, entre desesperado y agotado, y Juan, negando con la cabeza, le trató de explicar que aquello no tenía ni pies ni cabeza.

— Mi padrino tiene razón, pa.

— ¿Y por dónde empezarás, Cuauh?

Cuauhtémoc contestó sin dudar.

— Por donde sea; habrá que bregar para que nos escuchen, ¿no?

Así fue como, sin darse cuenta de la importancia que tendría después, Cuauhtémoc plantó una semilla que el padre Unai supo florecer; al siguiente día creó la que él mismo bautizaría como Brigada Vecinal.

La finca de los Cruz seguía en silencio. El único sonido que venía del patio era el rumor líquido de la fuente, cuyos chorros burbujeaban sin mucha fuerza, y las hojas del libro de Elena Garro que Teresa, recostada en su hamaca, pasaba con tranquilidad cuando llegaba el momento. Yalit cruzó el patio con los huaraches en la mano, midiendo la pisada de sus pies descalzos, como si quisiera no tocar las baldosas de cerámica.

— ¿Aburrida?

Yalit se dio la vuelta y se disculpó por haberla distraído.

— Tú nunca molestas, bonita.

Yalit le enseñó agradecida sus pequeños dientes blancos y se quedó en silencio.

— Hoy se quedó muy tranquila la casa, ¿verdad?

Teresa sintió que Yalit estaba inquieta y no sabía por qué. La miró como una madre que observa a una hija y, anticipándose al problema, le hace ver que todo está bien.

— ¿Viste que ya floreció el tenocté?

Yalit abrió los ojos y, como si le hubieran adelantado un regalo que esperaba, salió corriendo, ya sin medir las pisadas, hacia donde se encontraba aquel árbol tan imponente. Allí estaba, luciendo desde su altura el blanco cremoso de sus hojas estrelladas en medio de un jardín florido que alargaba las horas del atardecer. Yalit levantó la punta de la nariz, alargó el cuello como lo haría una ternera de jirafa y se llenó las fosas nasales con aquel aroma afrutado. Cuando estiró su pequeño cuerpo e intentó alcanzar el collar de hojas algodonadas que trepaba por la rama más baja, se dio cuenta de lo que había crecido.

Teresa, que llevaba un rato viéndola sin que ella lo advirtiera, le alcanzó una de las sillas y la apoyó junto al tronco. De un salto, Yalit igualó su altura a la de Teresa y tocó con los dedos los pétalos albinos de una flor. Se frotó las yemas y volvió a oler aquella fragancia tan fresca.

— ¿Usté cree que es verdá eso que dicen del tenocté?

El comentario hizo que Teresa sonriera, tanto por recordar la leyenda que hablaba de desapariciones misteriosas cuando aquel árbol florecía, como por la curiosidad que demostraba siempre Yalit cuando hablaba con ella.

— No tienes pensado irte, ¿verdad?

A Yalit le cambió la cara. Como estaba de espaldas, Teresa no se dio cuenta. Al bajar de la silla, Yalit la miró con preocupación, como si hubiera sacado un tema del que no quisiera hablar.

— Es por lo de Moisés.

— ¿Moisés?

— El hermano de Balam.

Teresa se quedó pensando, pero aún no sabía de qué le estaba hablando y le parecía muy extraño que, por lo que la conocía, tuviera un pretendiente con el que fugarse por haber tocado aquella flor tan blanca.

Yalit le aclaró el malentendido.

— ¿Pero usté no conoce a los Guillén?

Teresa hizo memoria.

— ¿A poco no va a Comitán a escuchar marimba?

Teresa negó con la cabeza y, cuando le dijo que no conocía aquella familia, pensó que hacía mucho tiempo que no salía de Uninajab. Por eso, cuando Yalit empezó a contarle la historia de los Guillén y de cómo se conocieron, se percató de lo aislada que estaba en la casa y del tiempo que hacía que ni pasaba por Comitán ni tan siquiera se dejaba ver por el hotel cuando, años atrás, prácticamente era como su casa.

— ¿Usté cree que se lo llevaron?

Esa pregunta hizo que Teresa prestara atención y que, por un instante, estuviera a punto de decirle a Yalit lo que pensaba sobre la situación de Chiapas, pero ella misma se frenó, al ver que ella esperaba otro tipo de respuesta.

— No creo, bonita. Ya verás como tu amigo aparece.

El ruido de la cochera dio por terminada la conversación. Yalit se fue a la otra casa, detrás del zaguán; y Teresa, preocupada por la historia que había escuchado, volvió a su hamaca de henequén y siguió con la lectura de Garro, pero más que intentar descifrar la misteriosa voz que narraba la historia de Ixtepec, recordaba cómo era todo años atrás, cuando sus hijos aún no se habían marchado de Comitán, y qué decisiones cambiaría si fuera posible retroceder en el tiempo. Aun así, fingió estar concentrada en la novela cuando vio que llegaba su marido.

Pablo Cruz se acercó a ella y le dio un beso en la frente. Fue rápido, frío y protocolario. Dejó unas bolsas que cargaba sobre la mesa, se sentó en una de las sillas de madera y resopló. Teresa pasó de página y, al ver que él seguía sentado, notó que quería decirle algo, pero no sabía cómo. Lo miró, con algo de desgana, pero dejándole ver que estaba dispuesta a continuar la plática de la noche anterior, pese a que no fuera el momento más indicado. Pablo sacó de las bolsas uno de los cintos piteados.

— ¿Qué te parece?

Teresa lo vio y le dijo, sin mucho interés, que le encantaba; seguía esperando que fuera al grano, porque dudó de que quisiera hablarle de lo bien que trabajaba su talabartero de confianza. Pablo no dijo nada. Fue ella la que habló.

— He pensado volver al hotel.

Pablo siguió mirando el cinturón, como si tuviera una serpiente venenosa entre las manos.

— Lo mejor será cerrarlo, pero si vos tenés alguna idea...

Teresa pensaba más en ella que en las finanzas familiares, aunque aprovechó aquel comentario para preguntarle cómo había quedado el pleito de los terrenos que quería comprar, ya que la conversación de la noche anterior no tenía visos de continuar.

— No hay manera. Como ahora son ejidales, pueden hacer lo que les venga en gana.

Pablo se encendió un cigarrillo y, en cuanto empezó a fumar y vio que Teresa no decía nada, miró hacia el cielo, que ya empezaba a mostrar los colores rosáceos y naranjas del arrebol, y él mismo se caldeó.

— Yo a esta gente, si te digo la verdá, es que no la entiendo. El gobierno se las regaló, como quien dice, y mirá cómo están. Estas tierras ya no sirven para nada. Luego les propones una solución, y mirá que les ofrecí un buen de lana, y se niegan en bloque. Que eso no se puede hacer, patrón. Que esas tierras ya no son suyas. Hijos de su madre... Sí que me pusieron del asco. Y ahí están, sin nadie que las trabaje. Yo les ofrezco varo y chamba. Y ellos me dicen que mire lo que pasó en El Ocotal y que la culpa de todo es de Absalón Castellanos. ¿Cómo te quedás? ¿Tío Chalón? ¡Ya ni la amuelan! ¿Qué tendrá que ver una cosa con la otra? Te digo que...

Teresa dejó de escuchar, no porque no le preocupara lo que estaba pasando con aquellos terrenos ni por las noticias que llegaban de la Selva Lacandona, sino porque no quería seguir escuchando a Pablo hablar en ese tono. Aquellos campesinos, pensaba, tenían razón y, a su juicio, Pablo y aquel grupo de finqueros eran los que lo estaban haciendo todo al revés, ya que no veía la necesidad de comprar aquellas hectáreas. Y más en su caso, si el problema que más le preocupaba no tenía que ver con la economía, sino con ver cómo su relación se estaba desmoronando lentamente y sin remedio, como una pirámide en ruinas a la que nadie prestara atención.

Desde que aceptaron aquella herencia y se quedaron con la antigua hacienda familiar y el hotel, nunca les faltó de nada, a pesar de que el dinero que le cayó del cielo a Pablo no les daría, como pensaron en un principio, para vivir dos vidas. Por eso, Teresa no entendía en qué momento, con lo que había sido y lo que habían vivido juntos, se había transformado en aquel señor triste, enojado y tan alejado de la realidad.

— No te reconozco, Pablo.

Eso le dijo Teresa la noche anterior, tras ver que la comunicación entre ellos había llegado un punto de no retorno. Y, si bien él utilizó el pretexto de los hijos, ella sabía que no era así. Entendió que, al terminar sus estudios, decidieran no volver, y eso era algo que Pablo aceptó a regañadientes, pero le impidió ver más allá. Habían pasado ya dos años desde que se fueron a Puebla, y aún seguía pensando que lo habían traicionado, aunque no lo decía con esas palabras.

— Deja en paz a los niños. ¿Qué culpa tienen ellos?

— Nos irían mejor las cosas, mamita.

Teresa no soportaba aquel victimismo y que siguiera sin darse cuenta de que el problema era otro. Como durante aquel año había sido un asunto recurrente, cada vez que sacaba el tema, en vez de hablar de lo que debían, comprendió que Pablo habitaba un mundo diferente al suyo donde, por mucho que intentara sacarlo y unirlo al de ella, no había forma de encontrar el puente que los conectara. Lo único que quedaba, aparte de las migrañas y aquellas discusiones eternas, eran sus lecturas y la compañía de Yalit cuando Rosita no estaba detrás. Aun así, sabía que aquella vida tenía que cambiarla, y sí: estaba a tiempo.

Cuando tuviera más fuerzas, tomaría una decisión. De eso no tenía duda. Por eso, cuando Yalit le habló de aquella desaparición, pensó que quizá había llegado el momento de ser útil, de volver a sentirse viva, de hacer algo por los demás y no seguir allí viendo pasar los días como una planta a la que nadie riega y, pese a que aguante levantada, ya se empieza a notar la falta de savia y el peso implacable de la gravedad. Eso pensó al ver las gigantescas orejas de elefante que caían, junto a la hamaca, de una de las macetas del jardín. Sobre todo, cuando vio una que estaba tocando el suelo y su color había pasado del esmeralda de las demás a un preocupante verde petróleo.

— Mamita, ¿me estás escuchando?

— Sí, sí, perdona. Decías que los ejidatarios...

9

No quedó claro si el padre Unai aprovechó el inicio de la Semana Santa o fue casualidad, pero lo cierto es que, en aquella calurosa mañana de primeros de abril, la capilla de San Sebastián estaba a rebosar. No solo de los feligreses habituales, que eran casi tantos como los de San Caralampio, o el grupo, cada vez más mayor, de la Brigada Vecinal, sino de curiosos y turistas que, quizá atraídos por el sermón que se escuchaba amplificado en la plaza, se agolparon en la puerta para escuchar lo que se decía desde el púlpito.

El padre Unai se ciñó el alba con el cíngulo y se dejó colocar la estola morada que le daba ese aire de solemnidad colonial, pero que en su caso provocaba una imagen extrañamente cercana, bastante alejada de la que proyectaba, meses atrás, el padre Efraín, que entendía los sermones en el sentido coloquial de la palabra.

Se ajustó los lentes y, viendo el lleno completo del templo, se mostró agradecido y animado. Tras humillar la frente ante la escultura principal del retablo, que más que doliente por el martirio de las flechas parecía estar devolviéndole el saludo enredado en aquel árbol de madera, el padre Unai se dio la vuelta y mantuvo la mirada fija en el pasillo de la nave central.

Tras la primera antífona y la bienvenida protocolaria, aprovechó la afluencia de aquel día y decidió saltarse el guion; fue directo como una flecha hacia la homilía, pero entró de una forma muy distinta a como la congregación estaba acostumbrada, y que a los veteranos, por las miradas cómplices de alguno de ellos, les recordó a la misa inaugural de la parroquia que presidió, veinte años atrás, el obispo Samuel Ruiz.

Los más beatos se sorprendieron de que cambiara las lecturas que esperaban de los evangelios o que, en su discurso, añadiera algunas palabras sueltas en tojolabal, que hizo que las familias de las primeras bancas asintieran, aun con más energía, y otras se preguntaran qué había dicho. A medida que fue hablando, mientras paseaba por el presbiterio como si fuera un maestro entusiasta de una escuela rural, todos entendieron de sobra que la predicación de aquel día tenía una intención práctica, real, tangible, y que era necesario que prestaran atención.

Cuauhtémoc seguía apoyado en la jamba de la puerta intentando acordarse de las fases de la liturgia, pero lo único que recordó era que, tras la retahíla de cánticos y rezos, cuando llegase la eucaristía, darían paso las ofrendas y se terminaría el sermón. Dudas que no importaron mucho, porque los planes del padre Unai fueron otros. Su objetivo estaba claro y tenía más que ver con el éxodo judío que con la cuaresma cristiana. No era muy complicado entender que, cuando se refería a Israel o a Egipto, el oído atento conectaba las referencias con la situación política del país, y con la de Chiapas, en particular. Y aquello era algo no solo novedoso o transgresor, sino revolucionario, y más si aquellas palabras salían en un templo mexicano de la boca de un extranjero.

Cuauhtémoc siguió escuchando desde la puerta, con sorpresa e interés, la interpretación que hacía el padre Unai de la odisea de los israelitas con un acento castellano muy marcado que, por primera vez, no le sonó golpeado e inquisidor, sino conciliador y, sorprendentemente, familiar.

—¡Pues claro que lo sabía! Pensadlo bien. Cuando levantó su cayado, ya sabía que las aguas del Mar Rojo se abrirían. Igual que supo aquella vez que, hambrientos en su travesía por el desierto, les caería maná del cielo. Pero esta vez no titubeó. No hubo duda, no. No le hizo falta decir nada. Y no porque fuera, como él mismo decía, torpe de lengua. ¡Qué va! ¿Y sabéis por qué? ¡Claro que sí! Porque así estaba escrito. Su pueblo se liberaría de la esclavitud. Su misión estaba clara: ¡llevar a los suyos a la Tierra Prometida! —exclamó con una rotundidad esperanzadora a la que siguió un silencio planeado—. Por eso os decía al principio que, mientras sigamos aquí abajo unidos y con la fe intacta, todo saldrá bien; ya se encargará el de arriba de cumplir con su promesa. Confiad. De eso no dudéis —asintió e hizo que muchas cabezas se balancearan convencidas desde las bancas centrales—. Pero cuidado: no basta solo con la fe —aclaró con un tono jaculatorio que fue seguido de otra pausa medida—. La clave, y eso lo supo Moisés mejor que nadie, estaba en la unidad. La unión del pueblo es la que mueve montañas, hermanos. ¡Es la que rompe en dos el mar, si hace falta! ¡Es la que hace que brote el agua de la roca! ¿No se nos dijo que somos un solo cuerpo? ¡Pues claro que lo somos! ¡Vivamos como si fuéramos un mismo cuerpo! ¿Acaso no somos miembros de una misma familia? ¡Unámonos, pues, en el mismo sentir! Así es como completamos su gozo: ¡unidos en espíritu... y con un mismo fin! Hay un solo pan, el de la vida, el que nos une, y todos participamos; aunque seamos muchos, somos un mismo cuerpo en esta tierra, y así como...

Cuauhtémoc dedujo que se acercaba el momento de la eucaristía y se alejó de la entrada, sorteando los pumpos para las tortillas de las artesanas de Aguacatenango que tejían en el suelo las hojas de palma. No quería dar explicaciones a nadie y, aprovechando que todas las cabezas miraban hacia al púlpito, se alejó discretamente de la puerta, entre el tumulto que seguía escuchando la homilía con un interés inusitado.

Afuera, el sol calentaba cada vez con más fuerza la fachada del templo y hacía que las palomas del rosetón cambiaran de lugar y se resguardaran bajo las sombras que escondían las campanas de la espadaña.

Mientras la congregación cantaba un himno y se preparaba para comulgar, Cuauhtémoc se sentó en una de las bancas del parque y, al ver la flamante escultura de Fray Matías de Córdova, siguió la dirección que apuntaba el gran dedo de hierro del padre de la doble independencia. Sonrió al ver que señalaba al único santo de las cuatro hornacinas frontales que aún tenía la cabeza en su sitio. Las otras tres habían sido mutiladas, según le contaron los seminaristas que vivían junto a su casa, durante la Guerra Cristera.

Cuauhtémoc se quedó pensando que la última vez que entró en una iglesia fue en el funeral de doña Lupita, y de eso hacía más de cuatro años. Y ni siquiera fue en su barrio, sino en el templo del Calvario. Fue por las mismas fechas, y aquella vez sí que tuvo que comprar a las vendedoras del atrio una cruz de palma tejida, como hizo el resto de invitados, aunque ni la bendijo entonces ni la quemó después.

Mientras esperaba a que saliera el padre Unai, con el que había quedado cuando terminara la misa, pensó que aquel lugar quizá no fuera el más indicado, pero lo cierto era que, si realmente quería ayudar a los Guillén, ya tenía a todo el barrio de San Sebastián en las palmas de sus manos. Por eso, cuando escuchó el nombre del hermano de Balam, abrió los ojos sorprendido y soltó una blasfemia involuntaria que asustó a la mujer que, con su canasta de chinculguajes, esperaba sentada a su lado.

Cuauhtémoc volvió a levantarse e intentó ver entre las cabezas de la entrada principal qué estaba pasando. Más que una misa, aquello parecía una junta de vecinos. El padre Unai repartía los turnos de palabras y escuchaba las propuestas y, aunque les decía que ya había terminado el oficio y podían irse todos en paz, todos los que habían participado en la Brigada Vecinal seguían en su sitio en un gesto de solidaridad con la familia Guillén que a Cuauhtémoc le dejó impresionado.

El padre Unai lo vio asomándose desde la entrada y, mientras alguien propuso que era mejor dividirse en grupos pequeños que salir todos juntos, le guiñó el ojo, con una complicidad que no entendió e hizo que se pusiera nervioso de pensar que tendría que decir algo. María le hizo una señal y, dejándole un hueco junto a Balam, le invitó a sentarse con ellos en una de las últimas bancas.

— ¿Y Juanito?

María señaló sonriente hacia el ambón de madera que estaba junto al coro. Cuauhtémoc se fijó en el atril vacío y no comprendió bien. Enseguida vio la cabellera blanca de Juan junto a la primera banca. Le devolvió la sonrisa a María y le preguntó si hablaría él. María volvió a apuntar con el dedo hacia la misma dirección. Juan se levantó del sitio y, dirigiéndose hacia el altar, agradeció el apoyo con la voz entrecortada e, insistiendo en que no esperaba esa reacción ni en sus mejores sueños, les dijo que no tenía palabras para expresar lo agradecido que estaba.

Cuauhtémoc sintió la espalda la mano de Balam que, justo en ese momento, le dio una caricia amistosa que le humedeció los ojos de unas lágrimas que hacía tiempo, y por otras razones, necesitaban salir a la superficie. Lo que nunca imaginó es que ocurriera en un templo y, mucho menos, en el de San Sebastián.

10

Ninguno de los dos recordaba cuánto tiempo había pasado. Yumil pidió otra jarra de cerveza y, mientras esperaba al cantinero, cerró los ojos y, con una mueca silenciosa, imitó el falsete de *La malagueña* que estaba sonando en ese momento. Cuauhtémoc soltó una carcajada llena de espuma y saliva y, cuando intentó despedirse por quinta vez secándose la boca con el dorso de la mano, les trajeron una nueva charola de botanas.

— ¡Ah, burro!

Yumil abrió los ojos y, extendiendo los brazos en una evidente ironía bíblica, le dejó claro que no se podían desperdiciar aquellos alimentos. Cuauhtémoc se rascó la cabeza y, como un niño víctima del chantaje emocional, volvió a caer en la trampa del juego, a medida que la mesa se fue llenando de tiras de macabil, carne tártara, butifarras, birria, tinga de res, frijoles fritos, espelones guisados, una ensalada de camarón fresco y hasta dos cuencos de chilpachole de jaiba de proporciones descomunales.

— Comé, Cuauh. Te vendrá bien.

— Si se entera Juanito...

Cuauhtémoc negó con la cabeza dándole la razón y, con una sonrisa somnolienta, partió una pata del cangrejo azul y comenzó a chuparla en silencio, mientras Yumil se llevaba a la boca el último cigarrillo de su paquete.

Uno de los meseros, que hacía malabares con una bandeja llena de mojarras, quesos y un cuenco de cochito horneado que dejaba tras su paso el olor hipnótico del achiote, les confirmó que la bebida estaba en camino.

La cantina estaba más llena de lo habitual para ser un lunes y, como si alguien hubiera retrocedido caprichosamente los relojes, se escuchó una ranchera de Vicente Fernández que ya había sonado varias veces en la rocola de la esquina.

— ¡Ahí está el detalle!

El viejo Flavio respondió al comentario de Yumil con su copa en alto y, tras cantar a dúo apoyado en el mueble de la gramola, dudó entre si unirse o no a ellos. Intentó moverse sin mucho éxito, como si fuera un tripulante primerizo de un barco en alta mar que intentara, sin éxito, salir de su camarote. Desde la mesa donde estaban, no quedaba claro si estaba tarareando la canción, eligiendo la siguiente o entablando una conversación etílica con el mueble fluorescente de madera de la *jukebox* de luces parpadeantes que, bajo la persistente cortina de humo del local, parecía haber viajado desde el futuro.

El volumen de la música, por momentos, se escuchó por encima de las pláticas entremezcladas, del golpeteo de las fichas de dominó sobre los tableros de las mesas, del traqueteo de los cubiletes que agitaban con decisión los dados, del crujido experto de las barajas que iniciaban otra partida y hasta del martilleo de los discos de metal que, al fondo de la cantina, se lanzaban sin tino hacia la boca de un sapo oxidado, mientras en el salón se comía y, sobre todo, se bebía sin descanso.

Las dos televisiones que colgaban de los aparatosos soportes metálicos de pared, entre la decoración medida de papel picado, cuadros de personajes ilustres y paisajes locales, proyectaban sin sonido las canciones del momento. Salvo cuando salió en pantalla Thalía haciendo unos pasos extraños con unos bailarines, nadie las estaba viendo pero, si a alguien se le hubiera ocurrido apagarlas, seguro que todos se habrían enterado.

Menos en la barra, todas las mesas estaban ocupadas y, en cada una de ellas, se reproducían pláticas muy parecidas, salvo en la de Cuauhtémoc y Yumil; seguían en silencio luchando contra el cansancio y el exceso de alcohol.

Cuauhtémoc se terminó el vaso de cerveza y, examinando la copa Tulipán vacía como lo haría un científico con su probeta ante un experimento fallido, sonrió por la ocurrencia y trató de darse ánimos.

—Al menos se intentó, ¿no?

—Dejalo estar, Cuauh. Lo que está... Está ahí no más, y lo que no, pue...

—¿Qué tanto dices, Yumil?

—Lo encontraremos. Dos semanas, ¿no? ¿O ya son tres? —volvió a preguntar dando una calada profunda al cigarrillo—. Y si no, pue... No, hombre, ya de plano... —se detuvo y aplastó la colilla en el cenicero como si fuera una cucaracha caliente—. Verás que sí; el comisario ese sabe lo que hace, ¿no?

—Vas bien bolo.

—¡El comal le dijo a la olla!

Cuauhtémoc sonrió sin muchas ganas, aunque tenía razón: cuando quiso hablar, a él también se le trababan las palabras.

—Seré comal... —añadió recuperando el aire y el tono natural de su voz —, pero tú a más viejo, más pendejo.

—Así es, mi Cuauh —asintió Yumil repitiendo la misma operación—, pero recordá que solo las ollas saben de los hervores de su caldo.

—Ya esta tarde, compadre.

En ese momento, Yumil levantó la mano y pidió una ronda de tequilas.

—Me siento bien sabe qué modo. Ira, quédate tú, si quieres; yo ya no puedo más.

—No te hagás tacuatz, que es bien pronto, Cuauh.

—¿Pronto?

Cuauhtémoc se miró la muñeca y dedujo que el reloj se habría estropeado; lo que vio no cuadraba con la hora que pensaba que era, pese a que sospechaba de su vista, evidentemente fuera de foco. Cuando pretendió levantarse de la mesa, fue consciente del estado en el que estaba y pensó que quizá no fuera buena idea marcharse en esas condiciones, aunque hizo un último esfuerzo por recomponerse. Mientras Yumil brindaba al aire con el viejo Flavio, que seguía apoyado en la rocola esperando la siguiente canción, Cuauhtémoc cerró los ojos e hizo todo lo posible por recuperarse, pero lo único que consiguió fue reprimir una pequeña arcada y perder otra vez el equilibro.

— Orita vengo.

Cuando cerró la puerta del baño, Cuauhtémoc fue directo al mingitorio. Se colocó en medio del armatoste plateado y, con una mano sosteniendo el peso de la pared y la otra apuntando a la pastilla rosa del agujero del drenaje, vació su vejiga como si llevara días sin hacerlo. Y comenzó a llorar como si tampoco pudiera controlar el torrente lacrimógeno y, por momentos, ya no supo si lo que salpicaba el acero frío del urinario era el orín o las lágrimas.

Al terminar, colocó el sombrero de palma en el dispensador de papel higiénico, giró la llave del grifo y se mojó la cara y el cuello dando paso a lo que podrían parecer las últimas fases de un involuntario ritual purificador. A pesar de la suciedad y los rayones del espejo, acortó la distancia consigo mismo y, enfocando la vista intranquila y trastornada, intentó reconocerse en la imagen que tenía frente a sí.

— Pero ¿qué estás haciendo, Cuauh?

— Ahorita no, amigo.

Poco a poco, comenzó a distinguirse a sí mismo entre las muecas y, al peinarse con los dedos mojados el bigote canoso, se dio cuenta de que había envejecido. Se palpó las mejillas como si aquella piel arrugada, aún más oscura por la escasa luz del baño, no fuera suya. Y así estuvo un buen rato, mirándose de cerca mientras los ojos se iban deshinchando de forma progresiva, aunque no pudieron disimular ni las ojeras ni la preocupante mirada vidriosa que le devolvía el cristal. Aun así, tuvo la sensación de que había vencido, y no solo en años, al del espejo.

Al salir, fue directo a la barra y pidió un vaso de agua de tamarindo que provocó una risotada incómoda a su espalda. Cuauhtémoc no hizo mucho caso, y no porque no le estuvieran molestando, sino porque necesitaba ese vaso redentor. Y no porque estuviera sediento o deshidratado, sino porque así cerraría esa ceremonia secreta que lo exculparía de una recaída que nunca debió haber sucedido.

Al tragar, sintió cómo el agua azucarada le limpió la garganta y le fue llenando el cuerpo de una vitalidad que había olvidado. Se crujió la espalda con un movimiento liberador y estampó el vaso de cristal sobre la barra con la misma energía con la que, años atrás, solía dar por bebido el primer *posh* de la noche. Fue como si en aquel gesto hubiera pactado el olvido y el perdón de una larga condena sin testigos.

Cuauhtémoc se ajustó con una mano el viejo sombrero y, haciendo girar el taburete, buscó con la mirada a Yumil, pero no lo encontró en su sitio: estaba en la rocola con el viejo Flavio seleccionado la siguiente canción, con la alegría inocente del niño que se pone de acuerdo con su amigo para compartir un juguete que no tiene fin. Lo que no pudo imaginarse es que, con aquel giro, volvería al punto de partida.

— Cortesía del caballero.

El vaso de agua de tamarindo había sido reemplazado por un caballito de tequila. Cuauhtémoc miró hacia el fondo de la barra. Pablo Cruz levantó su copa Glencairn y, mordiendo sin gracia un purito avainillado, le hizo ver que todo estaba bajo control desde su taburete, en una complicidad etílica del que sabe que tampoco debería estar allí. Cuauhtémoc dudó, pero no aceptar aquella invitación sería descortés por su parte. Además, ya se sentía mejor y un trago tan pequeño, pensó, no le haría ningún daño.

— ¡Salud, patrón!

La contestación de Pablo Cruz se hizo esperar y la dijo sentida, a pesar de la ebriedad, quizá contagiado por la voz de José José que seguía subiendo hacia el estribillo interminable de su balada triste.

— ¡Por los que ya no están!

Cuauhtémoc sintió entonces el agave del tequila como un veneno que le recorrió el cuerpo desde el bigote hasta la plantas de los pies. Con la cara descompuesta, se repuso del espasmo eléctrico, se levantó del sitio y se dirigió hacia donde estaba Pablo Cruz.

— No me diga...

— Se nos adelantó, sí.

— No puede ser.

— Pues sí. Se lo cargó el payaso.

— ¿Pero cómo...?

— Que sí, Cuauh, que ya chupó faros.

Cuauhtémoc reprimió otra vez el llanto y, ante la sorpresa de Pablo Cruz, que no entendió bien aquella reacción tan desmedida, se dejó abrazar y, como pudo, lo consoló, aunque no sabía si seguirle el juego o liberar la risa reprimida.

Cuando Cuauhtémoc se calmó, se sentó en silencio a su lado e intentó serenarse con ejercicios de respiración profunda.

— Vaya, no pensé que te afectase tanto, Cuauh.

Cuauhtémoc lo miró compungido, y a punto estuvo de decirle que cómo podía ser tan insensible después de todo lo que había pasado, cuando vio la imagen de Mario Moreno en uno de los televisores. Un periodista con cara de haber dormido poco hablaba en silencio desde la calle, mientras se transmitían las imágenes de la carroza fúnebre de Cantinflas. Aquel cortejo se hacía paso entre la muchedumbre y el grupo de bomberos que hacían guardia, en espera de la llegada del féretro. No cabía un alma en el panteón español de México. Cuando las cámaras enfocaron a Carlos Salinas, Cuauhtémoc se dio la vuelta y pidió una ronda de mezcales.

— ¿Y de qué murió?

Pablo Cruz bebió un pequeño sorbo de *whisky* y, tras dar una calada cinematográfica a su purito, le hizo ver que no sabía la respuesta. Alcanzó el periódico que había estado leyendo, eso sí, y se lo pasó sin mucho interés. Al ver la portada, Cuauhtémoc abrió los ojos como si hubiera visto, literalmente, a un muerto viviente.

— ¡Híjole!, ¿ya estamos a miércoles?

•••

11

El tlacuache asomó su largo hocico por la voladura de un peldaño de la escalera. Agitó los bigotes y, tras plantar las diez garras de sus patas en la huella del escalón, bajó con torpeza su cuerpo peludo hasta el rellano, como si no tuviera prisa por llegar. Comprobó que el camino estaba despejado y, midiendo cada pisada, siguió directo hasta el patio. Tras bordear la fuente, con un trote rengo y gracioso, el marsupial siguió con calma hacia la zona empedrada del jardín, pero no consiguió llegar a su destino. La goma del tacón de un zapato de piel y el grito que lo acompañó después hizo que el tlacuache saliera disparado hacia el enorme maguey de la esquina.

— ¡Puchis! ¿Qué pasó, patrona?

Teresa se sentó en una de las sillas del comedor y, recuperándose del susto, le dijo al recepcionista que había pisado una rata gigantesca. Señaló con el dedo hacia el maguey y, cuando vio la cola de la zarigüeya, el recepcionista sonrió y le aclaró que no era una rata. Aquello preocupó aún más a Teresa, aunque fue dicho con otra intención. Con agilidad, levantó el palo de la escoba de palma que llevaba en la mano y se acercó con sigilo hacia su escondite.

— Salí ya, zorrito.

El tlacuache seguía oculto entre las pencas del maguey. Por el ruido que se escuchaba y el movimiento de las hojas, todo apuntaba a que estaba buscando comida.

— Les encanta el aguamiel —susurró.

El palo de la escoba se colocó en el centro del maguey y, con un golpe seco, que dio justo en el corazón de la piña, hizo que saliera a la superficie.

Teresa observó con asco y curiosidad, a partes iguales, cómo aquel animal peludo del tamaño de un gato, en vez de salir corriendo, se quedó quieto, como si estuviera disculpándose o explicando por qué se había perdido. Dio la sensación de querer convencer a los humanos de que era un ser inofensivo. Cuando el recepcionista se acercó con la escoba, el animal salió disparado, esta vez sí, hacia la otra punta del patio y, tras una persecución torpe, acabó fuera del hotel.

Teresa se encendió un cigarrillo y se quedó pensando cómo se habría colado aquel tlacuache en el hotel. El chico cerró la puerta de la entrada y, ya de vuelta a la mesa donde estaba Teresa, se justificó por haber dejado todo abierto desde que ella llegó.

— Disculpe, patrona. Como hacía tanto calor...

— No te preocupes, déjala abierta; no creo que vuelva a entrar.

— ¿Quiere que le traiga algo?

Teresa encajó el cigarrillo humeante en la ranura del cenicero y, mientras se quitaba aún el susto del cuerpo, le pidió una copa de vino. Mayra, que en ese momento bajaba por las escaleras, preguntó si todo estaba bien.

— Un tlacuache. ¿Te puedes creer?

Mayra se acercó hacia donde estaba Teresa. En un principio pensó que la había confundido con otra persona, así que le aclaró quién era y, sin saber muy bien por qué, se sentó a su lado. Cuando Teresa le fue a decir que era la mujer de Pablo Cruz, se lo pensó mejor y se presentó, directamente, como la dueña del hotel. Mayra agitó la cabeza y torció la boca asombrada.

— Vaya, pues mis felicitaciones.

Teresa le agradeció el cumplido.

— Es un lugar muy lindo, sí —asintió Teresa, mientras contemplaba las colas de quetzal que colgaban de las vigas de madera, con la melancolía habitual de quien observa una antigua casa familiar.

Mayra se quedó mirándola con interés.

—Sí es bonita, sí —concluyó liberando el cigarrillo de la boca del cenicero—. Y más que podría serlo, aunque yo sola...

Cuando dijo aquello, su atención estaba puesta más en las plantas del jardín y en el humo que salía de sus labios que en la plática con Mayra. Aun así, se notaba que estaba cómoda con la compañía.

El chico llegó con una botella de vino y, tras servirle la copa a Teresa, le preguntó a Mayra si ella también quería. Dudó. Sobre todo, porque era demasiado pronto para ella.

—Invita la casa, señorita.

Mayra accedió. Metió su generosa nariz en la copa y aspiró lentamente para intentar retener el buqué afrutado de aquel vino y olvidar el olor del tabaco. Dio un sorbo lento y tímido y, al tragarlo, repitió el gesto del principio cuando Teresa le aclaró que ella era la dueña del hotel.

—Es un vino fantástico, ¿verdad?

Mayra estuvo de acuerdo.

— ¿Sabías que era mexicano?

— Pensé que era chileno, aunque sí tengo entendido que en Baja California hay buenas cosechas, ¿no?

— Los chilenos son ricos, sí, pero este es poblano. No mucha gente conoce los viñedos que hay en las faldas del volcán, y son una maravilla. Créeme. Los conozco muy bien.

Mayra se mostró interesada, pese a que la pregunta que quería hacer tenía que ver más con los marsupiales que con la enología. Tras unos segundos donde lo único que se escuchó fue el burbujeo de la fuente, decidió animarse.

— Nunca he visto un tlacuache. ¿Cómo son?

Teresa frunció la cara para dejar claro que eran repugnantes.

— Pero su historia es bien bonita.

— Es el que nos regaló el fuego, sí.

— El moderno Prometeo, pero a la mexicana.

A Teresa le hizo gracia la referencia a Mary Shelley.

— Así que tú eres la escritora.

Mayra asintió y bebió otro sorbo largo de su copa.

— ¿Y ya conocías Comitán?

— No, por los libros. Pero lo poco que he visto estas semanas me está encantando. Lo bueno es que no tengo prisa.

— Eso está bien, sí. ¿Y por qué elegiste Comitán?

— ¿La verdad? —se preguntó Mayra pensando qué responder—. Creo que por Rosario Castellanos.

— ¿Chayito?

A Teresa le sorprendió la contestación y dudó si decirle o no lo que sabía. Podría contarle la historia de Absalón Castellanos y su primo Lisandro en Comitán, que era digna de una película del Oeste. O lo que hicieron los hermanos Matías e Isidro y cómo vendieron las famosas nueve haciendas de las que, supuso, Mayra conocería la de San José Chactajal. Pero no solo eso; significaba hablar de los Domínguez, de los Nájera, de los Robelo, de los Albores y hasta de los Solórzano, que fueron quienes compraron la finca que quedó en llamarse El Rosario. Y, evidentemente, podría hablarle de los Cruz y del problema con la Unión de Uniones. Optó por no decir nada, y no solo por falta discreción o confianza, sino porque era un tema delicado. Además, no era el momento, ni mucho menos el lugar, para hablar de aquello con todo lo que estaba pasando. Decidió alzar su copa y provocar un improvisado brindis; a fin de cuentas, la hija de los Castellanos huyó de Comitán por algo.

— ¡Por Rosario, pues!

— ¡Por Balún Canán!

Chocaron las copas y, al terminar de beber, se cruzaron una mirada cómplice que a las dos le resultó extraña, como si al mirarse hubieran descubierto algo que no deberían haber visto. En ese momento, mientras Mayra se secaba el sudor de la nuca y Teresa soltaba dos columnitas de humo por la nariz, el teléfono de la recepción sonó. Teresa apagó el cigarrillo y, disculpándose, agarró el bolso y se levantó de la mesa.

La llamada se alargó más de la cuenta. Mayra se quedó sentada en la silla, como si esperara continuar la conversación, en vez de seguir con los planes que tenía para aquella mañana. Al ver la hora en el reloj, se dio cuenta de que se le estaba haciendo tarde.

Al pasar por la recepción, se despidió de Teresa que, aún con el auricular de plástico rojo pegado a la oreja, le devolvió el saludo con la mano que le quedaba libre y una sonrisa limpia y cariñosa.

El chico, que había escuchado parte de la conversación telefónica, esperó a que Teresa terminara de hablar y le diera las indicaciones.

— Hay que recibir a los nuevos huéspedes.

Bajó la cabeza y asintió con un silencio colonial.

— ¿Dónde gusta que les acomode?

— Pues en las habitaciones de arriba, ¿no?

— Patrona —sugirió sin entender muy bien cómo no sabía la respuesta—. Ahí está la señorita Mayra y en la del fondo, el español.

— ¿Qué español?

— El fotógrafo.

— Ah, es verdad —mintió—. Pensé que ya se había ido.

— No, patrona. Ayer mismo me pagó el mes entero.

— ¿Todo mayo?

— Es correcto —confirmó y se animó a proponer una solución, ya que intuyó que Teresa no estaba muy al tanto de la ocupación del hotel—. En la planta baja hay dos reservas para mañana, pero quedan tres habitaciones libres.

— ¿Tres? —preguntó dándose cuenta de que era una información que debía saber—. Ya me extrañó que estuviera tan tranquilo el comedor. Dile a doña Clemen que prepare las dos recámaras del fondo.

— Disculpe, patrona. ¿Sabe a qué hora llegan?

— No creo que tarden.

— ¿Y sabe cuánto se quedarán?

— Pues quiera Dios que poco tiempo.

12

Cuando Daniel vio la aguja del medidor de gasolina, aminoró la marcha y buscó la señal que acaba de ver pintada en la fachada gris de una casa abandonada. Avanzó unos minutos sin encontrar el dibujo de la gota de petróleo y el águila real rojas, pero se confió: aunque fuera por una carretera desierta, en México tiendas de abarrotes y gasolineras nunca faltaban.

Esta vez no fue así y, más preocupado por llenar el tanque que por volver a Comitán, entendió que se había perdido. Sus sospechas se confirmaron cuando vio la señal de Uninajab y el pequeño retén que había en la entrada. Escondió la bolsa fotográfica debajo del asiento del copiloto, abrió la guantera y sacó la documentación. Ante la duda, metió el billete más grande que encontró. Se quedó mirando el rostro impreso de Plutarco Elías Calles y, mientras reducía la velocidad, pensó que cien pesos quizá fueran demasiado. Decidió cambiarlo por uno de Quintana Roo, pese a que tuvo sus dudas; veinte de los nuevos pesos tal vez no fueran suficientes para la mordida, y aún no se aclaraba bien sobre cuántas pesetas serían al cambio. Al darle la vuelta, le hizo gracia ver que aquel nuevo billete tuviera grabado en el reverso las pinturas de Bonampak; hacía tan solo una semana había estado fotografiando aquella zona arqueológica maya.

Al detener el coche, se dio cuenta de que eran tres campesinos que llevaban puestas tres cachuchas azules. Portaban una cajita de madera donde, presumiblemente, guardarían lo recaudado. Daniel se alegró de que no fueran policías de Caminos. Ya había tenido un encontronazo con ellos antes de llegar a Chiapas y, por nada del mundo, quería volver a pasar por aquel mal trago.

Uno de los hombres que cerraba el paso en el pequeño puente se levantó de la silla. Con mucha calma, se acercó hacia la puerta delantera del coche. Cuando Daniel bajó la ventanilla, el tipo se llevó la mano a la visera de la gorra y, con mucha educación, le aclaró dónde estaba y el precio que debía pagar si quería entrar.

— Sí, cómo no —dijo dándole el billete azul, sin entender muy bien qué estaba pasando—, pero solo quiero cruzar.

— ¿A poco no viene usté a las albercas?

— No, señor; busco una gasolinera.

El ejidatario entendió que Daniel solo estaba de paso. Le devolvió los veinte nuevos pesos y le dio las indicaciones.

— Al llegar a la zona de particulares, pasadas aquellas manguerotas, ¿ve?, allá encontrará un camino. Sígale derecho y ahí nomasito verá la gasolinera, pero tenga cuidado con el carro, meco: es pura terracería.

Daniel le dio las gracias, pero no entendió bien por qué no le había aceptado el dinero; no sabía si tenía que devolvérselo o darle otro de mayor cantidad. Tampoco le quedó claro qué era exactamente una terracería, pero no le dio más importancia y no preguntó.

El hombre miró a Daniel con curiosidad y le aclaró que esa era la entrada que cobraran en el ejido por hacer uso de sus instalaciones. Daniel se tranquilizó, aunque le devolvió el billete y, al ver que esta vez sí se lo guardó en bolsillo de la camisa, supuso que había hecho lo que se esperaba.

— Para servirle, joven.

Daniel arrancó el coche y cruzó el puente con precaución, como si quisiera medir cada gota de gasolina, mientras por la ventanilla escuchaba el chapoteo de los bañistas y el ruido de las familias que comían en los merenderos improvisados, resguardadas del asfixiante calor que hacía en la calle.

Al llegar al cruce donde, efectivamente, brotaban de la tierra montones de mangueras que distribuían el agua del ejido a todas las casas, esperó a que unos campesinos acalorados, con cara de cansancio, cruzaran el paso. Con una mano giró el volante y con la otra les devolvió el saludo.

Al entrar por la zona que estaba sin pavimentar, trató de esquivar los baches. La luz del tablero comenzó a parpadear y, justo cuando el motor carraspeó y parecía estar quemando la poca gasolina que debía quedar en el tanque, el sedán se deslizó por un charco y se estampó, a cámara lenta, contra un maguey gigante.

Daniel intentó arrancar el motor varias veces, pero no hubo manera. Salió del coche y comprobó que todo estaba en orden, aunque, al ver dónde estaba parado, se dio cuenta de que no tenía más remedio que esperar a que alguien pasara por allí o seguir el camino a pie hasta la gasolinera. Buscó en el mapa de carreteras y, mientras intentaba ubicarse en el plano, se percató de que no debía de estar muy lejos de la vez que fue con Mayra; las casas de adobe solitarias que vio en medio de aquel cañaveral ya las había visto antes.

Saltó el charco que había hundido la mitad del sedán y, tras comprobar que las ruedas estaban intactas, aprovechó el tamaño de la piedra que estaba junto a los magueyes de la orilla para sentarse y decidir si esperaba o se iba a pie.

Mientras fumaba, con la calma del que espera a un autobús que sabe que en algún momento llegará, Daniel se quedó pensando en si había sido buena idea quedarse otro mes en Comitán. No porque no le gustara; lo que había visto le estaba encantado, casi tanto como San Cristóbal de las Casas. Además, cada vez le resultaba más fácil vender sus fotos gracias a los consejos de Jona Fischer, un alemán que conoció en Palenque. No había más que contar los rollos de fotos que llevaba gastados. Su duda era si, estando tan cerca de Guatemala, lo lógico hubiera sido dar por cerrado el capítulo chiapaneco y continuar su viaje. Aun así, antes de cruzar por los seis países de Centroamérica que tenía planeados, debía averiguar cómo resolver el último tramo que lo llevaría a Colombia: sabía que la Panamericana desaparecía en la selva panameña y aún no había averiguado cómo cruzarla.

A lo lejos, se acercó una camioneta negra hacia donde él estaba. Levantando una polvareda tras su paso, un Chevrolet con matrícula de Puebla detuvo su cofre a pocos centímetros de Daniel. A bajar la ventanilla, se escuchó la voz ronca de Pablo Cruz.

— ¿Necesitás ayuda?

Daniel se levantó de la piedra y, dejando de pensar en el Tapón del Darién, pisoteó el cigarrillo con la bota.

— Pues la verdad es que sí. Me quedé seco, amigo. Hay una gasolinera por aquí cerca, ¿no?

Pablo Cruz se colocó las gafas de sol en la punta de la nariz y, desde su asiento, vio con preocupación el chasís del sedán hundido en el légamo.

— El coche está bien —se justificó Daniel.

— Hay una bien cerquita, sí —dijo abriéndole la puerta—. Súbale, hombre, súbale.

Daniel agarró la mochila y la bolsa fotográfica y, dándole las gracias, accedió.

— ¿Fotógrafo? —preguntó mientras Daniel cerraba la puerta y se presentaba.

— Así es.

— Pues tenga cuidado. Todo eso —sentenció con la vista fija en el retrovisor— está muy bravo.

Daniel asintió, aunque no entendió a qué se refería exactamente.

— ¿Español? —Daniel volvió a asentir—. La madre patria, ay. Qué lejos y qué cerca, ¿no? ¿De visita, pues?

— Algo así.

Pablo Cruz torció la cabeza, como si no esperara esa respuesta. Y menos que, al preguntarle por cómo estaban las cosas por España, Daniel le dijera que hacía tiempo que había desconectado de lo que pasaba en su país.

— La crisis está pegando duro por allá, ¿no?

— Eso parece, sí —contestó rascándose la barba.

— Quién lo iba decir. Después de las olimpiadas...

Daniel no supo bien qué decir, más allá de entender que sí debían estar mal las cosas, porque hasta habían convocado elecciones anticipadas para ese verano, pero tampoco tenía claro si decir lo que pensaba. De hecho, aunque no hubiera pasado tanto tiempo, España no había sido tema de conversación desde que salió, y hasta prefirió hablar de deportes que de política. Por suerte, el trayecto fue corto y a Pablo Cruz no le dio tiempo ni a explicarle quién era Carlos Mercenario ni qué medalla ganó en Barcelona; la gasolinera estaba más cerca de lo que pensaba. Fue en el camino de vuelta donde, al preguntarle dónde se estaba quedando, Daniel le dijo el nombre del hotel.

— Coño, qué coincidencia, ¿no?

— Vos hablás con el mero dueño, sí.

Justo en ese momento llegaron de vuelta adonde estaba el coche. Daniel le agradeció la ayuda y, pese a que le insistió en que no hacía falta que lo esperara, Pablo Cruz apagó el motor de su camioneta y, con una manguera de goma que sacó de la cajuela, se bajó también con él. Daniel abrió el depósito, metió el tubito hasta el fondo y sopló a la boca de la garrafa para que la gasolina comenzara a circular por el grifo improvisado.

— Curioso. Yo habría soplado por el otro lado.

— Así es mejor. Ni me mancho ni pierdo gasolina.

— No se me había ocurrido.

Mientras esperaba a que se vaciara el bidón, Pablo Cruz se quedó mirando en silencio hacia el final de la carretera.

— Le recomiendo que no vaya por ahí.

— Ya me dijo, sí, aunque no me pareció muy peligroso, la verdad.

— Créeme; no es seguro.

Daniel quiso saber por qué, mientras observaba con atención cómo la garrafa se iba vaciando lentamente.

— Cuando terminés, seguime.

Daniel comprobó que el coche arrancaba y le hizo caso. Retomaron otra vez el mismo camino hasta que el Chevrolet tomó un atajo. Tras cruzar por unas calles que no estaban en el mapa, se incorporaron a la estatal 226. Al llegar al cruce de Tzimol, eso sí, estuvieron atascados durante un buen rato.

Tardaron más de una hora en llegar a Comitán.

Sin parar su coche, Pablo Cruz sacó la mano por la ventanilla a la altura de la entrada de su hotel y, tras los dos fogonazos de luz que dio Daniel a modo de agradecimiento, siguió calle arriba.

Al salir del estacionamiento, Daniel saludó al chico de la recepción y, sin prestar mucha atención a la conversación que había en el comedor del patio, subió directamente a la habitación.

Cansado del viaje, se tumbó vestido en la cama y comenzó a leer *El naranjo*, el libro de Carlos Fuentes que le había recomendado hacía unos días Mayra. El cansancio pudo más que el interés; no duró ni cinco minutos con el libro abierto, aunque tuvo un sueño extraño donde él, al igual que el narrador del primer cuento, también se sentía atrapado, de una forma más o menos metafórica, entre dos orillas.

En su caso, por otras razones que no tenían que ver ni con México ni con el llamado Nuevo Mundo.

13

Cuando el comisario Ramos cerró la puerta del despacho, se quitó la gorra de plato y la dejó encima de la mesa. Antes de sentarse, se aflojó el nudo de la corbata y se abrió dos botones de su impecable camisola azul de tricotina. Con cara de preocupación, dejó el portafolios amarillo sobre la mesa, mientras se peinaba con dos dedos el sudoroso bigote de herradura que pretendía disimular sus mofletes rechonchos.

Aún no tenía claro si había sido buena idea aceptar el traslado de vuelta. Pensó, cómo saberlo, que si volvía a su lugar de origen no habría mucho trabajo. No fue así, pero ya estaba hecho y no había vuelta atrás.

Cuando se lo propusieron, se dijo a sí mismo que era buen momento para volver a Comitán después de tanto tiempo y, aunque es cierto que todo se revolvió durante el sexenio de Absalón Castellanos, el nuevo gobernador, que además era un buen amigo de la familia, le aseguró que sería un año tranquilo en el sur de Chiapas.

— Javier Eduardo, tú confía.

Ramos confiaba en Setzer Marseille, pese a que él no estaba acostumbrado al cambio; tras casi veinte años de servicio en Tuxtla, era comprensible. Sin embargo, desde su graduación, en la época de Efraín Aranda Osorio, no le importó mucho que el gobernador fuera José Castillo Tielemans, Salomón González Blanco, el propio Absalón Castellanos o incluso Juan Sabines, el hermano del poeta que tanto le gustaba a su difunta mujer. Eso era lo de menos; lo crucial para él era que todos los gobernadores, aunque tuvieran formas diferentes de mantener el orden en el estado, estaban al servicio del partido, y eso era algo que lo serenaba. Además, el ingeniero Javier Utrilla Alvarado estaría ocupado durante aquellos meses, según le habían informado, en organizar un archivo histórico municipal que inaugurarían durante aquel verano. Era un gran proyecto para Comitán y para el PRI, decían; no solo hablaba bien del presidente municipal y de su preocupación por la memoria histórica de su pueblo, sino que le dejaría, en parte, con un mayor margen de acción en su trabajo policial.

Hasta cuando le propusieron integrar en el nuevo equipo al licenciado José Luis Hernández, no le pareció mal que llegara de la recién bautizada Policía Federal de Caminos y Puertos. Sabía que habían sido años difíciles para ellos. Pese a que tuvieran que asumir nuevas funciones y hubieran dejado tener la fama de antes, contar en su equipo con un *caballero del camino* era un honor, y así lo dijo cuando se barajó la posibilidad de incorporar en su equipo al veterano José Luis.

Lo que no quiso preguntar es qué había sucedido realmente con el anterior comisario. No era asunto suyo, y tampoco le hizo mucho caso a lo que se contaba de él. Sus razones tendría y, aunque fuera cierto que hubiera ocurrido lo que decían que había hecho, él no tenía nada que ver.

—Ojos que no ven…

Por eso, al leer aquel oficio donde se criticaba con tanta vehemencia la inoperancia de la Procuraduría y de su predecesor, decidió pedir toda la documentación que hubiera disponible y asumir él personalmente los casos que estuvieran abiertos. Cuando le dieron aquel portafolio, vio que, por ejemplo, en el de Moisés Guillén no se había hecho casi nada; la búsqueda estaba, como ahí se decía en uno de los folios, a cargo de los vecinos de San Sebastián.

—¿Bueno?

—López, ¿podés venir a mi despacho?

Carmen descolgó su teléfono desde la sala contigua y, con una aceleración poco habitual a lo que estaban acostumbrados en la pequeña comisaría, fue corriendo hacia el despacho del comisario Ramos.

—A sus órdenes, comisario.

Carmen entró y se quedó parada en la puerta.

—Pásele, mujer —dijo aún con el auricular en la mano y sorprendido por la celeridad de Carmen—. Y dejate de formalismos, López. ¿Qué carajos es eso de la Brigada Vecinal?

—Los batanecos se organizaron para encontrar al chico y…

— ¿Los batanecos?

— Los vecinos de San Sebastián, comisario.

Ramos la invitó a sentarse y se quedó pensando en la última vez que pudo ver con su mujer una corrida de toros en condiciones en la antigua Plaza de Toros.

— ¿Vos estabas acá cuando se abrió este expediente?

Carmen asintió sin pestañear y, ante la mirada indiscreta de Ramos, se tapó el pecho con la libreta que llevaba encima.

— ¿Se avisó al Centro de Denuncia y Atención Ciudadana de la Procuraduría General? —preguntó desviando la mirada hacia el enorme cuadro de la virgen de Guadalupe.

— Creo que sí, señor.

— Y el cuestionario, ¿dónde está? —dijo dándose la vuelta hacia ella.

Carmen se encogió de hombros y perdió la postura recta que había mantenido desde el primer momento.

— Ya sabés lo que tenés que hacer, niña —afirmó con un paternalismo que incomodó a Carmen—. Hablá con la familia y contactá a los peritos, los ministeriales, los de Fronteriza...

— Y a los de Derechos Humanos de la Procuraduría, ¿no?

— Sí, claro. Lo que amerita es entrevistar otra vez a la familia, amigos frecuentes que tuviera el chico, compañeros de clase, posibles testigos y cualquier persona clave que se nos ocurra —ordenó sujetándose el mentón con una mano mientras esperaba a que Carmen terminara de apuntar en su libreta lo que iba diciendo—. Andá y conseguime también un cuestionario modelo de personas desaparecidas, y lo más importante: ¡jíjoles!, más que esta foto que les dio la familia, necesitamos las huellas del chavo y la lista de personas fallecidas no identificadas, ¿no?

Al ver la velocidad a la que estaba escribiendo en su libreta, el comisario Ramos pensó que quizá estaba hablando demasiado rápido, y era algo que quería cambiar desde hace tiempo, pero no sabía cómo controlar.

— María del Carmen, ¿verdá?

— Sí, señor.

— ¿Voy muy deprisa?

— No, señor. Lo apunté todo.

— Vientos. ¿Y quién es ese padre Unai?

— Lo enviaron de la diócesis de San Cristóbal cuando se fue el padre Efraín. El que trabajó con don Samuel Ruiz.

— ¿Pero el padre Efraín no era el de...? ¿Ya sabe?

— No, señor. Me refería al padre Unai.

Ramos se encendió un cigarrillo y siguió escuchando con atención, mientras barría con una mano las motas de polvo de su kepí.

— Llegó hace muchos años de España para trabajar en comunidades indígenas de los Altos y, según dicen, hasta formó a algunos tuhuneles en Altamarino.

Por la mueca que mostró, Carmen dedujo que el comisario no sabía que así se llamaba a los diáconos indígenas que oficiaban las misas en sus idiomas.

— O sea, otro comunista.

Carmen no esperaba esa respuesta, pero contestó con rapidez.

— Desconozco ese dato, señor.

— Lo que nos faltaba, que ya están las cosas bien revueltas como pa enredarlas más —aseguró expulsando una gran bola de humo—. ¡Viva la arrechura! Si no había suficiente con la inflación, lo de las ganaderas, lo del café... y ahorita los indios cada vez más rudos.

— ¿Se refiere usted a lo de Mazariegos?

— Sí pue. ¡Esos indios se pasaron de lanza! ¿En qué cabeza cabe derribar una estatua y armar luego ese pinche mitote?

Carmen se guardó la respuesta y siguió escuchando.

— Gracias a Dios que les calmaron y este año están más tranquilos. Jijos, me da a mí que ese padre dejó allá la víbora chillando y nos lo mandaron a Comitán. Mirá que se los dije y... No sé que pensás vos, pero nos está dejando en evidencia, ¿verdá?

Carmen se lo pensó dos veces, pero optó por intervenir.

— Mi tía Lolita lo conoce bastante bien, comisario, y le puedo asegurar que es un buen hombre; solo quiere ayudar.

— Creando una —insistió mirando en los papeles del portafolio para encontrar las palabras—... ¿Brigada Vecinal? Me da a mí que este cuate andá haciendo fuera del bacín. ¿A poco se está militarizando la iglesia en Chiapas? ¡Virgen santísima! Como si no tuviéramos suficiente con el desmadre de Corralchén.

El comisario Ramos se quedó pensando si había hablado más de la cuenta; sabía que el tema indígena era un asunto delicado y de difícil solución. Por orden expresa del secretario de Defensa, el general Riviello Bazán, que era quien coordinaba en secreto las investigaciones desde Altamarino, se acordó no airear los problemas que había en Chiapas; según había sido informado Ramos, la presencia de grupos paramilitares de Guatemala y taladores ilegales en la sierra de Corralchén podía espantar a los turistas, que cada vez eran más y, sobre todo, estropear los acuerdos internacionales de México que, a final de año, podrían resolver, como así esperaban, los problemas económicos del país.

— ¿Algo más, señor?

— Desayunaría otra vez, pero quedé harto satisfecho en el hotel de los Cruz. Qué mujer tan agradable la dueña. Son bien sabrosos los desayunos allá, ¿verdá?

— Nunca he ido, señor. Supongo que sí —contestó Carmen intentando no mostrar las ganas que tenía de volver a su sitio.

— Deberías; es un lugar increíble —dijo colocándose la gorra de plato con la que había estado jugueteando desde el principio.

— ¿Puedo retirarme, señor?

— Claro, mujer.

Cuando Carmen salió y se sentó a la mesa del escritorio, respiró profundamente e hizo un esfuerzo por tranquilizarse. Tras dos años vigilando los parques y jardines de Las Margaritas, había conseguido el puesto que quería en Comitán y no lo perdería por nada del mundo. De hecho, su objetivo seguía intacto: presentarse en Tuxtla, en cuanto saliera la plaza, a la próxima convocatoria de suboficiales.

Carmen cerró el voluminoso libro que había dejado abierto en el escritorio, cuando recibió la llamada del comisario. Se quedó revisando con calma lo que había escrito en su libreta mientras palomeaba en los márgenes. Tanto se centró en su trabajo, que ni se percató de que el inspector Hernández, con sus andares de gallo de pelea, acababa de entrar y se dirigía, con el paso firme de sus botas militares, hacia donde ella escribía, a toda velocidad, en el teclado de plástico del aparatoso PC de sobremesa.

14

Aquel mes de mayo estaba siendo más caluroso de lo normal y, aunque su madre insistió en que fuera con sus amigas a darse un chapuzón, Yalit prefirió quedarse en la casa. Aprovechó que los Cruz tardarían en llegar y, saludando a Yumil, que estaba en la azotea arreglando el flotador de uno de los enormes tinacos, agarró una de las sillas Acapulco de Teresa. Arrastró las patas metálicas por el patio y se la llevó a la otra punta del jardín, justo bajo la sombra del tenocté. Se acopló en el respaldo de la silla con las piernas cruzadas y coló sus finos dedos entre las varillas de henequén, por donde se colaba una ligera brisa refrescante. El contacto de esa fibra con la piel le hacía sentirse segura y, a la vez, importante. Y no era por imitar a Teresa aunque, cuando la veía leyendo en aquella silla con forma de pera, le parecía mucho más atractiva que cualesquiera de esas actrices de cine que salían en la televisión, sino por la historia que le contó una vez Yumil. Según le dijo, la producción de sisal había sido tan significativa en Yucatán que, por algo, lo habían llamado el oro verde, aunque había sido uno de los capítulos de esclavitud más vergonzosos del siglo XIX, comparable, le aclaró, a lo que ocurrió en las plantaciones de algodón del sur de Estados Unidos en las décadas previas a la Guerra de Secesión. Para ella, que desconocía esa información, aquel agave yucateco era mágico; no solo porque servía para hacer mecates, bolsos y tapetes, sino porque le pareció increíble, tras escuchar la historia de las plantaciones henequeneras, que del jugo de aquella planta se sacara desde gasóleo hasta tequila.

— ¿A poco?

— Así es, cositía —le dijo aquella mañana Yumil, asintiendo con un orgullo algo desmesurado—. El mejor regalo de los dioses.

— ¿El tequila?

— El mero mero.

— Estás loquito, Yumil.

— Cuando seas grande, lo entenderás.

A Yalit, que no tenía ningún interés ni en probar el tequila ni en hacerse mayor, lo que le gustaba era la sensación de estar sentada sobre una planta tan versátil. Además, no había conocido una silla tan cómoda y resistente; para probarlas, recordó viendo a Yumil que asomaba en ese momento la cabeza dentro del tinaco, hasta las tiraban desde las azoteas y aguantaban la caída sin un solo rasguño. Al menos, eso decían.

Yalit se recostó y, tratando de captar toda la fragancia del tenocté con su pequeña nariz, cerró los ojos. Enterró sus pequeñas manos morenas entre las varillas y se quedó dormida bajo el cántico suave e intermitente de los mirlos y jilgueros que revoloteaban por su cabeza.

Cuando Rosita la vio, se acercó hacia donde estaba y, dando un golpe seco con la escoba en el tronco del árbol, la despertó.

—¡Ma, me espantaste!

Yalit se barrió del brazo un puñado de pétalos blancos que le habían caído del árbol y se levantó de la silla.

— Llevo un buen llamándote, mija —dijo alterada.

— Sabías que estaba aquí, ma.

Cuando vio la mirada vidriosa y el tic de la boca de su madre, entendió que su preocupación no tenía que ver con ella, y le preguntó qué le pasaba.

— ¿Dónde está Yumil? —le preguntó nerviosa.

Yalit señaló hacia los tinacos de la azotea.

—¿Qué pasó, ma? Me estás asustando.

Rosita arrastró su cuerpo rollizo hacia la gran escalera de pared que estaba apoyada en la fachada y, subiéndose los bajos del huipil, colocó con torpeza el huarache izquierdo en el primer peldaño. Estaba decidida a subir a la azotea, pero no hizo falta que moviera el siguiente pie.

— Bajo yo, mamita. ¿Cómo crees? —dijo Yumil desde lo alto de las escaleras.

Rosita dio marcha atrás y, con evidentes signos de impaciencia, esperó a que bajara. Yalit, en silencio, se quedó detrás de ella.

— Mirá, ¿ves cómo estaba? —dijo Yumil enseñándole uno de los flotadores del tinaco, visiblemente corroído por la cal.

— No vas bolo, ¿verdá?

— ¿Y a qué viene eso, Rosita? —añadió Yumil, algo molesto—. Hace siglos que no echo trago. Estaba arreglando ese pinche tambo. ¿Pa qué me preguntás eso, pue?

— Están esperando ahí nomás —dijo girando la vista hacia la cochera—, pero los patrones no llegaron.

— ¿Quiénes?

A Yalit no le dio tiempo a preguntar qué estaba ocurriendo o por qué su madre se estaba comportando así.

— Andá vos y dejá la silla de la señora en su sitio— le ordenó—. Y te quedás dentro de la casa, ¿me oís?

— Pero ¿qué pasó, ma?

— Haz caso a tu madre, Yalit —le pidió Yumil con un tono más conciliador.

Yalit obedeció, aunque cada vez toleraba peor ser excluida de las conversaciones adultas. Y más durante aquellas semanas donde, era evidente, que estaba pasando algo y nadie le quería hacer partícipe.

Dejó la silla Acapulco en su sitio y, tras ver que las cortinas del salón estaban plegadas, cruzó el patio, intentando controlar su enfado. Pasó por el zaguán y llegó cabizbaja, mientras escuchaba las voces de la cochera, hacia la casa de servicio. Cerró dando un portazo y, de un salto, tumbó su pequeño cuerpo sobre la cama. Por inercia, agarró el bote de yogurt y vació su contenido sobre la colcha.

No tenía muchas monedas y la mayoría eran antiguos pesos. Yalit no entendía muy bien por qué la moneda de cincuenta de pesos, pensó dándole vueltas a la carita plateada de Benito Juárez, solo valía cinco centavos. Ni tampoco por qué la moneda dorada de sor Juana, que era lo que le costaba un refresco en la tienda de doña Clarita, pasó a valer solo uno de los nuevos pesos.

Se colocó la diadema de los auriculares y comparó las dos monedas que tenía en la mano. Aunque no le gustaba que las nuevas fueran tan pequeñitas y estuvieran rodeadas por un anillo de acero inoxidable, sus ahorros ocuparían más espacio. Además, por mucha campaña que hubieran hecho, asimilar que, de la noche a la mañana, un billete de veinte mil valiera lo mismo que uno de veinte no era fácil de comprender. Por suerte, pensó mientras tarareaba la canción que estaba escuchando, las corcholatas seguían siendo las mismas, que era lo que le preocupaba durante aquellas semanas. Doña Clarita le dijo varias veces que, si quería uno de los vasos de plástico que coleccionaban sus amigas, necesitan reunir quince de esos tapones o, en su defecto, cinco taparroscas de las botellas de soda grandes. Aún no tenía suficientes, aunque ya le faltaba poco.

— Pero tienen que ser de estos, bonitía —le recordó la tarde anterior mostrándole los tapones de plástico amarillos del refresco.

El problema no era que los que le había dado Yumil no sirvieran, sino que Yalit, como el resto, seguía confundida con la nueva moneda; los precios cambiaban a diario y estar mezclando los pesos antiguos con los nuevos era un embrollo. No había más que ver cómo reaccionaron los clientes de la tiendita durante los primeros meses: si alguien pagaba con trescientos y le devolvían solo dos pesos, revisaba el cambio con cara de sospecha; y si, por el contrario, el cambio que le devolvía era en antiguos pesos, el comprador no solía decir nada y se marchaba feliz pensando que había ganado dinero.

El problema que Yalit descubrió durante aquellos días fue ver cómo cambiaban los precios de un día para otro. Pese a la insistencia de los comerciales que habían repetido, con su pesada letanía, que aquel cambio era más práctico y sencillo, no había manera de explicar al viajero de turno por qué el camión de la mañana le había costado setenta centavos y, cuando subía de vuelta en el de la tarde, el pasaje valía más de un peso.

Volvió a llenar el bote de plástico, cerró la tapa y, antes de guardarlo, lo agitó, como hacía cada noche, en espera de que su colección fuera a crecer al despertar. Se ajustó los dos almohadones y, tras cambiar la cara del casete, se quedó viendo el póster que le había regalado esa semana Teresa. Estaba colgado en la pared frente a la cama, en un gesto desafiante; sabía que, cuando lo viera su madre, le diría que lo descolgara.

Los ojos pintados de Michael Jackson asomaban tras una máscara blanca y dorada, coronada por la cara de un chimpancé soñoliento. A Yalit le fascinaba el bestiario que habitaba en aquella imagen y, aunque le seguían dando miedo los payasos o los personajes que salían de los vagones del tren fantasma, de todos los animales que había representados allí, su favorito no era ni la morsa, ni el ciervo, ni el pavo real, ni siquiera el perro afgano que estaba sentado en su trono a la manera napoleónica, sino el elefante indio de la trompa gigante que mostraba un nueve, como las estrellas que daban nombre a la antigua Balún Canán, tatuado en la frente.

Yalit no escuchó cuando llegaron los Cruz.

Si hubiera ladeado la cabeza desde donde estaba, habría visto desde la ventana, sin problemas, a Teresa bajar acelerada del Chevrolet negro. También habría visto la cara descompuesta de Pablo Cruz cuando vio aquel grupo de hombres con cara de pocos amigos que salió a su encuentro. Y, sobre todo, habría visto los esfuerzos de su madre para que tuvieran la fiesta en paz. Es más: si hubiera dejado de escuchar música y hubiese visto cómo, por ejemplo, Yumil intentó mediar sin éxito la refriega levantando al aire el flotador de plástico del tinaco como si fuera un arma blanca, seguramente habría salido de la recámara y podría haber entendido la discusión que se sucedía al otro lado de la pared. Incluso podría haber visto cómo, minutos después, Pablo Cruz estuvo a punto de llegar a las manos cuando Ricardo, uno de los ejidatarios, se acercó más de la cuenta con los puños cerrados.

Pero no fue así.

Yalit no podía culpar a nadie por no haberse enterado de la trifulca bilingüe; desde su ventana, con tan solo haber movido el osito de peluche de la repisa, habría sido una espectadora privilegiada de lo que estaba a punto de suceder.

15

Las noticias fueron llegando con cuentagotas durante aquellas semanas y, aunque ya se sabía que había conflictos en las Cañadas, lo ocurrido en la Sierra de Corralchén hizo que saltaran las alarmas. Había división de opiniones, incluso quienes negaban lo que había pasado, pero lo que estaba claro era que aquel enfrentamiento que tuvo lugar aquella semana entre Ocosingo y Altamarino también afectaba a Comitán. No solo por ser un punto estratégico en la ruta fronteriza del narcotráfico o por la presencia, decían, de grupos armados del país vecino, sino por los continuos bloqueos de carreteras y las constantes protestas y movilizaciones campesinas, tanto en los ejidos como en las comunidades tojolabales de Comitán y, sobre todo, de Las Margaritas.

El padre Unai abrió el periódico y leyó con preocupación la nota, mientras María preparaba el pozol en la cocina, en espera de que llegara Juan del Centro Cultural. Con el gesto más serio de lo habitual, echó un puñado de cal en la olla y, mientras el maíz terminaba de hervirse, sacó del comal los granos de cacao tostado. Como si fueran piedras preciosas, fue quitándoles la cáscara amarga uno a uno.

Mientras, en el salón, el padre Unai cambió la postura de las piernas y, ajustándose los lentes, siguió leyendo la noticia.

Según se contaba en el periódico, un batallón de infantería que estaba haciendo unas prácticas de adiestramiento cerca de la laguna del Carmen Patate descubrió, de casualidad, un grupo de indígenas armados en la zona. Tras varios enfrentamientos, donde hubo varios muertos y algunos heridos, el ejército localizó un campamento militar de un grupo armado sin identificar, aunque todo apuntaba, según aclaraba el periodista, a que eran taladores ilegales de las comunidades aledañas o guerrilleros que había enviado la Unidad Revolucionaria Nacional Guatemalteca.

El padre Unai se secó el sudor del cuello y, apretando con fuerza el pañuelo húmedo que tenía en la mano, le devolvió el saludo a Balam, que estaba terminando su tarea en el sofá. Siguió leyendo con incredulidad cómo, en la sierra donde él había estado trabajando tantos años, habían encontrado no solo armamento de alto calibre y áreas de tiro, sino un campamento que hasta tenía una planta de luz propia.

— Madre del amor hermoso —se dijo para sí.

María miró de reojo al padre Unai y, agarrando con decisión un puñado de masa de maíz, la mezcló con el cacao y, tras espolvorearlo de azúcar, comenzó a molerlo con la mano del metate.

Cuando Juan entró, dejó sobre la mesa la bolsa que contenía una mezcla irregular de marquesotes, costras, saladillos y panes compuestos. Al ver que estaban todos en silencio, preguntó si había pasado algo. El padre Unai dobló el periódico y, eligiendo bien las palabras, le contó lo que había hablado aquella mañana con el comisario Ramos.

— Me dejó muy claro que él se encargaría personalmente de la búsqueda —dijo intentando disimular la preocupación por lo que acababa de leer—. Con todo lo que está pasando ahora en Chiapas, es mejor que nos hagamos a un lado y colaboremos con ellos.

— ¿Pero usté cree que sabe lo que hace? Que yo no me fío de esta gente, padre, y con todo lo que dicen de los guatemaltecos y tantos levantones que anuncian en el radio… —dijo reteniendo las lágrimas—. ¿Usté cree que…?

El padre Unai dio un bocado al marquesote y, como si buscara la repuesta con el mordisco, olió el aroma achocolatado del maíz que salía de la cocina y le dijo que no tenía ningún sentido que lo hubieran secuestrado.

— ¿Y entonces dónde está Moisés? —dijo María desde la cocina dando un golpe seco con la mesa en la piedra del metate.

— Ojalá lo supiera, María —contestó hacia el hueco de la cocina, y siguió hablando con Juan—. Lo único que sé es lo que me ha dicho ese comisario… Ramos. Eso. Ramos. Lo había olvidado —continuó clavando el codo sobre el periódico doblado—. Sabes que no es santo de mi devoción, pero ha insistido en que coordinará la búsqueda; ahora mismo tienen muchos frentes abiertos —dijo pausando las palabras más de la cuenta.

María volvió a intervenir desde la cocina mientras colaba la mezcla del pozol en una cazuela nueva.

— ¿Frentes abiertos?

— Por lo que me contó —contestó levantándose de la silla—, parece que sabe de lo que habla y, que quiera hablar con nosotros, es una buena señal.

— ¿Vos qué pensás? —consultó Juan a su mujer sin levantarse de la silla.

— Que el comisario ese comisaríe lo que le dé la gana, pero yo no voy a dejar de buscar a mi hijo.

En ese momento sonó el timbre.

— Voy yo. No se preocupen —dijo María al ver que ninguno de los dos hizo ademán de levantarse.

Cuando abrió la puerta, se sorprendió de que fuera una pareja de policías, y no el sargento Ramos, quien estuviera esperando afuera.

Carmen se ajustó las hombreras de la camisola del uniforme y, enderezándose la espalda, entró en la casa. Tras presentarse con una formalidad excesiva, pidió permiso para utilizar una de las sillas del comedor de la sala. Sin decir nada, se sentó y dejó la carpeta encima de la mesa. Su compañero, un joven policía que intentaba mostrar una autoridad que, físicamente, no tenía, por mucho que apretara la mandíbula o siguiera con las gafas de sol puestas, se quedó parado junto a la entrada de la sala.

— Como ya les habrán dicho, tenemos que completar este cuestionario —dijo Carmen abriendo su libreta de apuntes.

María apagó la lumbre, entró en el salón y se sentó a la mesa, junto a su marido y el padre Unai.

— Necesitamos una fotografía más reciente. A ser posible, en la que esté solo. ¿Esta —dijo enseñando la que le habían dado de la orquesta— de qué mes es?

Juan se quedó pensando, pero no consiguió recordar la fecha exacta.

— Último domingo de noviembre —contestó Balam desde el sofá.

Carmen se sorprendió al ver la cara de su hermano.

— ¿Y no tienen una más cercana al día de la desaparición? —preguntó mirando a María y a Juan, sin obtener una respuesta—. 20 de febrero, ¿verdá?

Todos asintieron a la vez.

— No se preocupen —aclaró volviendo la vista a su libreta—. Lo que sí precisa es comprobar otra vez la huella dactilar. Cualquier prenda nos puede servir.

María le avisó con la mirada a Balam para que fuera a la habitación y le diera a la policía lo que pedía, pero no se movió del sofá.

— No seas malito, Balam.

— ¿Les puedo hacer unas preguntas más? —interrumpió Carmen.

— Claro, mujer; a eso vino, ¿no? —respondió María, cansada del tono tan protocolario.

— Su hijo no dejó nada escrito el día de la desaparición, ¿verdá?

— No —contestaron Juan y María a la vez.

— ¿Y alguna actitud extraña que hubieran notado días antes?

— ¿A qué se refiere? —preguntó Juan.

— No sé, cualquier cosa que se saliera de lo habitual.

— Lo cierto es que no —afirmó María con seguridad.

— ¿Problemas con algún familiar, amigo, pareja...?

Balam, que estaba escuchándolo todo desde el cuarto, recordó que la última vez que lo vio estuvieron discutiendo, pero no pensó que fuera relevante.

— Nos vendría bien saber algún detalle más del día la desaparición. Según tengo anotado aquí, nos dijeron que Moisés se fue caminando hacia el Parque Central quince minutos antes que su hermano —dijo leyendo sus apuntes—. ¿Es correcto?

— María no estaba en casa. Moisés se dilató y salió en chinga porque llegaba tarde —dijo Juan.

— ¿Y por qué no fue con su hermano? —preguntó Carmen sin dejar de escribir, y sin darse cuenta de que Balam había regresado de la habitación.

— No vamos siempre juntos, señorita —replicó Balam dándole la camisa alforzada de manga larga de la orquesta.

— Es para los perros —le explicó a María.

— ¿Cuáles perros?

— Los bomberos les dicen. Ya sabe, los que buscan a personas.

— Órale —contestó María sorprendida.

Carmen anotó con velocidad en su cuaderno y dejó la camisa sobre la mesa. Volvió a dirigirse a Balam.

— ¿Y eso por qué? —insistió.

— ¿A poco tenemos que hacer todo juntos? —respondió Balam algo molesto.

Carmen se quedó pensando y continuó con las preguntas que tenía previstas, mientras Balam se sentó en un brazo del sofá, para estar más cerca de la mesa y escuchar lo que decía.

— Según veo aquí, hicieron ya... ¿Cuatro salidas? —interrogó mirando al padre Unai que había estado escuchando en silencio desde el principio.

— Ándale pue —contestó María sin dudar—. La primera fue en Comitán.

— ¿Todo Comitán?

— Unos estuvieron en San Sebastián, El Calvario y el barrio de la Cruz Grande —añadió el padre Unai y se quedó un rato haciendo memoria—. Los otros en San José, Jesusito y la Pila. Y un último grupo buscó entre Yalchivol y Guadalupe.

— Y Santo Domingo, padre —matizó María.

— Eso es. Y por Santo Domingo, también.

— En los nueve barrios, vaya —confirmó Carmen.

— Exactamente —asintió Juan.

Carmen siguió apuntando todo lo que escuchaba.

— La siguiente salida fue a Trinitaria. La tercera, a Independencia... y luego, a Margaritas —concluyó el padre Unai.

— ¿En todo el municipio?

— Prácticamente, sí —contestó Juan—. Nos organizamos bastante bien, agente.

— ¿Y no tuvieron ningún problema en los ejidos?

— Ninguno, señorita —aclaró Juan.

— Entiendo —confirmó Carmen—. ¿Y no consiguieron ninguna información?

— No, señorita —intervino el padre Unai.

— Que más quisiéramos —añadió María.

Carmen dejó la pluma sobre el cuaderno y, viendo la cara de María, intentó mostrarse cercana; sintió que había creado un ambiente tenso y contrario a lo que se esperaba de ella en un caso de esas características.

— Siento mucho lo que está pasando, María. Y créanme que haremos todo posible por encontrarlo —dijo extendiendo su mano torpemente hacia el hombro de María—. Cualquier información que me puedan dar de su hijo, aunque piensen que no sea relevante, me será de mucha ayuda.

Balam se quedó pensando si decirle que había discutido la noche anterior a su desaparición, pero no dijo nada. Ni siquiera cuando se fueron. Y no porque pensara que estaba ocultando algo, sino porque no pensó que fuera importante. Aun así, se quedó mirando la tarjeta con sus datos que les había dejado sobre la mesa.

El padre Unai se quedó hablando con Carmen, que en ese momento le había dicho que era la sobrina de doña Lolita. Cuando se fueron, colocó sobre el plato el envoltorio vacío del pan compuesto y, con un gesto de cariño hacia Juan y María, les hizo ver que habían hecho lo correcto.

— Bueno, más vale tarde que nunca —dijo María sin estar muy convencida.

Balam se levantó del sofá y encendió, sin mucho interés, el televisor. Justo cuando vio que aparecían los últimos avisos de Canal 5 de la sección *Servicio a la Comunidad*, cambió de frecuencia; estaba harto de escuchar aquel anuncio y ver la foto de su hermano junto al resto: a simple vista, daba la sensación de que fuera una lista de presos o delincuentes, más que de personas desaparecidas.

El noticiario abrió con una información de última hora.

Todos se dieron la vuelta: a las cuatro de la tarde, en el estacionamiento del aeropuerto de Guadalajara, acababan de asesinar a balazos al cardenal Juan Jesús Posadas Ocampo.

••••

16

La temporada de lluvias arrancó más tarde de lo habitual. Hubo que esperar hasta finales de mayo y, cuando llegó, lo hizo con una fuerza extraordinaria. Mayra cruzó bajo el cableado inestable de la calle y alzó la vista hacia la torre del campanario de Santo Domingo. Al ver el cielo, le extrañó la rapidez con la que se movían las nubes, como en aquellas escenas del cine en las que el objetivo marca la transición del día a cámara rápida. Los cúmulos que se estaban formando por el calor se desplazaban con velocidad hacia el oeste, y los que estaban caminando se quedaron también sorprendidos. Cuando las nubes llegaron a los lomeríos que asomaban al fondo de la Central Poniente, ya se habían transformado en una masa gris uniforme, vertical y gigantesca que, en cuestión de minutos, oscureció el cielo de Comitán.

Mayra apresuró la marcha y, por un momento, dudó de si le daría tiempo o no a llegar a su destino; un viento frío y huracanado comenzó a mover los postes y levantar la suciedad que había por las esquinas. Ante el primer trueno, aceleró la marcha y fue directa a la entrada de la Esquina de Belisario.

Afuera cayó una tromba de agua como hacía tiempo que no se veía. Sin darle tiempo a reaccionar, y mientras los coches tuvieron que detenerse, la gente que estaba paseando por la plaza, los boleros del lateral del paseo, las canasteras y hasta la pareja de tránsito que vigilaba las esquinas del parque salieron escopetados, como pudieron, para resguardarse. Unos lo hicieron bajo los soportales; otros, bajo el techo poligonal del kiosco. Los laureles de la India se combaron hacia el sureste y la fuente central se desbordó con el impacto del granizo, mientras los curiosos observaban en silencio la tormenta, cada uno desde el refugio improvisado al que había podido llegar.

La potencia de la lluvia hizo que la calle principal se convirtiera, en un abrir y cerrar de ojos, en un río inquieto de agua sucia que se precipitó calle abajo, más allá del teatro Junchavín. Todas las miradas vieron cómo la enorme sombrilla plegable de un vendedor salió disparada por el aire y, tras dar un par de tumbos alocados en tierra de nadie, se estampó contra el viejo tranvía turístico que estaba aparcado frente al teatro.

— ¡Aguas! ¡Aguas!

El golpe, casi coordinado con el nuevo trueno, asustó a una de las niñas que vendía dulces en la esquina; tuvo que ver cómo su mercancía desaparecía calle abajo, junto a periódicos, papeles, plásticos, un par de huacales y hasta un paraguas descompuesto que tomó la forma de un extraño murciélago al que se le hubieran enredado las alas, bajo el destello de un monumental relámpago. Mayra entrecerró los ojos, como si así pudiera acallar el estruendo del granizo que azotaba sin piedad tanto los tejados y fachadas de las casas, como el irregular pavimento que acotaba las enormes dimensiones del Parque Central.

A pocas cuadras, en una discreta cafetería del barrio de la Pila, Daniel observaba con preocupación cómo la florida llama del bosque que estaba plantada junto a la ceiba del parque se tambaleaba. Era como si aquel tulipán africano hiciera esfuerzos sobrehumanos por arrancarse a sí mismo las raíces y salir disparado hacia las escalinatas del templo de San Caralampio.

A pesar de las indicaciones de la dueña, Daniel salió al pasadizo techado de la cafetería e intentó retener aquel instante con su cámara de fotos, pero no fue capaz; cuando pareció que ya no era posible que granizara con más fuerza, el cielo descargó una última tanda de aguacero que azotó las fuentes de piedra del Tanque de los Caballos. Los bebederos de piedra fundacionales no solo se inundaron en cuestión de minutos, sino que comenzaron a salpicar el agua rebotada del cielo como si fueran alcantarillas reventadas por la presión.

Desde una de las ventanas de las viviendas cercanas a la iglesia, la delgada silueta de una mujer encorvada señaló con el dedo hacia el otro extremo de La Pila. Varias cabezas se asomaron detrás de ella y, viendo la tromba de agua que bajaba desde la calle, se apresuraron a cerrar las contraventanas de madera.

Daniel se dio la vuelta y vio la riada que, empujada por un viento descontrolado, corría con violencia desde las calles más empinadas. No tuvo más remedio que volver a entrar en el local.

— Cómo está Tláloc, ¿no? —soltó con ganas de romper el hielo.

— No, amigo; acá es Chaac —explicó una voz áspera que se escuchó desde el fondo del local.

Daniel frunció la frente y vio a Yumil quien, con una sonrisa relajada, se llevó una mano al sombrero de palma. Mientras, el martilleo de la tormenta seguía repiqueteando en la plaza y en la ventana de la cafetería.

— El de la lluvia es Chaac, amigo —precisó Yumil—. Además, acá son cuatro dioses en uno.

— ¿Cuatro? —preguntó con interés Daniel secándose la lluvia del cuerpo con un bonche de servilletas.

— Uno por cada punto cardinal —explicó Yumil persignando la mesa con el vaso de *posh*—. ¿De visita?

Daniel se rascó la cabeza.

— Digamos que de paso.

— ¿Y a poco conocés la historia de Tláloc?

— Algo he leído, sí.

— Pinches mexicas —dijo dando un sorbo final a su vaso de aguardiente—. Chaac estaba antes. Representa a cuatro hombres... y a cuatro animales. Mirá, al este tenés al hombre rojo: el faisán —dijo apuntando hacia la entrada—. Del sur viene el águila. El hombre amarillo. ¿Lo ves? —preguntó señalando con la vista a la ventana—. Del oeste llega el hombre negro, que es el cuervo —asintió orgulloso, señalándose a sí mismo—. Y al norte, la paloma que es... — concluyó acercándole el índice en el pecho—: el hombre güero.

— ¡Dejá de molestar a los clientes, Yumil! —voceó la dueña desde la barra.

Daniel se dio la vuelta y le aclaró que todo estaba bien. Cuando la dueña le dio la espalda, Yumil soltó un carcajada ebria y le hizo un burla infantil. Con las palmas de las manos, comenzó a percutir con ritmo sobre la madera de la mesa.

— ¡Cha Chaac! ¡Cha Chaac! ¡Cha…!

La mujer se dio la vuelta y, con los brazos cruzados, tomó aire y acabó por sonreír cuando Yumil se levantó y comenzó a imitar los pasos de una danza tribal.

— ¡Cómo sos de totoreco! ¡Ya! ¡Pará! ¡Mirá que sos menso!

Yumil sonrió y, sentándose de nuevo en la silla, dejó caer el labio inferior y levantó su vaso vacío en dirección a la barra.

— Al que no bebe trago, se le amampa el alma, mamita.

La dueña se acercó con una botella de comiteco y, dándole por perdido, le sirvió una ronda más dejándole claro que sería la última. Yumil levantó el vaso teatralmente y, viendo a través del cristal donde baloteaba el licor de maguey, aceptó la orden con la sonrisa triste y la mirada cansada.

Daniel aprovechó el momento para volver a su sitio y observó el desarrollo de la tormenta tras la ventana. Se rio en silencio al darse cuenta de que a Yumil ya lo había visto antes; recordó la historia que le contó el chico de la Esquina de Belisario, justo el día de la desaparición de Moisés.

Dejó la cámara de fotos en la mesa y aprovechó la espera para terminar el libro de Georges Arnaud que había estado leyendo durante aquella semana. Sabía que su situación era diferente; su viaje poco tenía que ver con la odisea de los camioneros de *El salario del miedo*, pero le inquietaba pensar que, cuando llegara a Guatemala, el estado de las carreteras se pareciera a lo que se describía en el libro.

Cuando terminó la última página, cerró el libro y, como siempre hacía en esos casos, leyó la biografía de la contraportada. No sabía ni que el escritor francés había muerto seis años atrás en Barcelona ni de las penurias que había pasado. De ahí que se quedara pensando que la novela que le hubiera gustado leer del francés habría sido, sin duda alguna, la de su vida. Leyó con interés la cita que abría el libro donde Arnaud aseguraba que Guatemala no existía, y lo sabía porque había vivido allí.

La lluvia fue perdiendo fuerza y el cielo comenzó a despejarse. Daniel dejó el libro junto al vaso de cerveza y se quedó viendo pensativo la plaza de La Pila. Se quedó fascinado por la paradoja estética de una arquitectura colonial que, más allá de la simbología evidente, poseía una belleza incuestionable. Frente al impactante atrio escalonado de la iglesia, la escultura del puma americano, como si se hubiera levantado del pedestal, observaba la pintoresca fachada de colores ocres y tejas del templo, tras un tibio rayo de sol que, en ese momento, se colaba entre las ramas mojadas de la ceiba y reflejaba en el suelo la imagen invertida de la pintoresca iglesia de San Caralampio.

Justo cuando Daniel agarró la cámara, dispuesto a hacer la fotografía que se la había resistido durante aquel día, la mano de Mayra le saludó desde la puerta.

Antes de sentarse, le preguntó con la mirada qué le pasaba al hombre de la mesa del fondo. Daniel se dio la vuelta y la dueña, con una sonrisa coqueta, le explicó quién era Yumil y por qué estaba dormido.

— Qué forma de llover. ¿Te pilló la tormenta?

— Terrible, sí —dijo quitándose el chubasquero.

— Y tú cómo estás. ¿Ya terminaste la novela?

— Ahí voy. La tormenta de hoy da para un buen capítulo.

— Recuerda que aquí tienes un lector esperándote.

— Y tú, ¿qué? ¿Listo para cerrar la etapa mexicana? —se cuestionó al ver el libro sobre la mesa.

Daniel se peinó con los dedos la barba del mentón y, abriendo mucho los ojos, aclaró que tenía nuevos planes.

— Ya te hablé de mi amigo Jona, ¿verdad?

Mayra negó con la cabeza.

— El alemán que conocí en Palenque.

— Ah, ¿ese? —mintió Mayra.

— Necesita un fotógrafo y me ha invitado unos días para documentar lo que están haciendo no muy lejos de aquí, así que…

— ¿Con las comunidades?

Daniel se quedó pensando.

— En parte sí, aunque juraría que es geólogo. Antes trabajaba con la Cruz Roja en la Selva Lacandona. Ahora, la verdad, no sé muy bien en qué está metido.

— Vaya —Mayra sonrió con envidia—, cuánto me alegro, Daniel. ¿Y de ahí ya te irás a Guatemala?

— Es la idea, sí —contestó con una mezcla de ilusión y pena.

— Al final, vas a durar aquí más que yo —añadió Mayra con una sonrisa misteriosa.

— ¿Cómo? —interrogó extrañado.

— No, qué va. Todo lo contrario; quizá me quede más tiempo—dijo arqueando las cejas—. Quiero terminar la novela con calma. Luego, ya veré.

— Mira tú qué bien. ¿Y cómo llevas lo de Rosario Castellanos? ¿Ya diste con algo nuevo?

— Más que de los Castellanos, descubrí algo interesante sobre los Figueroa Abarca.

— ¿Y esos quiénes son?

— La familia de Adriana, la mamá de Rosario. Al parecer, trabajó de costurera en el barrio de San Sebastián antes de casarse, pero es un misterio: nadie sabe nada.

— Qué raro, ¿no?

— Algo, sí. Lo bueno es que Teresa me está ayudando, así que…

— ¿La del hotel? —interrumpió Daniel.

—La misma, sí. Es una mujer encantadora y tiene mucha información, aunque en ese barrio nadie suelta prenda y más después de lo del chico ese que desapareció.

— Sí que lo es, y tiene mérito, porque con el marido que tiene… —comentó Daniel, sin venir mucho a cuento.

— Si yo te contara…

— Si te soy sincero —dijo mirando por la ventana—, de las veces que me he cruzado con él, no ha habido manera. Yo es que con esa gente no puedo. Parece que viven en otra época y... —Daniel se quedó en silencio al ver la foto de Moisés en uno de los carteles de la cafetería—. Oye, ¿y al final sabes si apareció el chico ese de la marimba?

— ¿Lo conocías?

— No, pero me enteré de su historia poco después de que despareciera. Qué extraño todo, ¿no?

— Fue el día que llegué a Comitán.

— Qué coincidencia, ¿no?

— Y que lo digas, aunque a estas alturas ya... Quién sabe. Tú ve con cuidado que, por donde vas, dicen que ahorita está peligroso.

Daniel asintió y dio un sorbo a su cerveza.

— Y bueno —cortó Mayra al ver la hora—, ¿pensaste ya algún sitio para comer? Que hoy estamos casi de despedida, ¿no te parece?

— Eso parece, sí.

Cuando Daniel le abrió la puerta a Mayra, le extrañó que la mesa del fondo estuviera vacía.

— No se preocupe, jefe —le aclaró la dueña—. Yumil se fue por su propio pie mientras usté estaba hablando con su señora.

Daniel se despidió con una sonrisa que hizo que la dueña cambiara el gesto y volviera a la seriedad de principio.

— ¿Conoces la historia de esa fuente? —le preguntó Mayra señalándole el Tanque de los Caballos.

— Pues la verdad es que no.

17

Mientras los operarios seguían desazolvando las calles más afectadas, los vecinos de Yalchivol se arremolinaron detrás de la cinta amarilla de peligro que cortaba los accesos cercanos al Nihualucum. Los destrozos eran evidentes; había ramas, señales, basura revuelta y hasta un sedán blanco empotrado junto a un muro de piedra. Las fachadas de las casas construidas junto al arroyo estaban destrozadas y los vecinos, que habían visto desde sus balcones cómo crecían sin control aquellas aguas negras cuando los drenajes saltaron por los aires, observaban el nuevo panorama con resignación e impotencia. Muchos recordaron las inundaciones del 91 donde el agua llegó a alcanzar el metro y medio, no muy lejos de allí. En el barrio de San Sebastián, en cambio, y pese a que muchas de las calles se habían convertido en lodazales, la tormenta de aquella tarde no parecía haber causado tantos estragos. De hecho, aquella noche la mayoría de los batanecos que estaban afuera había salido por otras razones y, aunque compartieran cubetas, trapos, botas de agua y hasta paliacates, sus motivos eran otros; nada tenían que ver con el barro ni con los olores fétidos del barrio vecino.

Los Guillén lideraban uno de los grupos que, en silencio, se dirigía en procesión con linternas y lámparas caseras hacia el parque de Santa Cruz.

Balam fue el primero en llegar. Dejó su cubeta junto al primer poste de luz y, mientras sus padres llegaban junto a la improvisada comitiva, esperó a que anocheciera por completo y se prendiera el farol. El segundo grupo, encabezado por el marido de doña Lupita y varias mujeres del mercado, fue directo hacia el pasto, a pocos metros del parque, donde estaban los nidos de las arrieras, en espera de que asomaran sus alas anaranjadas. Todos se colocaron en sus puestos y, mientras las manos buscaban entre la tierra a las hormigas voladoras, alguien avisó al resto de que había encontrado el codiciado *bolcojosh*.

Como cada año, el viejo Flavio fue el que encontró el hormiguero. Mandó callar a todos y haciendo aquel ritual de llamada nocturna que tanta gracia les hacía, chascó los dedos y, al apuntar con el foco de su linterna, automáticamente, cientos de hormigas gigantes salieron volando de su agujero. La mayoría fue directa hacia el farol donde estaban los Guillén. El resto pretendió escapar sin éxito de las manos del viejo talabartero quien, con una agilidad y premura a la que ya estaban acostumbrados, fue cazándolas con las manos, seleccionando las que valían y metiéndolas en su cubeta de agua, casi con tanta maña como lo hacía el grupo de mujeres. Balam se cubrió la nariz con el paliacate para evitar las picaduras y, junto a sus padres y el grupo de pepenadores espontáneos de nucú que los acompañaba, fueron atrapando los tzizimes uno a uno.

Si había una tradición chiapaneca que nunca se perdían los Guillén era precisamente esa, y más aquel día; para María, el tzizim tenía un significado que iba más allá del culinario o del económico. Se sentó en unas de las bancas del parque y, mientras veía a su familia agachada y acelerando con los vecinos la cacería de las chicatanas, se quedó pensando en Moisés y sintió, por primera vez, que su hijo estaba bien y que pronto lo vería. Una de las ancianas del mercado se hizo un hueco junto a ella y, apretando la cubeta vacía entre sus piernas, le preguntó si había noticias de su hijo. María negó con la cabeza pero, por primera vez, en su mirada no había tristeza, sino esperanza.

— Sé que está bien —dijo sin pestañear.

La mujer se estiró la falda de satín y, con una sonrisa tranquila y esperanzadora, le sobó el hombro con delicadeza.

— Si vos los sentís, así será, María.

María suspiró y, mientras recordaba cómo eran los primeros días de lluvia en Las Margaritas, escuchó el ruido pesado de varios vehículos del ejército. Supuso, como todos, que se dirigían hacia Yalchivol. Por eso, nadie se preocupó y siguió llenando con paciencia sus cubetas, mientras los tzizimes, en su vuelo nupcial que daba por inaugurada la temporada de lluvias, se arremolinaban y estampaban como libélulas ante la luz intermitente de los faroles, las velas y las linternas que se pasaban unos a otros.

Tras pasar varios carros blindados, María se quedó viendo las siluetas oscuras de la veintena de militares que, sentados en lo alto con los uniformes de campaña, se miraban en silencio como si fueran estatuas de sal. La mayoría, pensó haciendo lo posible por verles las caras, debían rondar la edad de Moisés. Los primeros camiones pasaron de largo, ajenos a lo que estaba sucediendo en el parque. Y, cuando el último camión verde oliva enseñó las ruedas traseras y desapareció calle arriba, más de uno se preguntó por qué llegaban siempre tarde y con esa presencia tan desproporcionada para atender, en aquel caso, cuatro calles anegadas por una tormenta de verano.

María buscó con la mirada a su familia y, sin decirles nada, les avisó de que ya era hora de irse. Juan dio por terminada su búsqueda y le dijo a Balam que se apurara. A diferencia del resto, María se mordió los labios y, batiendo la cabeza, se levantó de la banca, preocupada por aquel despliegue militar en plena noche.

— María, van a Yalchivol —dijo Juan cuando vio la cara de su mujer iluminada por la luz del farol—. ¿No viste cómo quedó todo allá?

— Lo sé, pero ya es muy tarde, ¿no?

— Tranquila, mamita —dijo agarrándole la cubeta de tzizimes —. Vos sabés cómo son.

A María no le convenció aquella respuesta y, durante todo el camino de vuelta, estuvo en silencio intentando averiguar si habría pasado algo que nadie le estaba contando. Al ver que ni Juan ni Balam le dieron importancia, intentó dejar de buscar una relación con la desaparición de Moisés, aunque no pudo. Habían pasado ya cuatro meses, pero le parecía una eternidad. Sabía que tanto Cuauhtémoc como, sobre todo, el padre Unai habían hecho todo lo posible por encontrarlo y que la policía seguía investigando, porque era cierto que les tenían al tanto de lo que iba haciendo, aunque no había ningún avance. Su preocupación era otra y tenía que ver con las noticias que llegaban de las comunidades y lo que pasaba en los ejidos de Las Margaritas; siempre que la República entraba en crisis, como pasó en el 82, recordó María al dejar atrás la escultura de Fray Matías de Córdova que reflejaba en su dedo la luz del templo, Chiapas solía llevarse, quisiera o no, la peor parte. Sabía que lo del cadernal asesinado en Jalisco no tenía nada que ver con lo de su hijo ni les afectaba a ellos, pero no se podía quitar de la cabeza la imagen del padre Unai cuando se enteró de la noticia.

Desde aquel día, ya no era el mismo.

Y no porque hubiera dejado la búsqueda en manos de la policía, sino porque había perdido la serenidad y el optimismo que lo caracterizaba. Juan, en cambio, había despertado de su letargo y hasta había conseguido que Balam volviera a tocar la marimba, algo impensable meses atrás. Los papeles se habían cambiado en poco tiempo y, pese a que nada volvería a ser lo mismo hasta que supieran qué había pasado con Moisés, no tenía más remedio que mantener la templanza. Si no, volvería la desesperación de los primeros meses. Sabía, de todas formas, que ver a militares por las calles era habitual. Lo extraño era que, durante aquellas semanas, había demasiados; Comitán, más allá de las colonias peligrosas que todos conocían, había sido siempre un lugar tranquilo y, sobre todo, seguro, a pesar de la cercanía con la frontera. Fuera por el motivo que fuera, estaba claro que algo estaba pasando. Y, dando por hecho, como ella hacía, que su hijo seguía vivo, las conclusiones a las que llegaba no eran, por mucho que quisiera, nada reconfortantes.

— Tiene que aparecer. Sé que está bien, Juanito.

Juan asintió en silencio, aunque tuviera sus dudas.

— ¿Pensás que la poli esa está haciendo algo? Siento que todo está más revuelto de lo normal.

Juan se encogió de hombros y, una vez que hubo entrado Balam en la casa, dejó en la puerta principal las dos cubetas de tzizimes antes de pasar.

— Se la ve muy chambeadora, María —dijo abriendo la puerta— ... y yo la siento buena persona.

— Sí, ¿verdá?

Juan se dio la vuelta y, mirando a los ojos a su mujer, le agarró las manos y esbozó una leve sonrisa que pretendió ser esperanzadora.

— Cuando haya noticias, seremos los primeros en saberlo. Ya verás, María —dijo mostrando una seguridad que no acabó de convencer a su mujer.

Aquella noche, María tampoco pudo dormir y, a pesar de que seguía sin comprender cómo Juan podía estar roncando como si tal cosa, hizo un esfuerzo por confiar en el trabajo de la policía. Algo que, a todas luces, no era fácil de hacer. Y no por estar el país como estaba o por las malas experiencias que tuvieron con ellos, sino porque seguía dándole vueltas al tema de los militares.

Todas las noticias que se escuchan sobre la corrupción de la iglesia y sus relaciones con el crimen organizado eran muy extrañas y poco creíbles. Aquella pelea entre los cárteles de Sinaloa y los Arrellano Félix de la que tanto hablaban en las noticias quedaba a miles de kilómetros de Chiapas, aunque saber que había un criminal como Guzmán Loera en búsqueda y captura generaba una preocupación añadida. Para María, la explicación más lógica tenía más que ver con las manifestaciones de los campesinos y, sobre todo, con los problemas que había en la frontera con Guatemala, pese a que las noticias no dijeran nada. Si no, se decía una y otra vez buscando en la cama una postura cómoda que no encontraba, no se explicaba que hubiera tantos militares en Comitán.

María abrió la gaveta de la mesilla y, al ver que no le quedaban somníferos en el pastillero, salió con sigilo de la habitación para no despertar a Juan. Se fue al salón, como solía hacer en aquellas ocasiones, a encontrar el sueño entre las hojas del álbum de fotos familiar.

Siempre que lo veía, repasaba todas las páginas en las que salía Moisés y buscaba, por extraño que pudiera resultar, alguna señal en su mirada, alguna pista que le pudiera decir dónde estaba y cómo encontrarlo. Al rato, se daba cuenta de que era inútil; la única conclusión a la que llegaba se resumía a la mala suerte: Moisés había estado en el lugar y el momento equivocados. No había otra explicación posible. María pasó la mano sobre el plástico transparente que cubría la foto de su hijo e intentó calmarse porque, una vez más, sintió cómo el pulso se aceleraba sin saber cómo frenarlo. Hinchó los pulmones y, tras retener el aire con decisión, lo expulsó por la boca todo lo despacio que pudo. Y así estuvo un buen rato hasta que, contando los tzizimes ahogados de las cubetas, como quien cuenta las ovejas del sueño, se quedó dormida en la silla, con el rosario en la mano, recordando las palabras del padre Unai cuando hablaba, muy convencido, de que ellos eran el pueblo elegido porque en Chiapas era donde estaba, decía, la Tierra Prometida.

18

A medida que pasaba las páginas del periódico, la desesperación del comisario Ramos aumentaba. Era evidente que la captura del *Chapo* era una buena noticia para México, pero no tanto para Chiapas, pensaba. No solo porque, en su huida, hubiera cruzado con total libertad la frontera con su mujer, sino porque no se decía nada del general Pérez Molina, que fue quien lo atrapó y, sospechosamente, lo devolvió sin pedir nada a cambio. Ramos se estiró con los dedos las puntas del bigote y leyó con interés cómo había sido el operativo militar. A los pocos minutos, farfulló para sí algo incomprensible cuando comprobó que la información que se contaba en la nota distaba mucho de la que él manejaba.

Cuando Hernández entró en el despacho, Ramos levantó la mano para avisarle de que aún no estaba listo. Hernández se quedó parado en la puerta y aprovechó para colocarse bien las hombreras. Se quedó parado como si fuera un guarda de seguridad. Cuando recibió la orden de sentarse, estaba viendo el cartel de la pared que ofrecía la recompensa de cinco millones de dólares.

—Me da que esto ya valió, jefe —dijo con la intención de quitarlo de la pared.

—Pásele, Hernández —ordenó el comisario aún con el periódico abierto.

—Ya estoy dentro, comisario.

Ramos levantó la mirada desde su silla, dejándole claro que no estaba para bromas.

—¿Y usté cree que les habrán dado ese varo a esos chapines? —preguntó mientras tomaba asiento.

—Quién sabe —contestó el comisario ofreciéndole un cigarro de la cajetilla—, pero ¿quién se cree que el *Chapo* ese no llevara lana encima y que no ofreciera resistencia? Me creo la mitad. El Pablo Escobar mexicano, dicen. Vos conocés a Otto Pérez Molina, ¿no?

Hernández le dijo que no.

— Le hubiera gustado capturarlo, ¿verdá? —preguntó con una sonrisa cómplice mientras jugaba con el humo de su boca.

El comisario dobló el periódico y se quedó mirando el cartel que aún estaba colgado en la pared junto al cuadro de la virgen.

— Y a quién no —dijo rascándose la oreja mientras calculaba cuántos pesos serían cinco millones de dólares—. Al menos, que hubieran avisado, ¿verdá?

— No pasó por aquí, jefe. A Tapachula tuvo que llegar por Tuxtla, y si entró a Guatemala por Talismán...

— No es la información que tengo, pero sí: ya tienen lo que querían.

— Es raro que no se hubiera quedado en San Marcos, si se refiere a eso —añadió Hernández.

— No debió negociar bien, aunque los de la Guardia de Hacienda... Pero bueno, ya ni modos. Que se pudra en Amoloya; ahí pasará el resto de su vida. Un pendejo menos. Además —dijo mirando el montón de papeles de la mesa—, demasiada chamba tenemos ahorita, y la orden del fiscal ya sabes cuál es.

Hernández asintió, pese a no saber a qué orden se refería.

— ¿Se refiere a lo del chavo desparecido?

— ¿Cuál chavo? — preguntó el comisario buscando los papeles del nuevo archivo histórico municipal.

— El chavo ese de la marimba.

— Ah, ¿ese? —contestó sin darle mucha importancia—. Por suerte, Carmencita paró el disparate ese de la Brigada Vecinal.

— ¿La del padre gachupín? —preguntó con una sonrisa despectiva.

— Ese mero. ¿Qué se creerá esa gente? ¿Vos sabés que este viene de la Misión de Guadalupe? Lleva más de veinte años en la Selva.

Hernández desvió la mirada hacia el cuadro de la virgen y exhaló una larga bocanada de humo que quedó flotando en el aire.

— Algo oí, sí. Maristas, ¿no? —contestó y se quedó pensando—. ¿Y usté cree que están armando a esa gente?

El comisario dejó los papeles sobre la mesa y, con un gesto más serio de lo habitual, se encendió un cigarrillo.

— Poca broma con eso, Hernández. La Unión de Uniones está bien brava —dijo y, cuando se escuchó, intentó disimular su preocupación—. El problema acá es otro. Más que con los ejidos, tiene que ver con lo que nos está llegando rebotado de Guatemala —supuso.

— ¿Siguen los de la guerrilla en activo?

— A ver si ahorita que los chapines tienen nuevo presidente le bajan de huevos, porque ya era lo que nos faltaba.

— Sí pue —corroboró Hernández ahogando un bostezo involuntario—. Menos mal que aquí en Comitán todo eso nos queda lejos.

— No mames, Hernández; no todos están los Altos. Las FLN siguen molestando ahí nomás, y orita con la Unión de Uniones y esos indios de la Selva... Tienen una buena montada. Y no nos queda tan lejos, no.

Hernández se quedó pensando, asintió con la cabeza y terminó su cigarro en silencio.

— Oye, jefe, ¿y vos sabés si Carmencita...?

Ramos dejó de mirar sus papeles y lo amonestó con la mirada.

— ¿Qué dije? Solo era una pregunta.

— Si podía ser tu hija, por Dios.

Hernández se echó hacia atrás y, sujetándose la cabeza con las manos, suspiró con infantil melancolía.

— Ay, quién pudiera...

El comisario Ramos dejó de escuchar y se quedó en silencio mirando hacia la ventana. El cielo estaba despejado, pese a que no duraría mucho. A lo lejos, se veía la torre de Santo Domingo y, aunque las ventanas estuvieran cerradas, se podía escuchar el ruido de los coches, la barahúnda del Parque Central, el perifoneo del ropavejero y los gritos de las canasteras de las esquinas.

— Te invito a comer, anda.

— No traigo feria, jefe; aún no llegó la quincena.

— Yo te disparo.

— Va que va.

Cuando se fueron, dejaron a Carmen sola en la comisaría.

No era la primera vez que pasaba y, en el fondo, ella lo agradecía; trabajaba mucho mejor así. Compartir pared con el despacho del comisario Ramos estaba siendo más molesto de lo que pensaba. Tanto por las conversaciones que escuchaba, aunque no quisiera, como por darse cuenta de que no estaban haciendo prácticamente nada.

Y no era un caso sencillo.

Carmen sabía que, tratándose de una desaparición, fuera forzada o voluntaria, el caso no se cerraría hasta que el chico apareciera, pero si no había novedades, a ella le asignarían otro caso y la investigación se quedaría estancada en un punto muerto. Si no había ninguna hipótesis alternativa, tendría que decirle a los Guillén que no había avances, pero habían pasado demasiados meses y no lo entenderían.

— Carmen, no les des más vueltas.

Eso le dijo el padre Unai la última vez que hablaron sobre Moisés, pero ella seguía empeñada en demostrar que conseguiría cerrar el caso, costara lo que costara; aquello no encajaba con los *modus operandi* del crimen organizado.

— Mira lo de Posadas Ocampo.

— ¿Y eso qué tendrá que ver?

— Pues que hay veces que no hay manera de saber qué pasó. México es un país muy complejo. Tú lo sabes mejor que yo.

Carmen negaba con la cabeza y le insistía al padre Unai que aquel caso era distinto, aunque nada le cuadraba. Ni su perfil, ni su género, ni su edad, ni la situación económica de su familia, ni su situación personal... No había un solo indicio de que hubiera sido víctima de un secuestro, y mucho menos de que hubiera algún grupo paramilitar detrás, como propuso en varias ocasiones el comisario Ramos o que tuviera relación con el narcomenudeo, cuyas motivaciones tenían más que ver con ajustes de cuentas o venganzas personales. La hipótesis inicial de que hubiera sido reclutado a la fuerza por una banda criminal no tenía ni pies ni cabeza.

— ¿Estás segura, Carmen?

La única duda que tuvo fue cuando comprobó aquella semana que la lista de personas desparecidas era cada vez mayor.

— No veo la relación.

Carmen llegó a pensar que quizá estuvieran todas conectadas de algún modo, pero no sabía cómo vincular los casos. Además, la mayoría de las desapariciones habían tenido lugar en Las Margaritas y Moisés desapareció en Comitán.

— Sigo sin verla.

Dejar el caso sin saber qué había sucedido, si hubo responsables y, sobre todo, sin conocer el paradero del hijo de los Guillén no entraba en los planes de Carmen. Y menos aún cuando algo le decía que Moisés seguía vivo, que aquello no había sido una desaparición forzada, pensó. Pero una corazonada, y eso Carmen lo sabía muy bien, no era razón suficiente para seguir investigando y, mucho menos, para poder tranquilizar a la familia, que era su mayor preocupación.

Aquella tarde, Carmen revisó el archivo página a página y leyó los documentos otra vez en busca de algún dato que se le hubiera escapado. Y, como había ocurrido durante las últimas semanas, no consiguió dar con ninguna respuesta. Se remangó la camisa y, levantándose de la silla, volvió a organizar en su cabeza toda la información que tenía sobre la mesa. No había nada sospechoso y todas las declaraciones que tenía documentadas cuadraban; nadie vio nada y no había ninguna pista que le ayudara a saber por qué el hijo de los Guillén desapareció aquel 20 de febrero sin dejar rastro. Por eso, Carmen sintió aquella tarde tanta frustración e impotencia: nadie desaparece de un día para otro sin ningún motivo, a no ser que hubiera sido un secuestro. Habría algo, que no conseguía ver entonces, que explicara aquella desaparición, pensó. Su única explicación era que el chico se hubiera fugado por su propio pie, como si hubiera escapado de alguien o de algo, pero aquello tenía aún menos sentido.

— ¿Entonces?

19

Cuauhtémoc apartó con la mano unas chaparreras de res que colgaban de la puerta de la entrada y, cruzando bajo la ristra de cinturones que hacían las veces de una improvisada cortina de tiras, entró en el taller. En la mesa de trabajo había una vaina de cuero para un machete, un par de carteras, un bolso a medio hacer y, en el centro, una horma de madera con la suela de neumático pegada en la base a medio clavar.

Cada vez eran menos los trabajos de ranchería: ni polainas, ni hatos, ni monturas, ni estribos, ni riendas, ni botas, ni espuelas… Era como si los clientes habituales hubieran desaparecido y, por alguna extraña razón, ya no fueran a Comitán a hacer sus compras. Durante aquellos meses su trabajo consistió en hacer carteras, llaveros y, sobre todo, caites, que era como llamaban en Comitán a los huaraches. Y no para campesinos, que tendría más lógica, sino para turistas. Pese a que él no fuera huarachero y no estuviera muy de acuerdo en convertir sus productos en una suerte de *souvenirs*, no tuvo más remedio que renovar sus herramientas y hacerse la idea de que, al olor habitual del cuero de la talabartería, se sumarían el del hule y la llanta neumática. Pero no había de otra: el negocio estaba cambiando y, a pesar de los augurios del viejo Flavio, estaba convencido de que el oficio no desaparecería.

— Nuestra profesión morirá, Cuauh.

— ¿Qué me dice, don Flavio?

— Lo que digo.

Cuauhtémoc se sentó en el taburete, acomodó la vieja horma entre los muslos y comprobó que los tornillos de la suela estaban clavados en su sitio. Pestañeó varias veces, como si así fuera a quitarse el cansancio, y comenzó con el encorrellado del primer huarache como le había enseñado don Leonardo Figueroa, el zapatero más antiguo de San Sebastián.

Después de varios intentos frustrados, se dio cuenta de que el temblor de las manos seguía y le hacía imposible armar bien el calzado. Tragó saliva, se secó el sudor frío de la nuca y, tras mirar la hora en el reloj de pared, se levantó, dejó el calzado a medio hacer y se fue directo a la tiendita de abarrotes de la esquina.

— No deberías, Cuauh.

— Lo sé, manito.

Celebró que apenas hubiera gente en la calle y que las tormentas de verano parecieran haber dado una tregua aquella tarde. Aun así, al llegar comprobó que nadie lo hubiese reconocido. Sin abrir la boca, señaló con decisión hacia donde estaban las botellitas de Tonayán de detrás del mostrador. Doña Clarita lo miró con preocupación y, al ver que Cuauhtémoc le confirmó su pedido sin pestañear, entendió lo que pasaba. Le vendió el destilado de caña y, sin decirle nada, le entregó el licor en una bolsita de papel *kraft*.

Al salir, la canastera de los chinculguajes lo miró con cierta preocupación ya que ella, aunque invisible para muchos, vivía prácticamente en la calle y conocía de sobra los movimientos de toda la colonia. Cuauhtémoc sintió la mirada de la vendedora de la esquina y se encogió de hombros en una especie de disculpa infantil que hizo que la canastera batiera la cabeza y, tras decirle algo en tojolabal que no entendió, lo diera por perdido.

Durante el camino de vuelta a la talabartería, Cuauhtémoc fue encorvándose cada vez más y ralentizando la pisada, como si se estuviera quedando sin pila y no fuera capaz de completar los diez metros que lo separaban de su destino. Tan mal se sentía que se paró en seco en medio de la calle y, tras comprobar que no había nadie conocido cerca, destapó con ahínco la botellita y dio un trago generoso que, en cuestión de segundos, lo calmó. Respiró aliviado y, justo cuando levantó la vista, vio al tipo misterioso de los albardones sentado en las escalinatas de entrada de la talabartería. En un acto reflejo, se metió la botellita de plástico en el bolsillo del pantalón y apresuró la marcha; le pareció muy extraña aquella visita.

— ¿Todo bien, compañero?

— Sí, amigo —dijo intentando recordar su nombre—. No esperaba verlo por aquí. ¿Qué necesita esta vez?

— Solo venía a despedirme —contestó observando con interés el cartel desgastado de la entrada en la que aún se distinguía la cara del hijo de los Guillén.

— Vaya —dijo Cuauhtémoc dudando entre si entrar o no en la talabartería—. ¿Y eso?

El tipo, que sin la barba parecía mucho más joven, se ajustó uno de los dos relojes que llevaba en las muñecas y, con una sonrisa misteriosa, le explicó que no volvería más por Comitán.

— ¿Vuelve a su tierra? —preguntó por preguntar.

El hombre no dijo nada; solo sonrió con ese halo de misterio que tanto lo caracterizaba.

— Fue un placer haber hecho negocios contigo, compa.

Cuauhtémoc no supo qué decir ni tampoco comprendió por qué se estaba despidiendo de él, pero lo echaría de menos; había sido, junto a Pablo Cruz, su mejor cliente durante aquellos meses.

— ¿No quieres pasar?

El hombre le tendió la mano. Cuauhtémoc, aún sin entender muy bien a qué se debía aquella despedida repentina, le estrechó la suya y se fijó en sus dedos; aquellas uñas tan cuidadas no eran frecuentes en alguien que trabajara en el campo.

— Cuídese, amigo.

— ¡Siempre!

Cuauhtémoc entró en el taller y, antes de seguir con el encorrellado de los huaraches, se quedó viendo la etiqueta amarilla del Tonayán. A simple vista, parecía una inocua botellita de aceite, pero aquel licor barato de Jalisco había sido, desde la primera vez que lo probó, su perdición. Recordó una vez más la promesa que le hizo Yumil y, tras recapacitar con calma, decidió que aquel sería, de una vez por todas, el último trago.

— ¿Estás seguro, Cuauh?

— Tan seguro como que sé que estoy hablando solo.

Levantó la botellita de plástico hacia el estante metálico de la pared, donde estaban colgados los martillos, las chairas, los ralladores y los sacabocados y, como si se despidiera de su pasado y agradeciera a un inexistente público, dio un sorbo final contundente. Sin mirar, lanzó el Tonayán hacia su espalda como quien arroja hacia atrás un plato ceremonial en busca de buena suerte.

Celebró que las manos no le temblaran y, como si hubiera renacido tras aquel ritual improvisado, compuso los huaraches mucho antes de lo que pensaba. Cuando terminó, observó con detalle uno de ellos e, igual que el deportista que levanta en sus manos un trofeo merecido, sintió esa mezcla de orgullo y placer que produce el resultado del trabajo bien hecho.

— ¿Se puede pasar? —preguntó una chica que llevaba un rato en silencio en la puerta con un *beagle* entre los brazos.

— Claro, amiga —contestó sin mirar, mientras dejaba el par de huaraches en el mostrador.

— ¿Hace usté collares para perros?

Cuauhtémoc se quedó mirando a la mascota que cargaba con cuidado entre los brazos.

— ¿Es para él?

— Para ella —corrigió acariciándole con cuidado su grupa tricolor—. Se llama Ixchel.

La perrita reaccionó al escuchar su nombre y levantó con gracia una de las orejas café.

— Déjame pensar… —dijo mientras recordaba si tenía alguna argolla y remaches que le pudieran servir para la hebilla—. Sin problema, sí. ¿Y tienes algún diseño en mente, amiga?

— Me fío de usté. Viendo los diseños que tiene… —dijo mirando los cinturones que colgaban de la pared.

— ¿A poco quieres un collar piteado?

— ¿Como esos cintos, dice? No —contestó con una sonrisa tímida—, algo más sencillo… y barato, si puede ser.

Cuauhtémoc le dijo que no se preocupara por eso.

— ¿Y cuándo lo podrá tener?

— ¿Te lo quieres llevar ya merito?

— ¿Se puede? —dijo ilusionada.

— Sí, por qué no. Ahorita te lo compongo.

— ¡Ay, qué alegría! —exclamó y se dirigió a su perra—. ¿Viste qué señor tan amable?

Cuauhtémoc sacó una cinta métrica, midió el cuello del pequeño animal y se metió en el taller. Sacó un trozo de curtido vegetal, marcó las medidas, hizo los agujeros y, mientras rasgaba un trozo de cuero con el sacatiras, le preguntó a la chica si quería que le grabara el nombre de la perra en el collar.

— Si puede, estaría chido. Si no, no se moleste.

— No es ninguna molestia. Una vez tuve una perrita parecida, ¿sabe? —dijo a la vez que repujaba el trozo de cuero con el buril—. Entonces vivía en Guadalajara. Hace mucho tiempo de eso ya.

— ¿A poco es usté tapatío? —preguntó viendo la placa de la pared del premio de *Manos de México*.

— No, pero casi; nací en Colotlán. Es un pueblito que está mucho más al norte —dijo sin perder la concentración en el trabajo—, pero hace muchos años que vine a Chiapas. ¿Tú eres comiteca?

— Margariteña —aclaró la chica subiendo el tono de voz al escuchar los martillazos—, pero me mudé a Comitán hace tiempo.

— ¿Vives por San Sebastián entonces? —preguntó Cuauhtémoc desde el taller mientras preparaba los remaches de la hebilla.

— Cerquita. Aquí, en Jesusito.

— Aquí al ladito, sí.

— Hace bien mucho que no paso por allí —dijo Cuauhtémoc recordando la época en que los Guillén aún vivían en Las Margaritas.

— Pues ahorita está bien peligroso.

— Sí, algo escuché —comentó desde el hueco de la puerta del taller dando un último martillazo para ajustar los remaches de la hebilla—. ¿Y sí está tan bravo como dicen?

— Algo, sí.

Cuauhtémoc colocó la argolla y comprobó que la correa estaba completa. La humedeció con un bote de barniz que tenía sobre la mesa y, en espera de que se secara, siguió escuchando a la chica que confirmaba, como había insistido María, que durante los últimos meses algo estaba pasando en Chiapas, porque no se explicaba que hubiera tantos militares. Como era lógico, pensó, aquello complicaba mucho más la búsqueda de Moisés. Suspiró e, intentando disimular su preocupación, le aclaró a la chica que la correa de la perrita ya estaba casi lista a falta del secado.

Lo cierto fue que ver a la chica tan emocionada ajustándole la correa a su mascota hizo que Cuauhtémoc asintiera, más o menos, feliz; estaba claro que sabía adaptarse a los tiempos y, aunque hubieran bajado mucho los ingresos, el negocio seguía funcionando contra viento y marea. Lo único que no conseguía quitarse de la cabeza era la sensación de fracaso por no haber sido capaz de encontrar a Moisés, y ya había pasado demasiado tiempo desde que le perdieron la pista. Seguía pensando que haber detenido la Brigada Vecinal no había sido una decisión acertada y, aunque entendía los motivos del padre Unai, dejar la investigación en manos de la policía era una idea descabellada. Aun así, estaba convencido de que el hijo de los Guillén estaba a salvo y, como dedujo en un primer momento Balam, quizá su desaparición pudo ser voluntaria, porque la hipótesis del secuestro no tenía mucho sentido; abría un abanico de preguntas que carecían de respuesta. ¿A qué se debía su huida? ¿Qué podría haber motivado a Moisés a escaparse sin dar ninguna explicación a su familia? Es más: si realmente se había fugado, las preguntas que se hacía no tenían respuestas.

Cuauhtémoc apagó las luces de la talabartería. Al cerrar la persiana de la entrada, cerró con tanta fuerza que ni vio cómo el cartel de Moisés salió volando calle abajo.

20

En cuanto el diminuto colibrí salió volando, Yalit se acercó sigilosamente hacia la esquina donde florecían los coralillos anaranjados del patio. Con mucho tiento, acercó la rama seca que tenía en la mano hacia uno de los arbustos que cubrían la verja. Agachó su pequeño cuerpo y, dando unos golpecitos suaves en las hojas más bajas, como si tuviera entre las manos una varita mágica, esperó a que se desvelara la identidad del animal que trinaba con aquel gorjeo tan extraño. Con la punta de la rama desconchada, abrió un hueco entre el follaje y descubrió que el ruido no provenía de un animal herido, sino de una comadreja. Al encontrar vía libre, la mustélida estiró su larguísima cola y huyó despavorida, sin darle tiempo a Yalit a saber qué animal era el que había llamado su atención.

Volvió a cruzar el jardín por el patio de columnas y, jugando con el palo que batía en el aire como si fuera una espada que no encontrara contrincante, vio a Teresa recostada en una de las sillas Acapulco del porche. Pensó saludarla, pero no dijo nada, ya que la vio muy concentrada en la lectura bajo el relajante murmullo de la fuente de piedra. Amusgó la vista para ver qué libro estaba leyendo, lo anotó mentalmente y se alegró de ver que, tras varias semanas sin dejarse ver por la finca, Teresa por fin volvía a estar en la postura que más feliz le hacía y que mejor le sentaba.

Estaba claro que la situación con Pablo se había calmado, porque las últimas semanas habían sido terribles, y más para Yalit; no sabía qué estaba pasando y nadie, ni siquiera Yumil cuando se dejaba ver por la casa, le aclaraba qué estaba sucediendo, aunque hacía varias semanas que no lo veía.

Miró hacia la ventana de la cocina y supo que su madre estaba a punto de llamarla. Contó diez pasos y cuando llego al noveno, levantó la cabeza y allí estaba rallando sin muchas ganas un puñado de coyoles.

— ¡Vos, Yalit! ¿Dónde te metiste, mija?

— Jugando en el pasto, ¿por?

— Hoy te necesito. ¿Lo olvidaste?

— No, ma —contestó viendo las frutas que tenía entre las manos—. ¿Y eso qué es?

— ¿Esto? Coquitos —dijo mientras sumergía los coyoles en el primer hervor del agua—. ¿Nunca los probaste? Según yo, sí. A Teresa se le antojó dulce de coyol —explicó mientras echaba en el cazo el molde de piloncillo y un par de ramas de canela —, y mejor, porque la otra vez que tuvieron visita, me tuvo todo el santo el día haciendo nuégados, y luego ni se los comieron.

Yalit abrió las fosas nasales y asintió con la cabeza.

— Se ve sabroso.

— Mientras se espesa la miel, preparamos el resto, pero antes...

— Sí, ma —dijo sin darle tiempo a terminar.

Yalit se enjabonó las manos con esmero bajo el agua tibia de la llave y, tras secarse con un trapo de cocina, agarró un puñado de chiles y le preguntó cuáles hacían falta.

— Ancho, guajiro y chimborote.

— ¿Chimbo qué?

Rosita sonrió y le explicó a qué chile se estaba refiriendo.

— Ese mero, sí —dijo señalando al único verde de los tres que estaban preparados sobre la mesa.

Yalit los limpió con cuidado y, como ya sabía, los licuó con el jitomate, la cebolla, el vinagre y las especias que había dejado Rosita preparadas en el molcajete. Después sumergió con cuidado los trozos de la cabeza de lomo de cerdo y el hueso de paleta en una cacerola, como si fueran piedras preciosas y, aunque disimuló la cara de sueño, se le escapó un bostezo.

— ¿Otra vez te acostaste tarde?

— Algo, sí.

— Tenés que dormir más —dijo con tono maternal—. Hoy te necesito; vienen muchos invitados.

— ¿Muchos?

— Como seis gentes —dijo Rosita mientras revolvía el guisado con una pala de madera—, pero doña Teresa me pidió que preparara de más, así que te necesitaré también para servir.

— Está bien, ma.

Yalit se quedó en silencio viendo cómo se calentaba la comida lentamente en los fogones. Cerró los ojos y procuró descifrar cada olor. Por mucho que lo intentó, no fue capaz de distinguir todos los aromas que emanaban de los cazos hirvientes. Al abrir los ojos, sintió la mano de Teresa sobre su cabeza.

— Huele rico, ¿no?

—Gracias, patrona —contestó Rosita sin mirar—. ¿Comerán en la sala?

— ¿Tú crees que nos agarrará la lluvia?

Rosita giró la cabeza y observó por el gran ventanal de la cocina. El cielo de la mañana seguía despejado, aunque se divisaba a lo lejos un cúmulo de nubes aparentemente inofensivas.

— Quiere nortear, sí; mejor, dentro.

— Pues no se hable más —dijo Teresa convencida de la predicción de Rosita.

— ¿Y ya sabe qué vajilla quiere que saque?

— No lo había pensado. ¿Tú qué dices?

— ¿Yo? —contestó Yalit sorprendida mientras exprimía con sueño unos limones—. Todas son bonitas, doña Teresa. Dependerá de quién venga, ¿no?

Teresa sonrió y le dio la razón.

— No se apuren; la que ustedes gusten —aclaró a Rosita que en ese momento estaba rociando el agua con un puñado de semillas de chía—. Además, hoy estarán más pendientes del televisor que de la comida.

— ¿Y eso? —preguntó Rosita algo molesta.

— Por lo del partido ese de México.

— ¿Qué partido, señora?

— Uno contra Estados Unidos, parece.

— A usté tampoco le gusta el fut, ¿verdá?

— Yal, dejá de molestar a doña Teresa.

Teresa le guiñó un ojo a Yalit y le aclaró, como siempre solía hacer, que ella nunca era una molestia.

— No me gusta, no.

Teresa salió de la cocina con una aparente tranquilidad que desconcertó a Yalit, aunque no dijo nada. Quiso preguntar a su madre quiénes eran los invitados, pero supo que no merecía la pena preguntar nada; terminó de remover el agua de chía de unas de las jarras de cristal y, tras meter el puerco en la bandeja del horno, esperó a que llegara el momento de montar la mesa del comedor.

Tras una hora de espera, Yalit recibió la orden de Rosita. Sacó de la alacena, sin muchas ganas, la vajilla de talavera poblana que le había ordenado su madre. Colocó los vasos y cubiertos en su sitio, a juego con el azul cobalto de la loza y, cuando escuchó las primeras voces masculinas, regresó a la cocina. Con la puerta entreabierta, espero a que se fueran acomodando todos alrededor de la gran mesa de cedro.

El primero en llegar fue un hombre alto, enjuto y de andares torpes que sonreía sin gracia bajo un canotier que le quedaba bastante grande. Detrás de él, Pablo Cruz entró junto a dos hombres de su edad que vestían muy parecidos, con camisas blancas y chalecos grises. De no ser por las botas vaqueras de caña larga, parecían más recepcionistas de hotel que empresarios finqueros.

Al poco rato, apareció el que llamaba más la atención. No tanto por el volumen o la voz rota sino porque era, con diferencia, el más viejo del grupo. Tenía una barba blanca tupida que contrarrestaba el poco cabello que le quedaba en la cabeza. Entró en la sala haciendo mucho ruido, con un cigarro cubano entre los dientes y un reloj de muñeca que, cada vez que movía la mano, deslumbraba a quien lo mirara.

El último en llegar, que saludó al resto como si fuera la primera vez que los veía, era el único que vestía diferente. Llevaba un pantalón de lino y una guayabera negra de manga corta. Y en contraste con los tonos de voz del resto, hablaba con un timbre mucho más suave y calmado.

Además, era el único que tenía la tez morena.

Yalit los contó y, al ver que eran seis, avisó a su madre de que ya habían llegado todos.

— ¿Y las mujeres? —preguntó Rosita desde el fondo de la cocina.

— ¡Puros hombres, ma! —dijo y siguió observando con curiosidad a través del resquicio de la puerta.

Mientras los invitados se fueron sentando y vaciando la primera botella de vino tinto, Yalit se hizo un hueco y dejó en el centro de la mesa la gran cacerola de barro donde humeaba el cochito horneado. Teresa le hizo una señal para que se fuera; ya se encargaría ella de servir la comida. El hombre tranquilo de la guayabera, de todos modos, tomó la iniciativa y comenzó a servir a los demás.

— En resumen —dijo el más mayor de todos aflojándose la correa de su reloj dorado—: ¿cómo le vamos a hacer?

— Yo tengo un mi buen contacto que trabaja en el programa nuevo ese de certificaciones.

— ¿Y cuánto pide? —preguntó Pablo con cierta inquietud.

— No creo que mucho.

— ¿Y es fiable? —dijo el que estaba a su lado.

— Es mi carnal, sí. Estuvo en lo del censo ejidal y es muy amigo de Absalón.

— ¿Tío Chalón?

— El mismo.

— ¡No inventes! Eso son palabras mayores.

— Y el chiste es que él también es ejidatario.

— ¿Y no se darán cuenta de la jugada? —afirmó uno de ellos con un acento norteño muy marcado.

— Solo agilizamos lo que nos corresponde legalmente, compadre. Por algo se reformó el artículo 27, ¿no?

— La ley de la oferta y la demanda —añadió Pablo.

— Padrísimo. La neta, es buen negocio —dijo el más corpulento de todos mientras se desabotonaba el chaleco—, aunque habrá que organizarse bien; son un chingo de hectáreas.

— Para eso estamos aquí, compadres —aseguró el que estaba sentado a su vera.

— Lo importante es que esta gente se relaje tantito—dijo el hombre de la barba blanca con la boca llena— y así tendremos todos la fiesta en paz. Con el desmadre que hay en esas comunidades, amerita que los campesinos estén de nuestro lado.

— Sobre todo, porque esas tierras siempre fueron nuestras —añadió el del canotier café.

Menos Teresa y el tipo de la guayabera, todos asintieron. Yalit seguía escuchando sin ser vista. De todas formas, por más atención que puso, no consiguió comprender exactamente qué estaban tramando. Lo único que tenía claro era que no le gustaba nada lo que estaba escuchando; no concebía la idea de que la tierra fuera propiedad de nadie. Y mucho menos de quien no la trabajaba. No era tan difícil de entender.

Con la llegada de los postres, la plática derivó y, como si hubieran resuelto los problemas territoriales de la comida, todo el interés de los invitados se centró, como bien les adelantó Teresa, en la pantalla del televisor gris del salón cuando sonó el himno nacional.

— ¡Mexicanos al grito de guerra…!

El partido en cuestión era la final de la Copa de Oro de la Concacaf. En el estadio Azteca no cabía un alfiler y la selección mexicana estaba jugando, según se escuchaba, un gran partido. Aquella tarde soleada de finales de julio, de hecho, se cantaron cuatro goles en el comedor de los Cruz y, probablemente, en buena parte de República.

— ¡A la bío, a la bao, a la bim bom ba…!

Cuando el árbitro sopló su silbato por última vez, todos se felicitaron no solo por la victoria deportiva, sino por lo que significaba, simbólicamente, en términos políticos: las imágenes del presidente Salinas en la televisión celebrando la victoria contra Estados Unidos desde el palco eran, para muchos, una señal indiscutible de que aquel año iba a ser un gran año para México.

21

Los meses de verano siempre fueron los más tranquilos. En sus terrenos, que rara vez llegaban a una hectárea, los vecinos de Tierra Nueva se dedicaban a limpiar la milpa y esperar a que creciera la cosecha que sembraron en mayo, con la tierra ya húmeda, un mes después de la quema de los acahuales.

El proceso de la siembra había sido sencillo pero agotador: como cada año, los hombres cavaron entonces cientos de hoyos con sus viejas coas y esparcieron los granos de maíz, junto a la ceniza de los girasoles quemados. Por eso, la mayoría de los hombres agradecía tanto la tranquilidad veraniega de los primeros días de agosto; su trabajo consistía en ir revisando cómo crecían sus elotes y doblarlos con los machetes para que las mazorcas estuvieran protegidas de las lluvias de la tarde.

Las trojes de madera que hacían las veces de granero aún estaban a medio construir. Hasta octubre había tiempo. Sobre todo, si en septiembre habían conseguido sembrar también frijol o caña de azúcar, aunque no era lo habitual.

Y así, como marcaban los ciclos inquebrantables de la tierra, a los ejidatarios no les quedaba otra opción más que esperar hasta noviembre para levantar la cosecha y confiar en que ese año fuera mejor que el anterior.

Los pronósticos no eran nada buenos; cada vez había menos material, el gobierno ya no les daba créditos ni les fiaba, no solo las herramientas sino, sobre todo, las semillas y los plaguicidas. Esa fue la razón por la que algunos decidieron salir a otras comunidades, dedicarse a trabajos de electricidad y petróleo, e incluso hubo quienes volvieron a trabajar, bajo cuerda, como peones acasillados. De los que se quedaron, algunos plantaron zacate en sus milpas para transformar sus terrenos en potreros, pero no fue fácil; conseguir una vaca o un caballo no era tan sencillo y, salvo que tuvieran el apoyo de algún caporal, cuando alguien se animaba a dar el cambio, se encontraban con un problema añadido; para alimentar una sola cabeza de ganado había que talar casi dos hectáreas de selva. Aun así, cada que vez alguien intentaba darle una salida digna a su tierra, debía luchar, por un lado, contra los imparables brotes del gusano barrenador, la plaga de la roya del café, y por otro, contra los químicos que llovían misteriosamente desde aquellas avionetas blancas.

Existía la opción de irse a La Concordia o establecerse bajo las faldas del Tajumulco o el Tacaná, donde el cultivo del maíz, el frijol y el café ya había sido sustituido, como todos sabían, por interminables plantíos de amapola. Pero aquello jamás fue una opción en Tierra Nueva. Pese a que algunos habían escuchado el nombre del *Señor de los cielos*, era un tema del que a nadie se le ocurría hablar, ni mucho menos participar. Por suerte, aquella historia no les sonaba a todos y, además, les quedaba muy lejos.

Las mujeres, por su contra, tenían mucho más trabajo durante aquellos meses en las casas. Sobre todo, en las riberas del Lacantún. En días soleados como aquel, la mayoría aprovechaba la mañana y, casi a la misma hora en la que los hombres se iban a la milpa, dejaban de moler el maíz y ponían rumbo hacia el río en grupos de dos, cuatro y hasta seis mujeres. El resto se quedaba al cuidado de las casas vecinas y de los pequeños de la familia que estaban, como cada verano, más ociosos que de costumbre.

Soportando el peso de los canastos en la cabeza, llegaban a sus puestos y, como si cada una supiera qué piedra le correspondía, se acercaban silenciosas a su sitio con un manojo de helechos que utilizaban para protegerse las rodillas. Con un pedazo de sanacoche, que era una especie de camote morado que hacía las funciones de jabón, se arrodillaban junto a la piedra y comenzaban a tallar con destreza la ropa familiar.

A medida que los magueyes se llenaban de prendas listas para secarse y el río espumoso seguía su curso hacia tierra de nadie, las mujeres aprovechaban para platicar sobre cómo les había ido la semana, cómo estaban las situaciones familiares y se ponían al día sobre las noticias que llegaban con cuentagotas de otras comunidades. Sobre todo, de las que estaban más al norte. Las informaciones que manejaban eran confusas y, como lo poco que escuchaban les llegaba filtrado por lo que decían en la iglesia, no sabían a ciencia cierta qué estaba pasando en realidad más allá de las montañas que las separaban de la Reserva de Montes Azules.

— Dicen que hay una ley nueva de puras mujeres —dijo de pronto Santina, que siempre tenía alguna noticia que compartir.

— ¿Para nosotras? —preguntó incrédula la que estaba en la piedra más cercana.

— Sí, mujer. Es una Ley Revolucionaria —contestó alargando mucho las sílabas—. Así la llaman. Podemos decidir con quién casarnos y hasta cuántos hijos queremos tener.

— ¡No manches!

— Pues hay más —continuó tallando con el sanacoche las mangas blancas de una camisa de hombre—. No solo podremos votar en las asambleas; ya por ley, no nos puede tocar ni golpear nadie.

— Por suerte acá, desde que dejaron de beber, no hubo problema con eso, que yo sepa —aclaró una de ellas.

Elisa, la prima de Santina, bajó la mirada hacia la toalla que estaba enjabonando y, como si hubiera encontrado una mancha nueva, comenzó a tallar nerviosamente su prenda.

— Haz de cuenta que, si queremos, hasta podemos ir a la guerra.

— ¿Cuál guerra, Santina?

— Eso dijeron.

— ¿Una guerra?

— Con esas palabras.

— ¿Y contra quién?

— Contra quién va a ser, prima: contra el mal gobierno. Así le dicen.

— ¿El mal gobierno?

— ¿Tú recordás lo del dizque pavimento ese que nos iban a poner? ¿Y lo de la clínica que nos prometieron? ¿A poco no escuchaste lo que dijo aquel político?

Elisa asintió y, tras salpicar con el agua tibia del río unos calzones de manta que tenía entre las manos, respondió con un tonto burlesco.

— Que no se puede cantar y chiflar al mismo tiempo.

— Pues eso —dijo Santina convencida.

Cuando terminaron de lavar y la ropa estuvo seca, las mujeres recogieron todo y desanduvieron el kilómetro de terracería que las separaba del ejido.

Fueron con prisa, y no porque se hubieran tardado de más, sino porque aquel día era especial y no querían llegar tarde: la asamblea de los veinte había conseguido que una compañía de teatro ambulante, que visitaba con frecuencia las comunidades y venía recomendada por la Unión de Uniones, fuera a representar una obra en la nueva Casa Ejidal.

Cuando les avisaron, algunas mujeres se miraron entre ellas preguntándose si alguien sabía cuál era la trama que presentaban y si era adecuada para las familias. Nadie sabía nada. Ni siquiera Santina. Los hombres, cuando llegaron, tampoco supieron responder. Y a los niños, horas después, les dio igual saber la historia; en cuanto sacaron las sillas y las colocaron frente al escenario improvisado, fueron los primeros en sentarse y esperar a que comenzara la función; para muchos era la primera vez que veían teatro en vivo.

La obra, en general, les encantó y los mayores agradecieron que fuera en tojolabal, aunque el arranque se hizo muy pesado. Así lo corroboraban las caras de algunos de las primeras filas, y cómo mascaban aburridos sus tallos de hoja santa mientras meneaban las jícaras de pozol para entender la lentitud inicial de la propuesta.

Al principio, no les gustó cómo y por qué se retrataba al milpero protagonista de esa manera. Ninguno de los hombres se sintió aludido. Todo lo contrario: si algo caracterizaba a aquella comunidad era, precisamente, su gran capacidad de trabajo. Ser evangélicos, decían, tenía sus ventajas frente a la mayoría de comunidades católicas.

El cambio de papeles del protagonista haragán con el zopilote les hizo gracia, y muchos asintieron cuando el actor principal explicaba los motivos de por qué quería cambiarse la vida con la de un animal libre que no necesitaba trabajar y, como se hizo hincapié en varias escenas, hasta era capaz de volar sin mover las alas.

No parecía un mal cambio, pensaron.

Era evidente que el protagonista de la obra, que sí se daba un aire de campesino pese a ser un actor, estaba harto de la milpa y de las deudas que tenía con los vecinos de la comunidad. Un tema que sí que provocó una risotada común y ciertas miradas de complicidad entre algunos de los milperos. La culpa, de todos modos, y aquí el consenso fue unánime, fue suya por ser un holgazán. Lo que le salvaba era el disfraz de pájaro. No había más que ver las caras infantiles del público de aquella tarde y cómo imitaban sus movimientos cuando se colocaba las alas gigantes y la máscara de papel negra con aquel pico amarillo tan extraño. Aun así, y pesar de los aplausos finales y la emoción de muchas caras durante las últimas escenas, no todos estuvieron de acuerdo con el final de la historia.

— Yo no hubiera terminado así —insistió Elisa de vuelta a su casa.

— ¿Y eso por qué?

— Pues porque no tiene sentido, Santina. ¿Y por qué el desobligado ese no aprendió la lección? ¿Y al final ella tuvo un hijo con el zopilote? ¿Con un zopilote? Estos actores están loquitos.

— Prima, siempre le estás buscando tres pies al gato —contestó Santina con una sonrisa inocente.

— ¿Solo tres?

Santina no pudo sino reírse con ella al escuchar aquellos argumentos. En parte le daba la razón, pero pensaba que no era momento para quejarse: aquellos actores tenían el cielo ganado. Además, uno de ellos, como luego supo, era también protestante. Pero lo importante no era eso, sino saber que desde que aquella gente del INI les ayudó con los papeles y pudieron, por fin, organizarse como ejido, todo les había ido mejor. Vivir sin tener que aguantar a los caciques era una liberación, aunque hubo que adaptarse a nuevos cambios y desafíos que antes desconocían. Por ejemplo, la venta de grano había bajado muchísimo y los coyotes a los que les entregaban los costales en el camino de Comitán, por alguna razón que los hombres no comprendían y nadie supo explicarles, cada vez los compraban más baratos. Por otro lado, empresas como la de Cofolosa, en connivencia con el gobierno y algunos empresarios extranjeros, se habían adueñado de la zona y talaban a placer hectáreas y hectáreas de selva, ante la impotencia de comunidades como Tierra Nueva que intentaban primero comprender y después defenderse ante una injusticia de proporciones bíblicas.

Cuando llegaron a su pequeña casa de bajareque, cenaron tortillas, frijoles y algo de café y, como cada día, Santina hizo sus oraciones. Elisa se encargó de acostar a las niñas. En pocos minutos, el ejido quedó a oscuras. Santina, que hacía esfuerzos por mantener los ojos abiertos, le contó a su prima todo lo que sabía sobre las mujeres zapatistas.

—¿Y cómo es la Ramona esa? —preguntó Elisa con mucho interés.

— No lo sé; llevaba un su pasamontañas negro, pero sí, su mirada y su voz eran... ¿Cómo decirlo? Muy especiales.

—¿Pero qué les dijo, Santina? Contá, contá...

22

Aún era de noche pero se sentía el pulso del amanecer. A punto de romper la niebla, la primera luz de la mañana empezó a colarse entre las gigantescas ramas de los cedros rojos. El cacareo de los gallos se encargó del resto. Daniel abrió los ojos y, por momentos, no recordó ni dónde estaba ni cómo había llegado hasta allí. Se levantó del camastro y, al abrir las contraventanas de madera, se acordó de la caminata del día del anterior y cómo no le habían engañado los de Cruz Roja cuando le hablaron de las maravillas del campamento.

Abrió la puerta de la cabaña y se estiró a placer en medio de aquella vegetación selvática, bajo el zureo intermitente de una bandada de palomas que parecía haberse perdido. Daniel se sentó en un tronco de madera que hacía las veces de silla y, entre la niebla que cubría las copas de los cedros, hinchó los pulmones de aire frío. Al ver que aún seguía solo, observó con curiosidad el montón de planchas metálicas que estaban apiladas junto a la puerta de la cabaña. Agarró una por curiosidad e, intentando comprender el mecanismo, tiró de la pequeña argolla del lateral. Automáticamente, armó sin querer, entre sus manos, una caja rectangular parecida a un pequeño ataúd.

— Trampas Sherman —dijo Jona que estaba detrás de él volcando el agua de un termo en una taza de cerámica.

— ¿Para ratas?

— Ratones mexicanos, más bien.

— ¿Y esas de ahí? —preguntó señalando al montón de jaulas metálicas que estaban amontonadas en la puerta.

— *Tomahawks*.

— ¿Como los misiles?

Jona sonrió y se ajustó la gorra con la que ocultaba su incipiente alopecia.

—Esas son para marsupiales y lagomorfos.

Daniel alzó las cejas dejando claro que no había entendido el significado de la última palabra.

—Liebres y, sobre todo, conejos.

Daniel comprobó la resistencia de la trampa Sherman y, sorprendido por la sencillez del mecanismo, le volvió a agradecer la invitación, aunque le recordó que necesitaría mejor equipo, si su idea era que fotografiara cada muestra.

—No, amigo. Del estudio de los mamíferos se encarga Anna. Te la presenté ayer. ¿Recuerdas? —Daniel asintió—. Necesitamos evidencias de nuestro trabajo. Solo eso. Tú disfruta del tiempo que estés aquí.

—Sí, claro —dijo convencido.

— Este mes —continuó Jona— terminamos el proyecto y vamos a pedir más recursos al CIES.

—¿Y sí os los darán?

— Seguro; es el primer estudio de estas características que se hace por aquí y nos apoya el INI.

—¿El INI?

— El Instituto Nacional Indigenista.

— O sea, que no entráis en conflicto con la gente que vive por aquí —preguntó Daniel.

— ¿Conflicto? —respondió extrañado—. Todo lo contrario, Dani. No solo estudiamos y cuidamos la biodiversidad de esta zona; les apoyamos en lo que haga falta. Hasta con la cosecha. Nos interesa cuidarnos mutuamente. Y más ahora.

Daniel quiso preguntar a qué se refería con ese *y más ahora*, pero sintió que estaba haciendo demasiadas preguntas de golpe: ya habría tiempo durante los próximos días, pensó.

— ¿Quieres probar el mejor café del mundo?

— La duda ofende.

— Vente con nosotros y así conocerás mejor el terreno —dijo Jona lanzándole unas botas de goma negras—. Mira a ver si estas te valen.

144

— Perfectas —contestó viendo que, efectivamente, las katiuskas que se había puesto eran de su número.

— Toma —le dijo lanzándole un repelente de mosquitos—. Aquí esto es lo más importante. Aviso al personal y, en cuanto esté listo, nos vamos, ¿te parece?

— Me parece.

Daniel levantó la vista e intentó ubicarse mentalmente en el mapa. No era fácil; desde donde estaba no tenía mucha visibilidad y la niebla ayudaba poco, aunque se iba levantando de forma gradual. Recordó el viaje en el *jeep* y que las únicas dos señales que vio con claridad fueron una hacia la Reserva de la Biósfera Montes Azules y otra hacia Miramar. Dedujo que estaría en un punto intermedio entre ambas localizaciones: estaba claro que no estaba muy lejos de la frontera con Guatemala.

Mientras esperaba al resto del equipo, se quedó pensando si había hecho bien o no en seguir posponiendo su viaje. Haber dicho que no a la oferta de Jona, de todos modos, no hubiera tenido mucho sentido, pensó; no muchos podían conocer de primera mano un lugar como aquel.

De eso, no había duda.

Por otro lado, tenía la sensación de seguir huyendo y que, hiciera lo que hiciera, siempre dejaba todo a medias. Y eso era algo que, a medida que pasaban los días, le pesaba más: no tanto saber qué buscaba, sino de qué huía.

— Esa es la pregunta, Daniel.

Como le hizo ver Mayra días antes de salir de Comitán, eso es lo que le había pasado desde que se aventuró a recorrer la Panamericana.

Haber decidido quedarse un tiempo en Chiapas fue, sin duda, una decisión acertada, a pesar de que había pasado demasiado tiempo. Aquella pregunta le hizo hacerse una nueva: sentía la obligación no de continuar, sino saber de qué estaba huyendo, si era verdad que todos huimos de algo, aunque no lo sepamos, pensó al recordar aquella historia que le contó Mayra la última vez que se vieron.

— Quien bebe de esta fuente dicen que siempre regresa.

Eso le dijo dando un sorbo generoso en una de las fuentes de piedra del Tanque de los Caballos de Comitán. Con aquel gesto en el barrio de la Pila, pensó entonces, no solo desafiaba ella a su propio destino, sino que le invitaba a que él bebiera para sellar, más que la despedida, su amistad.

Y así fue.

Jona, Anna y un hombre que no había visto antes, pero que por la ropa que llevaba y el cabello largo dedujo que sería lacandón, le hicieron la señal para que se uniera. Daniel se ajustó las correas de la mochila a la espalda y, con la cámara colgada al cuello, se levantó y siguió al grupo que ya había empezado a moverse.

Subieron por un camino embarrado bajo una brillante paleta de tonalidades verdes y amarillas. A medida que fueron avanzando, la niebla fue desapareciendo y la humedad se intensificó. La sensación de estar en medio de una selva se hizo cada vez más imponente.

Cruzaron en silencio entre una colección asombrosa de árboles de caoba y chicozapotes, repletos de lianas y bejucos que trepaban enredados entre las ramas en busca de luz. Daniel se fijó en los arañazos verticales que rajaban las cortezas de algunos troncos a la altura de su cabeza.

— Los machos muestran así su tamaño —explicó Anna palpando los huecos que habían dejado las garras de los jaguares —, pero aún no hemos visto a ninguno.

Daniel fotografió las marcas con una emoción contenida, tras comprobar el tamaño que tendría aquel felino. Entonces escuchó el curioso garrir de lo que pensó sería una pareja de loros. En cuanto alzó la vista y siguió la señal que apuntaba el dedo de Jona, entendió de dónde venía el sonido. Desde lo alto de un pino, una guacamaya parecía darles la bienvenida con su plumaje tricolor. Cuando la apuntó con el objetivo, agitó sus alas y, como si se hubiera molestado por la presencia humana, salió volando.

Siguieron el camino durante un buen rato y, cuando llegaron a un claro, cerca de un barranco vertiginoso, Daniel se dio cuenta de que estaba mucho más alto de lo que había pensado en un principio. Al fondo, como si alguien hubiera cambiado de golpe el paisaje que les rodeaba, se oteaban perfectamente las aguas cristalinas de la laguna de Miramar, tras un manto kilométrico de tulares plagados de tucanes y garzas blancas.

— Qué espectáculo, ¿no?

Daniel buscó los mejores ángulos y comenzó a disparar con su cámara.

— Eso de ahí es Ojo de Agua. Y, al fondo, está Tierra Nueva —dijo Anna apuntando con el dedo.

— ¿Tierra Nueva?

— Así se llama ese ejido, sí.

— ¿Ejido?

Anna bebió de su cantimplora y le explicó el trabajo que habían estado realizando en la zona. Daniel se sentó en una roca y escuchó con atención, mientras intentaba averiguar la relación que tenía Jona con aquella mujer rubia de edad indefinida; la delgadez de su cuerpo, más visible con la sudadera que llevaba puesta, y la cara curtida por el sol hacían muy difícil saber cuántos años tenía, pero dejaban claro que llevaba tiempo viviendo en la Selva. Y así, mientras escuchaba los acuerdos a los que habían llegado con Tierra Nueva y dieron por colocadas todas las trampas, se escucharon a lo lejos dos disparos que retumbaron entre las montañas.

— ¿Cazadores? —preguntó Daniel con una curiosidad pavorosa.

— Hay campamentos ilegales, sí —explicó Jona—, aunque suelen estar al otro lado de la Selva. Cerca del río Lacanjá. Muy lejos de aquí.

— Por Bonampak, ¿no?

— Así es —dijo Anna—. No solo cazan, también se llevan la palma y hasta pescan lo que no deben.

— ¿Y nadie hace nada?

— Creen que la tierra les pertenece —dijo de pronto el hombre lacandón que había estado en silencio durante todo el trayecto.

Los siguientes balazos revolucionaron a las garzas blancas de la laguna y, aunque Anna comentó que era mejor darse la vuelta, Jona insistió en bajar por el sendero hacia donde habían sonado los disparos. Lo que Daniel no imaginó fue lo que vieron cuando cruzaron un palmeral cercano a la laguna. Ni eran cazadores ni extractores de palma. Ni siquiera vecinos de Tierra Nueva. Aquello era un campo de tiro improvisado en medio del bosque. Un grupo armado de unas veinte personas, vestido con ropas militares, estaba practicando con fusiles de asalto frente a unas dianas de madera clavadas en los troncos de las encinas.

Daniel, algo nervioso, se escondió con el resto tras unos helechos, pero le dio tiempo a ajustar el diafragma del objetivo y observar con detalle desde la mirilla de su réflex. Tanto Anna como Jona le dijeron que, aunque estuvieran lejos de su alcance, lo mejor sería guardar la cámara y regresar por donde habían venido. Además, lo último que querían era que les agarrara la lluvia en el camino de regreso.

— ¡Vámonos, chicos!

Durante la vuelta al campamento, y tras un nuevo silencio, solo interrumpido por el crujir de las hojas y las ramas que entorpecían el camino, Jona decidió explicarle lo que estaba ocurriendo en la Selva.

— ¿Zapatistas? —preguntó Daniel con un gesto de incredulidad que no esperaban—. Zapata les queda muy lejos, ¿no?

El lacandón arrugó el entrecejo y miró a Daniel como si estuviera hablando en otro idioma.

— No te creas, Dani —le aclaró Jona—. Sus reivindicaciones son las mismas que las de ahora y, desde hace tiempo, se están preparando.

— ¿Preparándose? ¿Para qué?

El lacandón, ante la mirada de Jona que pareció dejarle claro que Daniel era de confianza, se acarició la barbilla y, como si hubiera roto un extraño voto de silencio, tomó la palabra.

— Piensan tomar las cabeceras de Chiapas y llegar hasta México.

— No solo de los seminaristas; tienen el apoyo de casi todas las comunidades y las uniones de campesinos de la Selva —añadió Jona.

— ¿Pero esto lo sabe la gente?

— Sí, pero...

— Espera, espera —Daniel se detuvo en seco—. ¿Me estáis diciendo que habrá un levantamiento armado?

— Llevan mucho tiempo preparándose, sí, pero este año tomaron la decisión y... —le contestó Anna—. Guerra Revolucionaria la llaman.

— Hicieron una consulta en casi todas las comunidades y la mayoría dijo que sí—añadió Jona.

— Ahora —concluyo Anna—, no preguntes cuándo porque me da que ni ellos lo saben.

Daniel escuchó con interés y preocupación, mientras llegaban al campamento. No acababa de entender qué sentido tendría revivir una revolución como la de Cuba, si la mayoría de las guerrillas en América Latina habían fracasado y, aunque en su momento, pensó, tuvieran una razón de ser, no acaba de ver su encaje en Chiapas. Y más aquel año en el que se esperaba salir de la crisis, decían, gracias a la entrada en vigor del Tratado de Libre Comercio de Norteamérica.

— Justo por eso, Daniel. Justo por eso.

23

— ¿Ven la diferencia?

La profesora levantó las dos bolsas que cargaba en las manos y la clase, que seguía escuchando sentada en un círculo, entendió perfectamente por qué la bolsa de maíz simbolizaba la vida y la que tenía las monedas, la muerte.

Ya estaban a punto de terminar y, como sucedía siempre en los minutos finales, tocaba recapitular lo aprendido. La maestra se ajustó el huipil rojo y, sentándose con el resto del grupo, les recordó, con aquella mirada tan especial, que no olvidaran lo aprendido. Se refería a las tres ideas capitales que habían configurado, según lo estudiado, la gran alegoría del mundo: la hidra, la tormenta y las grietas del muro.

En primer lugar, debían recordar siempre quién era su enemigo. Y no era Kukulkán, la serpiente emplumada del *Popol Vuh*, sino una simbólica hidra mitológica que, con la furia de un huracán, les acechaba más allá de las montañas. Aquel monstruo grecolatino había renacido, les recordó, durante la etapa de más guerras y muertos del siglo XX: cerca de veinte millones de bajas y ciento cincuenta batallas dispersas por el mundo, en la que habían llamado III Guerra Mundial. Un periodo que comprendía, y así lo habían estudiado con detalle durante aquellos meses, desde el disparo suicida de Hitler hasta la caída del Muro de Berlín. Por eso, sabían que estaban en los primeros años de la IV Guerra Mundial que, en las últimas décadas, se había cebado, especialmente, con Latinoamérica.

Tenían que estar preparados; su adversario ya no era un país en particular, ni siquiera México, sino un sistema global, transfronterizo y perverso que se había impuesto en silencio y sin preguntar, como un fantasma caníbal.

—La única forma de derrotar a esa bestia invisible es conociéndola a fondo, compas.

Con la analogía de la serpiente acuática del lago de Lerna les había quedado claro que para vencer a esa hidra capitalista no bastaba con cortarle las nueve cabezas que se multiplicaban solas; había que trabajar en conjunto y, mientras uno partía una de las cabezas, otra mano tenía que quemarle el cuello de donde nacía la nueva para que no se reprodujera. Por eso, más que la figura de Hércules, el referente para ellos debía ser también Yolao, su sobrino; sin él, que muchos imaginaban con bigote revolucionario, no se hubiera completado el segundo de sus doce trabajos mitológicos.

Una vez identificado y estudiado el peligro, repasaron a fondo el contexto. El momento que estaba viviendo México, y Chiapas en particular, tenía una explicación mucho más sencilla; tras el choque del viento de arriba contra el de abajo, la consecuencia había sido la llegada de una tormenta apocalíptica que ya cubría los cielos de Norteamérica.

—Maestra, entonces nosotros, ¿dónde estamos?

—Abajo y a la izquierda. No lo olviden.

Había que estar preparados, decía, para actuar con determinación frente a la tempestad que ya tenían encima y aprender de lo que había sucedido en Centroamérica. La respuesta, como ya habían conocido por las fábulas de Durito y el Viejo Antonio, estaba en la acción conjunta, en la unidad: su función no era otra que la de arañar con sus propias manos ese muro simbólico que los había desplazado del mundo y, sobre todo, mantener las grietas abiertas de forma permanente.

—Uno no elige quién es, pero sí quién puede ser.

Cuando la maestra dijo aquello, muchos de los que estaban en el salón y tenían sus dudas sobre si pasar a las armas era un paso necesario, observaron con admiración el retrato ecuestre de Zapata que colgaba de la pared y asintieron decididos. No por lo que ya sabían que era una verdad incuestionable para ellos, sino porque respondía a la gran pregunta que todos se plantearon cuando decidieron unirse a las filas del nuevo ejército de inspiración zapatista que, desafiando el tiempo y el espacio, se había propuesto retomar las reivindicaciones del viejo Plan de Ayala y alzar la voz de los que nunca habían sido escuchados.

— ¿Y si la vida no fuese más que ese tránsito entre quiénes somos y quiénes podemos ser?

Aquella pregunta que hizo la maestra cobró en aquel momento un sentido que fue más allá del retórico, ya que los que escuchaban formaban el primer grupo de reclutas que había cumplido seis meses en aquel campamento clandestino. Llegados a ese punto, y tras las jornadas de clases y entrenamiento militar, era la hora de tomar una decisión que no tenía vuelta de hoja: regresar a sus casas, si era lo que querían; o, lo que esperaba la mayoría: convertirse oficialmente en insurgentes de aquel ejército que seguía creciendo sin hacer ruido entre los municipios de Palenque, Ocosingo, Altamarino y Las Margaritas.

Cuando se preguntó si había alguien en el salón que quisiera abandonar el grupo, hubo un silencio extraño en el que todos se miraron para saber si alguien se levantaría. Toda la clase se mantuvo en su sitio; el grupo entero estaba dispuesto a formar parte del Primer Regimiento del nuevo ejército de Liberación Nacional de la Selva Lacandona.

Al salir, dejaron los cuadernos en las mesas de la entrada, se cubrieron la cara con los paliacates rojos que llevaban en el cuello y, con palos de ocote que hacían las veces de fusiles, caminaron uno detrás de otro hacia la base donde se encontrarían con el resto de reclutas.

Cuando llegaron, los más de cincuenta nuevos insurgentes se organizaron por columnas y, en espera de los nombramientos, se cuadraron frente a las banderas que ondeaban en lo alto frente a la imagen de un gran caracol que simbolizaba el futuro del movimiento: de dentro hacia afuera y, como ya sabían, de paso lento pero firme.

Con la solemnidad militar que caracterizaba aquellas rutinas, levantaron los palos de madera y comenzaron a cantar, algo a destiempo, los dos himnos de rigor: el nacional, frente a la bandera tricolor; y la internacional, frente a la bandera negra de la estrella roja de cinco puntas.

Aquel día se les explicó cuál era la estructura del ejército y que, en pocos meses, tendrían que estar preparados para bajar de las montañas. Se les recordó que había tres subcomandantes encargados de cada zona, un teniente coronel, dos capitanes, un subteniente y una tropa de, hasta la fecha, más de quinientos elementos. Ya estaban listos los dos pelotones, se les dijo: el de tropa, que formarían quince personas; y seis escuadras de milicianos que, divididos en grupos de seis, estarían a las órdenes de dos cabos.

— ¿Tomaremos la base militar de Rancho Nuevo? —preguntó uno de los insurgentes más jóvenes a su compañera de fila.

— Nuestra columna va directa a Comitán.

El chico se alineó la gorra y, esperando a que terminara la presentación de los nuevos insurgentes, pestañeó varias veces para controlar su miedo.

— Tranquilo, compa. Todo saldrá bien —le dijo la miliciana que estaba junto a él.

En ese momento vieron llegar a los lejos a los encargados del abastecimiento, junto a los nuevos jefes de mando. La comitiva que se aproximaba era más numerosa de lo normal. La novedad fue que empujaban de las riendas a cuatro caballos cargados de alforjas que, atadas con sogas en unos relucientes albardones de cuero, colgaban de los costados y hacían que el trote fuera lento y bamboleante.

La mayoría pensó que sería comida.

Era evidente que estaban algo cansados de las dos raciones diarias de tostadas, frijoles y atole o pozol, según el día. Aunque entendían por qué su alimentación debía ser la misma que la de los campesinos, era evidente que más de la mitad del campamento había adelgazado y, pese a que se mantenían, más o menos, en forma, cada vez se les hacía más difícil completar los entrenamientos diarios sin acabar destrozados al terminar la jornada.

Cuando llegaron a la explanada donde estaban los nuevos insurgentes y frenaron sus caballos, los dos cabos que se encargarían de aquel pelotón les dieron las buenas noticias: tras varios meses de tener que practicar con palos de ocote y algunos, con rifles de juguete, habían conseguido armas de verdad para todos. Las únicas que manejaban los encargados eran las que habían encontrado, decían, en las viejas haciendas abandonadas de Las Margaritas.

Uno de ellos, que parecía el jefe del grupo, se ajustó el pasamontañas que le cubría la cara, a pesar de que ya estaba en zona segura, y comenzó a vaciar en el suelo el contenido de las alforjas rojas, como quien descubre unos regalos navideños ante la mirada expectante de sus familiares más pequeños.

La mayoría eran escopetas recortadas calibre 12, como las que cargaban ellos en la espalda. También había algunos rifles Marlin y varios fusiles Ruger. Las armas, como era lógico, fueron recibidas en un primer lugar con alegría, aunque el nerviosismo aumentó cuando les dijeron que, después de la comida, se haría el reparto.

— ¡Ah, su mecha! ¿Son de verdá? — preguntó alguien en voz baja.

La nueva tropa de insurgentes obedeció las órdenes de los dos cabos, deshizo las columnas y se retiró ordenadamente hacia el comedor, mientras el resto se formaba en las casetas de bambú que ellos mismos habían construido y hacían las veces de letrinas.

Como se les avisó, no les quedaba mucho tiempo para comer. En pocos minutos tenían práctica militar, aunque aquel día no les importó; estaba claro que, tras los ejercicios de mantenimiento, las técnicas de defensa personal e incluso las pesadas maniobras de emboscada, sabían que aquel día, por fin, comenzarían con las prácticas de tiro.

Cuando llegó el momento, tras un entrenamiento más largo de lo habitual, y se vieron por primera vez con armas de fuego reales entre sus manos, las miradas ya no fueron solo de júbilo. Hubo también caras de preocupación y, en algunos casos, hasta de pánico.

— ¿Y las balas? —susurró una miliciana al oído de su compañero.

— Ni idea, pero pesan un chingo, ¿no?

Uno de los coroneles embozados se remangó su camisa militar y les explicó el funcionamiento de las nuevas armas. Primero removieron juntos las varillas de los cargadores tubulares. Tras accionar las palancas, comprobaron que estaban descargadas. Tras unos ejercicios rápidos, donde el sonido metálico de las armas se mezcló con algunos gritos espontáneos de adrenalina, se les explicó la conexión que había entre el disparador y el martillo de las armas que tenían entre las manos.

Cuando se les dio la señal, encañonaron todos a la vez sus escopetas hacia el pinar donde estaban los blancos y, durante un buen rato, estuvieron ajustando la vista entre las dos mirillas y practicando la puntería.

Los dos supervisores de los pasamontañas fueron colocando las posturas de los nuevos tiradores. Separaron los pies que estaban demasiado juntos, aprendieron a flexionar las rodillas y, entre otras indicaciones, les explicaron la técnica del apoyo de mejilla de las culatas.

El más alejado del grupo observaba en silencio. Al poco tiempo, miró los dos relojes que tenía en las muñecas y le hizo un gesto de aprobación a su compañero de grupo. De una de las bolsas de su chaleco, sacó una caja con municiones y le dejó claro que podían comenzar las prácticas de tiro.

— ¿Seguro?

24

La explosión del primer cohete dio por inaugurada la Feria de Comitán. La fuente redonda, repleta de adornos florales, estaba llena de familias que, impacientes, se agolpaban bajo las carpas ante el repicar inquieto de las campanas del templo de Santo Domingo. Unas buscaban los mejores ángulos para ver la llegada de la entrada de las flores. Otras paseaban sin prisa entre los puestos de comida y se formaban con paciencia en la muestra gratuita de quesos de la región, flanqueadas por los carteles de la nueva reina de Comitán.

— ¡Pero qué linda que sos, mi Cecilia!

Mayra, ajena a todo el revuelo de la fiesta, seguía concentrada en el pequeño puesto de libros de la esquina. Llevaba un buen rato comprobando con paciencia los títulos, uno por uno, cuando se topó con una vieja edición de *Los convidados de agosto*. Lo agarró con cuidado, como quien se aferra a un recuerdo familiar, y buscó con calma el precio entre las primeras páginas.

— Ay, Emelina.

— ¿Mande?

Le explicó a la librera por qué había nombrado al personaje principal de aquel título. La mujer se quedó pensando. Esperó a que se decidiera y le propuso un primer precio. Mayra, que no tenía ningún interés en regatear, pagó la cantidad que escuchó y siguió caminando, con el resto de libros que había comprado, entre el enorme tianguis que había instalado aquellos días en el Parque Central.

— ¡Nieve, nieve! ¡Acá está su nieve!

Al compás de los cohetes que tronaban sobre sus cabezas, la música de los tamborileros y los piteros de las esquinas anunció la entrada de flores. Mientras, entre las columnas café de los soportales, los músicos calentaban la madera de sus instrumentos con las melodías que sonarían después en el habitual encuentro de marimbas.

Los aplausos se confundían entre el caos de actividades de aquella mañana; no quedaba claro hacia quién iban dirigidos, salvo cuando se escucharon los primeros vivas dedicados a la estatua del santo que homenajeaban durante aquellos días. Los cohetes del fondo asustaron a un *beagle* que, subiéndose de un salto en una de las bancas, ladró intranquilo hacia el cielo donde, en ese momento, un gavilán blanco cruzaba atropelladamente hacia el este.

— ¡Salvadillos! ¡Raspados! ¡Mango piña!

Mayra se hizo hueco entre la algarabía del Parque Central y los operarios que hacían malabares con las torres de sillas. Buscó, sin éxito, una banca libre cerca del kiosco. Al ver que era imposible, decidió averiguar lo que había en los alrededores de la plaza. Ante la inminente salida de la procesión que, por lo que parecía, se juntaría con el final del desfile de carrozas, Mayra se alejó de la portada de la iglesia todo lo que pudo; aquel lugar era un imán para las columnas de campesinos que circulaban amontonados portando velas, banderas y estandartes mexicanos y tojolabales. Pasó por debajo de las tiras kilométricas de gallardetes coloridos de papel de China. Aquellos banderines no solo adornaban, sino que hacían las veces de toldo. Pero lo que encontró en las calles que bajaban del Mercado Central, donde se alineaban las vendedoras de tzizim, fue una marabunta casi más numerosa de familias, mezclada con turistas, teporochos y policías de tránsito que, aprovechando el domingo y el sol que calentaba la piedra de las calles más céntricas, se dirigía hacia las señales que llevaban al palenque.

Ya no se anunciaban allí toros ni peleas de gallos, sino demostraciones de ganados lecheros y animales exóticos, varias compañías regionales que bailarían desde chiapanecas hasta la famosa danza del jabalí y la actuación musical que cerraría el programa del día, a cargo de Cothy Soto y el trío *Los elegantes*.

Mayra se ajustó la diadema y, saboreando feliz su paleta de chimbo, en cuanto vio que los feligreses habían despejado la plaza, volvió al Parque Central por la calle de la biblioteca. Mientras la multitud se alejaba calle abajo siguiendo la estela de los cohetes, la serpentina y el polvo que levantaban las carrozas, la segunda riada de curiosos se apelotonó junto al escenario donde estaban colocadas las marimbas.

Al ver a los más pequeños cómo se peleaban por llegar los primeros a los juegos mecánicos, Mayra se terminó su helado de leche, sonriente, bajo la sombra del único laurel de la India que encontró vacío. Tenía claro que, antes de irse, disfrutaría de aquella sensación de haber viajado en el tiempo y haberse colado, casi sin querer, en el cuento de Rosario Castellanos que tenía entonces en sus manos.

— ¡Mayra! ¡Aquí!

Teresa agitó su pamela en el aire desde la fuente. Cuando Mayra la encontró, se hizo hueco entre la gente y, con algo de dificultad, fue a su encuentro con una notable emoción.

— ¡Qué sorpresa!

Justo cuando se acercó con la intención de besarle la mejilla, Yalit apareció detrás de uno de los puestos de dulces y le tendió la mano. A Mayra le resultó gracioso la mueca que le hizo y le devolvió el gesto copiando aquella paródica formalidad.

— ¿Así que tú eres la famosa Yalit?

— ¿Famosa?

— Teresa habla mucho de ti.

— ¿A poco?

— Si yo te contara...

— Contá, contá...

— Uy, no sabría por dónde empezar.

En ese momento, la orquesta municipal comenzó a tocar los primeros acordes de *Nube viajera*. Aunque solo era una prueba de sonido, la mayoría de las parejas de la plaza se puso a bailar, como si ya hubiera empezado el concierto. Y no sirvió de nada que les dijeran por megafonía que solo estaban probando; la melodía de las marimbas, con aquella dulce mezcla de sonidos indígenas y africanos, siempre alegraba el ambiente. Como quedó patente una vez más, la música tuvo un efecto balsámico; era como si los problemas desaparecieran de golpe, los pies se movieran solos y las manos sonámbulas se coordinaran para buscar parejas de baile. En las primeras sillas, Juan y María escuchaban en silencio la música, orgullosos de ver cómo Balam agitaba, casi sin mirar, los cuatro mazos, con un virtuosismo que era asombroso para alguien que apenas tenía dieciséis años.

— ¿Ese es el hermano del chico que…?

Yalit se adelantó.

— Sí, señorita. Es Balam. Teresa no lo conoce.

— Vaya, ¿y tú sí?

— ¿Que si lo conozco?

Mayra miró a Teresa y no supo si cambiar de tema o seguir hablando, pero no hizo falta; de nuevo, volvió a anticiparse.

— Los Guillén son como de la familia, señorita.

— Vaya, lo siento mucho.

— No se preocupe —contestó sin pestañear—. Yo sé que Moisés está bien.

Tanto a Mayra como a Teresa les sorprendió aquella respuesta. No porque pensaran que Yalit tuviera alguna información que el resto desconociera, sino porque se hubiera mostrado tan segura de algo tan improbable. Y, sobre todo, que sonara tan convincente. A diferencia del resto de niños, que esperaba con emoción su turno para saltar en una de las camas elásticas que habían levantado junto a la fuente, toda la atención de Yalit seguía puesta en el escenario. Movía su pequeña cabeza y buscaba los huecos entre la gente para poder ver mejor a Balam. A Mayra, al ver aquel gesto, le recordó a su hermana Fernanda y lo dichosas que eran en los días de fiesta cuando eran pequeñas.

En los meses de agosto, recordó, siempre había dos visitas obligadas para ellas: una en San Juan Ixtayopan, donde se vendían los mejores elotes de Tláhuac; y otra, que solían ir antes de comenzar las clases, a la Feria de Chapultepec. Cuando llegaban, Mayra y Fernanda, que por aquel entonces debía rondar la edad de Yalit, pasaban el día entero entre la Montaña Rusa y la Casona del Terror, con aquella mezcla de adrenalina, emoción y miedo adolescentes. Una sensación que, con el paso de los años, fue desapareciendo; la diferencia de gustos, y también de edad, se hizo más presente cuando Mayra pisó por primera vez la Facultad de Filosofía y Letras de la UNAM y, sobre todo, cuando Román apareció en su vida.

La relación con su hermana fue pasando a un segundo plano, como en esas amistades que el tiempo decide ir escorando en la cuneta, sin ningún motivo claro y sin que nadie haga nada por arreglarlas. Mayra decidió entonces apostar por Román y su círculo de amistades, sin saber que, cuando le ofrecieron la posibilidad de viajar a Europa, Román no dudó en hacer las maletas y poner fin a una historia que se cortó de cuajo por la distancia, primero; y por las infidelidades, como supo después.

Su hermana pequeña había tenido razón, pero Mayra desoyó sus consejos y, cuando supo que Román se iría a estudiar teatro a París, ya fue demasiado tarde para darle la razón su hermana. Lo que ninguna de las dos pudo imaginar fue lo que pasaría aquel 19 de septiembre.

Teresa se quedó viendo a Mayra que parecía haberse quedado congelada, con la vista perdida más allá del bullicio de la plaza. Estaba reviviendo las imágenes del 85 que, aunque hubieran pasado ocho años ya, seguían intactas en sus retinas, como si la tierra no hubiera dejado de temblar desde entonces.

— ¿Pensando en tu novela?

Mayra volvió al presente al escuchar su nombre.

— Sí, claro —mintió.

Teresa, que ya conocía bien aquel gesto, le agarró con fuerza la mano que tenía libre.

— ¿Segura?

25

— ¡Un pueblo sin archivo es un pueblo sin historia!

Aquella sentencia, pronunciada con mucho sentimiento por el presidente municipal, provocó una ovación que se alargó durante varios minutos. Los aplausos retumbaron en la pequeña sala del archivo histórico del nuevo Museo Arqueológico de Comitán.

Tras el corte de cinta, cuyos honores estuvieron a cargo del gobernador del estado, y las palabras finales del encargado de la sala, los invitados se felicitaron entre ellos e hicieron el primer recorrido oficial.

La importancia de aquellos documentos, que a partir de entonces se preservarían, organizarían y custodiarían, como se dijo en varias ocasiones, junto a la colección de la Biblioteca Municipal, marcaría un antes y un después en la historia de la ciudad. Aquel archivo estaba llamado a ser, como se insistió durante la presentación de aquel sábado feriado, uno de los centros de consulta e investigación histórica más importantes del estado junto al Museo Regional de Chiapas de Tuxtla Gutiérrez.

La colección de fotografías antiguas fue la que más éxito tuvo. En la exposición, que recorría las paredes blancas de la sala recién pintada, se podía ver de un vistazo la transformación urbana de Comitán a lo largo del tiempo y su conexión con las haciendas. De la época del porfiriato, cuando las tierras dominicas pasaron a manos de las grandes familias hacendadas, a los años posteriores a la Reforma Agraria, donde muchas de aquellas propiedades acabaron convertidas en rancherías y, la mayoría, en ejidos.

— Mirá, vos, la hacienda de Santa Ana.

— ¿Y esa dónde estaba?

— En lo que es hoy Chichimá.

— ¿Y qué fue de El Rosario?

— ¿El de los Castellanos? Ahorita es un ejido, ¿no?

— Sepa la bola.

La segunda colección mostraba la vida de los campesinos y los cambios que vivieron durante la etapa del gobernador Juan Sabines, en los últimos años del sexenio de López Portillo. Su estilo de vida, según contaron, cambió no solo por el reparto de tierras, sino por los nuevos hábitos alimentarios. Sobre todo, cuando incorporaron a sus dietas las calabazas y los duraznos.

El paso del tiempo quedaba inmortalizado con las fotografías de los arrieros tirando de las mulas y una colección de retratos de organilleros, tortilleras y artesanos de Comitán, así como instantáneas domésticas donde se veían fogones de leña, camas de latón y hasta mecedoras de junco que, para la mayoría, formaban parte ya de un mobiliario del pasado.

Los documentos originales que se pudieron ver, con sellos y tipografías barrocas, llamaron mucho la atención. La mayoría de los papeles, de todos modos, eran libros de marcas de ganados y documentos oficiales que explicaban cómo se resolvían los juicios antes o algunos mapas como el de Tratado de Límites con Guatemala; pero también enseñaron un códice maya, una real cédula del siglo XVI, varias acusaciones de vagancia y cartas personales. Desde la élite política del XIX y los llamados *hombres de bien* hasta las cuentas que hacían los vecinos. Allí, de su puño y letra, se mostraban los problemas económicos de entonces, y también las artimañas financieras que elaboraban para salir del paso.

En cuanto les dieron la señal, los invitados cruzaron las columnas de piedra y, tras pasar bajo el escudo tricolor de partido que presidía la entrada junto a las banderas oficiales, hicieron el primer recorrido hacia un pasado más lejano.

— Por este lado, si son tan amables, por favor.

De los primeros pobladores de Teopisca y Aguacatenango a las estelas de Chinkultic. De la urna ceremonial de la cueva de los Andasolos a las cerámicas del Cerrito. De los marcadores circulares del juego de pelota de Tenam Rosario a las vasijas de cobre de Guajilar, en Frontera Comalapa. Y así, hasta una muestra que causó mucho interés de cerámica de Soconusco.

El funcionario que hizo las veces de guía les explicó cómo se había organizado el nuevo museo. Se enseñaba, por primera vez y en un mismo lugar, la historia común de un pueblo nacido de la mezcla azarosa de centales, chujes y tojolabales que había sufrido más que ningún otro, pero había conseguido, contra todo pronóstico, salir adelante. Un pasado de colonizaciones y bailes fronterizos que, como ya sabían, les forzó a cambiar la cultura maya por la tolteca, la azteca por la novohispana, y que les hizo pasar de ser guatemaltecos a mexicanos cuando Chiapas se unió al Plan de Iguala de Iturbide y proclamó, con el empuje de Fray Matías de Córdova, su doble grito de independencia.

—¿Me estás diciendo que Rufino Barrios regaló Chiapas a México?

—Como lo oyes, aunque de poco le sirvió; el imperio de Iturbide no duró mucho y volvimos a pertenecer a Guatemala.

—Visto así...

—Menos mal que luego nos dejaron elegir.

—Oye, ¿y eso de los nazis de Soconusco será verdá?

—Pues si Casa Grande es del hermano de Eva Braun...

—Pinches nazis. ¿También nos quitaron el café?

Cuando el chico del piano pulsó las teclas y comenzó a sonar la melodía del himno a Chiapas, todo el mundo se paró y, con la emoción patriótica habitual de todos los 28 de agosto, comenzaron a cantar juntos, bajo una bandera blanca que agitaba el escudo tricolor del PRI, en un tono de solemne monotonía religiosa.

—¡Que se olvide la odiosa venganza...!

Al terminar el himno estatal, los políticos priistas se hicieron las fotos de rigor y atendieron a los reporteros que esperaban al acecho. El gremio de cronistas comitecos hizo un corrillo en una esquina, alrededor de Lolita Albores y, ajeno a los disparos de las cámaras, aprovechó para ponerse al día y compartir las últimas anécdotas y chascarrillos locales.

— ¡El Caballero de la Metáfora!

— ¿Mande?

— Que ese de ahí es el maestro Óscar Bonifaz.

— ¿El escritor?

— ¿Quién si no?

El resto de los invitados intercambiaba opiniones, curioseaba las vitrinas y, sobre todo, esperaba para hacer negocios o, al menos, dejarse ver entre el grupo de empresarios y también entre las mujeres del nuevo *Patronato Chiapas* que había desperdigadas por la sala.

Afuera, el comisario Ramos fumaba en silencio con cara de pocos amigos. De no ser por el uniforme policial, quien pasara por la entrada lo podría haber confundido con un guarura de cualesquiera de los hombres que seguían aún dentro del museo. Pero no. Su preocupación tenía más que ver con las noticias que había recibido de la Procuraduría que con controlar la seguridad del recinto. Tenía que hablar con el inspector Hernández pero, siendo un caso tan delicado, no sabía ni por dónde empezar.

— ¡Pinche José Luis!

Si fuera un caso de corrupción menor sería más fácil, pero saber que desde su comisaría se estaba coordinando, sin él saberlo, una cédula de madrinas no podía permitirlo. Y menos con la información que, aunque con cuentagotas, les iba llegando de la Selva Lacandona. Entendía, eso sí, que aquellos informantes parapoliciales tuvieran su función en operativos menores, como robos, contrabando o en los retenes puntuales de la Panamericana, pero estar haciendo filtraciones al margen de ley era, a todas luces, un disparate. No tanto por las externas, que podrían ayudarles en un momento determinado; sino por las internas, que eran peligrosas y no dejaban de ser, así lo pensó cuando el procurador le dio el aviso, actos de traición intolerables.

Cuando lo vio llegar, resopló e intentó buscar las palabras, pero fue incapaz; ni era el momento ni aún tenía claro qué decirle ni por dónde empezar, así que le propuso ir a comer al hotel de los Cruz cuando se diera por cerrada la apertura del acto.

El inspector Hernández alzó el mentón en cuanto lo vio y, con un golpe amistoso en la espalda, le dijo que ya estaba listo. Estaba claro que no vio que Carmen y al padre Unai estaban justo detrás de ellos.

— Comisario.

— Inspector.

— Oficial.

— Padre.

El claxon de un topolino rojo pitó. Carmen saludó a su tía, que sacó el brazo por la ventanilla del copiloto y le devolvió el saludo.

— Padre, ¿quiere que le demos un aventón?

El padre Unai le dijo que no era necesario pero, tras la insistencia de Carmen, la mirada antipática del comisario y la indiferencia del inspector, no tuvo más remedio que aceptar.

— Padre.

— Oficial.

— Inspector.

— Comisario.

Cuando llegaron al hotel, eligieron la mesa del patio que estaba más apartada, entre los helechos y el maguey de la esquina. El chico de la recepción dejó de jugar con las llaves que tenía en la mano y salió escopetado para atenderles. Les entregó dos cartas de menú y les recordó, intentando no mostrar su nerviosismo, que estaban a punto de cerrar la cocina. El comisario Ramos calmó al recepcionista y le dijo que no se preocupara: pedirían lo mismo de la otra vez.

Tras comprobar que nadie los podría escuchar, el comisario Ramos se descubrió la gorra de plato y la dejó con cuidado junto al jarrón de jazmines.

— Ayer estuve con Castillejo.

— ¿Y ese quién es?

— ¿Pues quién va a ser? ¡El procurador!

El inspector Hernández se encendió un cigarrillo con aparente calma y, arqueando las cejas, se quedó esperando a que continuara. Ramos acarició el kepí como si así fuera encontrar las palabras adecuadas pero, al ver la actitud de su compañero de mesa, que seguía fumando en silencio como si él no tuviera nada que ver con el asunto de la Procuraduría, decidió que lo mejor sería ir directo al grano.

— José Luis, tenemos que hablar.

— Dispara; soy todo oídos.

26

Un inesperado viento del sur agitó la gran bandera nacional que presidía la entrada del Cabildo. El águila real mordía con fuerza la serpiente enemiga y daba la sensación de estar haciendo equilibrios sobre el nopal, mientras la gigantesca tela se enredaba sobre sí misma. El efecto óptico resultaba curioso, ya que parecía que el escudo mexicano hubiera tomado vida propia y decidiera contagiar al resto de banderas que ondeaban inquietas en los puestos del Parque Central.

Los vendedores ambulantes estaban formados en sus nuevos sitios desde las primeras horas de la mañana. Habían llenado la plaza de los habituales productos patrios, a la espera de hacer su agosto en aquel mes de septiembre: cornetas, tambores, matracas, rehiletes, moños de tela, pañuelos de algodón, mostachos de fieltro, sombreros charros y, como era de esperar, cientos de banderines y banderas de todos los tamaños, materiales y formas posibles.

Comitán había cambiado sus colores y, ante el regocijo de locales y turistas, el amarillo napolitano de la arquitectura colonial dejó pasó durante los días previos al Grito al festín tricolor que teñía balcones, puertas, monumentos y, evidentemente, todos los edificios de gobierno. A la altura del templete, un niño vestido con el uniforme escolar tiraba con fuerza de la mano paterna. Arrastró a su familia hacia uno de los puestos más coloridos. Fue directo hacia donde estaban los rifles de juguete. El padre quiso comprarle uno de plástico, pero el niño insistió en que quería uno de los de madera, sin saber que el precio no era el mismo. Al ver la sonrisa de su hijo cuando apuntó a su hermana con tanta alegría con el juguete patrio, el padre accedió de buena gana, y a punto estuvo de comprar dos. En el puesto contiguo, varias manos anónimas comprobaban la dureza de los artículos que había colocados estratégicamente sobre la mesa, como quien siente con los dedos los aguacates del mercado para determinar si están o no maduros.

— ¿Y este quién es? —preguntó un cliente con un pequeño busto de Nicolás Bravo en la mano.

— Un héroe patrio, ¿no? —le contestó el que estaba a su lado.

—Si se lleva también el de Morelos, le hago un descuento, joven — le aclaró el vendedor.

—¿Y de casualidad no tendrá uno de Leona Vicario? —dijo una mujer que, en ese momento, asomaba la cabeza entre los dos clientes indecisos.

— Uy, no. Esa se la debo, amiga.

— ¿Y este dije de plata a cómo me lo deja?

Los pitidos desafinados de las cornetas se mezclaron con el sonido ronco de las matracas que chirriaban a destiempo, mientras los rehiletes sacudían sus aspas haciendo honor a su condición castellana de molinillos de viento. Las vendedoras de elotes sonreían y disfrutaban del ajetreo colateral que hacía que, al igual que sucedía con las tamaleras, las canasteras y hasta con la mujer de los chinculguajes, las ventas subieran tras unos meses demasiado flojos.

El olor a hojuela y temperante flotaba en el aire junto al de maíz hervido, y abría el apetito y los monederos de los transeúntes, a pesar de que el viento seguía soplando rachas intermitentes y removía con gracia toldos y sombreros. Hasta las videntes húngaras, que solían trabajar a escondidas lejos del centro, aprovecharon el tirón comercial y, no solo ofrecían las famosas piedras de ámbar para curar el mal de ojo, sino que decidieron improvisar las lecturas de cartas y manos en las calles traseras del Mercado Central.

A pocas cuadras, Mayra abrió con calma la puerta de la Proveedora Cultural. Desde que Teresa le recomendó aquella librería de la Primera Avenida Poniente Norte, ya se había convertido en una habitual. La dueña le guardaba siempre algún libro que pensara que le podía interesar y, cada viernes, le entregaba los periódicos para el hotel de los Cruz que ella misma solía llevarle a Teresa.

— ¡Noticias frescas de ayer!

Según Carmelita, ese fue el grito de guerra familiar de don Rami durante los primeros años, cuando los repartos que llegaban en el Cristóbal Colón lo hacían siempre tarde, y no quedaba otra que tomárselo con una dosis generosa de humor comiteco. Aun así, más que periódicos o revistas, durante aquellos días lo que se vendía era material escolar, estampitas deportivas, canicas lecheras y, sobre todo, ejemplares de *El Diamante Negro*, *Memín Pinguín* o las historietas más vendidas que seguían siendo las de *La familia Burrón*.

— Maestra, nos llegó este nuevo de la Poniatowska.

— A ver...

— Recién ganó el Premio Mazatlán.

— ¿A poco?

— Es una biografía de Tina Modotti.

— ¿La fotógrafa?

— Según yo, sí.

— Y su novela, ¿para cuándo?

Mayra se quedó el libro y, mientras la dueña atendía a los nuevos clientes, siguió hojeando las estanterías del fondo, en busca de alguna otra novedad que hubiera llegado durante la semana. Le encantaba matar el tiempo por las tardes y buscar libros, envuelta en aquel olor a almendra y madera tan característico del local. Además, no era muy común, como le comentó a la dueña en más de una ocasión, que tuvieran más visibilidad los libros de Bárbara Jacobs o Elena Garro que los de Monterroso u Octavio Paz. Y eso a Mayra le sorprendía sobremanera; no era algo que se esperara en un pueblo fronterizo. Por eso, cada vez que veía aquellas baldas y pasaba sus dedos por los lomos de los libros, sentía una emoción inconfesable. No por ver que cualquiera que entrara en la Proveedora podía acceder tan fácil a las obras de Elena Urrutia o Graciela Hierro, sino por haber conseguido que estuvieran juntas en un mismo anaquel, y con precios tan económicos, Marcela del Río, Tita Valencia, Josefina Vicens, Inés Arredondo, Amparo Dávila y, por supuesto, Rosario Castellanos.

Mayra pensó que pronto tendría un lugar en esa estantería. Por eso, aquella tarde se marchó tan animada con la idea de ponerse a escribir.

Cuando llegó al hotel, dejó los periódicos de la semana al chico de la recepción.

— ¿Teresa no llegó todavía?

— No, señorita, pero no se dilatará mucho.

— Ah, bueno. En ese caso...

El chico subió el volumen y, con una risa pegajosa, siguió viendo el capítulo de Chespirito donde el sargento Pazguato le intentaba explicar a Chimoltrufia cómo funcionaba un micrófono inalámbrico. La analogía disparatada, que también hizo reír a Teresa, fue la de un perro salchicha gigante que tuviera la cabeza en Monterrey y la cola en Guadalajara.

— Si llega, le dices que estoy de vuelta, ¿sí?

Mayra se dio por despedida, pero no le dio tiempo a entrar en la habitación.

Y menos mal que así fue.

Si hubieran existido las alarmas sísmicas que estaban probando ya en los edificios y escuelas de la capital, les hubiera dado tiempo a reaccionar, pero por aquel entonces no había un sistema que les pudiera prevenir, más allá de lo evidente: un país encajado entre cinco placas tectónicas y tan habituado a los temblores siempre debía estar preparado para lo peor.

Mayra sabía que en Chiapas eran más frecuentes que en el centro, aunque desde el sismo del 70 no se recordó uno tan fuerte en las costas del sur. Alcanzó, como luego supieron, los siete grados en la escala de Richter. El movimiento trepidatorio se sintió con bastante potencia. A pesar de que estuvieran a doscientos kilómetros de Huixtla, que es donde estuvo el epicentro, el hotel de los Cruz, como todo el centro de Comitán, se sacudió sin remedio durante varios minutos.

Con el primer mareo, Mayra sintió que algo le habría caído pesado en la comida. En cuanto escuchó el repiqueteo de las lámparas y vio cómo se agitaban las colas de quetzal del techo, se quedó paralizada en las escaleras, sin saber qué hacer.

— Ay, no. Otra vez no, por Dios.

Los pocos huéspedes que había aquella tarde bajaron en silencio, como si el temblor no fuera con ellos, y Mayra, que seguía muerta de miedo, intentó luchar como pudo con el pánico y la parálisis involuntaria, mientras escuchaba con impotencia el retumbar de los espejos y los cuadros de la entrada. Al cerrar los ojos, sintió el calambre en las piernas y revivió, por momentos, aquella sensación de angustia del 85. Al sentir las vibraciones de las losas y ver cómo en el muro se abría una grieta diagonal, Mayra dejó caer la bolsa con los libros y, como si de pronto hubiera perdido la coordinación y la esperanza, a punto estuvo de caerse redonda por las escaleras. Por suerte, una mano anónima le ayudó a mantener el equilibrio. Al estabilizarse, se dio cuenta de que no había sido tan potente la sacudida y, cuando el movimiento de la Tierra bajó de intensidad, salió del hotel con el resto hacia el punto de encuentro.

— Sí estuvo fuerte, sí.

— ¿Todos bien?

Teresa estaba afuera esperando a que despejaran el hotel y atentos a que hubiera alguna réplica. El chico de la recepción se encargó de revisar con calma las columnas, tabiques y trabes del hotel de los Cruz. Y hasta hizo una broma cuando preguntó que estaban por llegar los bolillos para el susto.

Todo parecía estar en su sitio.

Y así fue como, en cuanto Mayra cruzó la calle y vio a Teresa, sin darse cuenta de lo que hacía o lo que pudiera pensar el resto, se lanzó a sus brazos como quien se agarra al mástil de un barco de vela en medio de una impredecible tormenta.

27

La carta se deslizó por la ranura de la puerta y el azar quiso que se estampara justo en el zapato izquierdo del padre Unai. Cuando sintió el golpe, la inercia hizo que pisara el sobre café como si fuera una cucaracha moribunda. Estaba claro que la persona que enviaba el mensaje aún seguía al otro lado, pero no quería ser vista; desde dentro de la casa parroquial se escuchaba claramente su respiración. El padre Unai comprobó que no había nadie en la sala y, con mucha discreción, recogió el sobre y se lo metió en el bolsillo interior de la sotana.

Hacía mucho tiempo que no recibía noticias así, pero conocía el código mejor que nadie. Sin haber leído aún el mensaje, la respuesta la tenía clara. Y más aún si se había molestado, fuera quien fuera, en bajar hasta Comitán para entregarle en mano aquel aviso. Por eso, cuando leyó con calma la carta, no lo dudó ni un segundo. Esa misma mañana, ya con la ropa de calle, avisó en la parroquia de que le había surgido otro compromiso y se tendría que ausentar durante unos días.

La mayoría de la congregación daba por hecho que, tras tantas reuniones durante aquellos meses, la parroquia se quedaría pronto descabezada. No porque desconfiaran de las intenciones de la Pastoral, ni mucho menos del trabajo de los maristas con los dominicos de la zona, sino porque no entendían a qué se debían aquellas salidas repentinas cuyo secretismo hacían levantar, como era lógico, todo tipo de rumores y sospechas. Había quien pensaba que, tras aquellos viajes relámpago, estaba la diócesis de San Cristóbal, ya que sabían que tenía buena relación con el obispo Samuel Ruiz. Otros, que el mismo padre Unai estaba dirigiendo la Misión de Guadalupe con la ayuda catequistas españoles y las comunidades tojolabales de Las Margaritas. E incluso hubo quien llegó a pensar que la Pastoral le estaba tendiendo una trampa para quitárselo de encima, como hizo con el padre Efraín.

— Se nos mueve usté más que un saco de ratones, padre.

— Gajes del oficio, Carmelita.

— Si usté lo dice...

El padre Unai cerró la verja de la parroquia de San Sebastián y, tras cruzar las jacarandas de la entrada, se encaminó con mucha tranquilidad hacia el parque de Santa Cruz. Tras comprobar varias veces que nadie lo seguía, con algo de esfuerzo, subió la cuesta hacia el Panteón.

Al llegar, bajo la sombra de un hermoso framboyán en flor, se paró junto al puesto de crisantemos y gladiolos y, en la esquina donde los camiones hacían las paradas de rigor, esperó a que lo recogieran, como solían hacer en esas ocasiones.

El viaje fue tranquilo hasta que pasaron por el cruce de Guadalupe Tepeyac. No muy lejos de donde estaba el nuevo hospital rural, el ejército había bloqueado la carretera que les llevaría hasta San Quintín. El coche que lo llevaba se detuvo con el resto, en espera de poder continuar. Uno de los militares enclenques se ajustó la gorra de tela y, apartando el cono de seguridad que bloqueaba el acceso, les explicó que debían apagar el motor, tener paciencia y esperar su turno.

— ¿Otra vez ustedes por aquí?

Fueron más dos horas de espera.

De nada sirvieron las quejas de muchos conductores que querían volver a sus casas o de los que no entendían a qué se debían aquellos retenes tan aparatosos. El padre Unai apoyó la cabeza en la ventana y, tras ver con indiferencia cómo llegaban nuevos carros blindados, se quedó pensando cómo poder solucionar un problema que, por las noticias que le llegaban, parecía casi imposible de resolver.

Cuando los militares dieron el aviso, les fueron dejando pasar con cuentagotas y, por fin, pudieron seguir el camino y adentrarse entre las serpenteantes terracerías en dirección a la laguna de Miramar.

Que cambiaran de ubicación en cada reunión no le importaba y, en parte, lo entendía. Sabía que esos encuentros no eran oficiales, pero lo que no tenía sentido era que el Frayba no supiera dónde se reunían. A fin de cuentas, las decisiones que debían tomar no tenían que ver con cuestiones de evangelización, sino con intentar calmar el polvorín que, tras el desastre de San Juan Chamula, estaba a punto de explotar en los Altos de Chiapas. Lo que sí le extrañó fue que el lugar de encuentro fuera, otra vez, en aquella cabaña perdida en Montes Azules.

Allí estaba Manfred, un pastor evangélico cuya defensa con los exiliados chamulas y sus críticas al PRI le habían dejado en un limbo eclesiástico del que ni él sabía cómo salir. Que los protestantes, por ejemplo, hubieran erradicado el alcoholismo en las comunidades en las que había entrado era un hecho y nadie lo discutía. Hasta los del Instituto Nacional de los Pueblos Indígenas le agradecieron su labor. Ahora bien, ni él apoyaría jamás la cruzada que tenían los diáconos contra la brujería ni estaba de acuerdo en consentir injusticias contra aquellas comunidades, vinieran de donde vinieran.

— Resignación o rebelión, Manfred.

Ese fue el dilema que estuvo sobre la mesa durante aquel año y que, como era lógico, dividió aún más a cristianos y católicos que, más o menos, se repartieron por la zona lacandona. Manfred, a pesar de lo que parecía ya evidente, todavía seguía sin posicionarse.

El que sí lo tenía claro era Félix Alberto Ocampo.

Sentado justo a su lado, tamborileaba aburrido la mesa con las yemas de los dedos, mientras esperaba a que comenzara el encuentro. Félix Alberto era un antiguo catequista de Tabasco al que todos apreciaban y que pasó de colaborar con las JUCUM de San Cristóbal de las Casas a tener buena relación, como aseguraba orgulloso, con la cúpula de las Fuerzas de Liberación Nacional. No solo estuvo en el congreso del 26 de enero donde se declaró la guerra al ejército mexicano, sino que vio nacer aquel año al brazo militar del ya omnipresente Comité Clandestino Revolucionario Indígena.

— Ya están listos para bajar; será cuestión de tiempo.

El tercero en discordia era el señor Truman, el dueño de la cabaña. En ese momento, se estaba estirando el cuello de la camisa y hacía esfuerzos por no escuchar los golpecitos de Félix Alberto sobre la madera. Truman, que durante un tiempo conoció muy bien al padre Unai, era un antropólogo jubilado de Salt Lake City. Llevaba décadas viviendo entre las comunidades de Montes Azules; había estudiado el terreno mejor que nadie y conseguía siempre información de primera mano. Tenía ese aire fantasmagórico del que no se sabe nada de su pasado ni de su familia. Siempre contaba, eso sí, cómo le expulsaron de la Fundación Arqueológica del Nuevo Mundo cuando puso en duda la teoría mormona que pretendía demostrar que Jesucristo era, en el fondo, Quetzalcóatl.

— Las ovejas del otro redil, ay.

Cuando el padre Unai entró en aquella sala, todos se saludaron en silencio y, sin querer, le contagiaron un nerviosismo que hacía que el ambiente se sintiera mucho más pesado que otras veces.

— Señores, no sé si me alegro de verlos otra vez.

— La alegría es la esperanza de los justos, ¿no? —contestó Félix Alberto con irónica solemnidad bíblica.

— ¿Sabemos algo de Tierra Nueva? —preguntó mientras ocupaba una de las sillas que estaban vacías.

— También se suman, padre.

— ¿Pero eso cuándo ha sido?

— Esta misma semana.

— ¿Y los chamulas?

— Les apoyan desde el principio. A esa pobre gente la siguen echando de su tierra y tienen razones más que suficientes para unirse a la causa —afirmó Manfred—. ¿Sabe usted cuántos desplazados hay ya por la Selva? Y no solo chamulas, que ya sé lo que me van a decir, aunque ya los tienen por aquí. ¿Dónde creen que están las familias que echaron de Chalam del Carmen?

— ¡Qué desastre! ¿Y no hay manera de parar esta locura? —preguntó el padre Unai—. Con todo lo que hemos trabajado con ellos y, al final, lo van a tirar todo por la borda.

— Discúlpeme, padre —le interrumpió Félix Alberto—, pero locura es la situación en la que viven. Y nosotros no debemos interferir, sino apoyarles en lo que nos necesiten.

— ¿Así que ahora apoyamos la violencia?

— No, apoyamos la dignidad y la justicia.

— ¿Y cómo me explican lo de las armas?

— Muchas son de los finqueros que se fueron.

— ¡Por favor, Manfred! ¡Eso no se lo cree nadie!

— Yo sé que están vendiendo reses —afirmó Félix Alberto— y, según parece, Germán se están encargando de recolectar el dinero.

— No me lo creo. Además, ¿no se supone que el que dirige ahora todo es ese tal Marcos?

— Quién sabe. El que manda aquí es uno al que llaman Pedrito. Pero sí, no lo sabemos a ciencia cierta. Salvo que han comprado armas en Estados Unidos. Eso se lo puedo asegurar —aclaró Manfred—. Esta gente tiene buena relación con los chicanos de Texas y California, créanme. Luego envían las armas aquí desde el Distrito Federal y...

— No me cuadra. Yo creo que las están comprando en el mercado negro de Centroamérica.

— Perdonen que les interrumpa —cortó Félix Alberto—, pero una cosa son las comunidades de apoyo y otra, los milicianos. ¿No escucharon a las mujeres? Lo dejaron bien claro. Además, justo por eso planean tomar las ciudades.

— No entiendo —dijo el padre Unai.

— Para que no les relacionen con el narco.

— O con gente extranjera —le dijo Manfred.

— ¿Cubanos?

— Me refería más a gente de su tierra, padre.

— ¡Por Dios! ¡Lo que me faltaba por oír!

— Tendría sentido...

— Al final, van a pensar que nosotros...

— Descuide, padre —añadió Truman que había estado escuchando en silencio hasta ese momento—. Esta gente se liberará, pero sin teología de por medio.

Aquel comentario, que pretendió ser gracioso, tuvo el efecto contrario en el padre Unai, aunque le dio la razón.

— Padre, no le dé más vueltas.

— ¿Que no lo dé más vueltas?

— Es una guerra justa —dijo Félix Alberto—. En defensa propia. Usted conoce la obra de Santo Tomás de Aquino mejor que yo. ¿Justicia o paz?

— ¡Aporías, la violencia nunca está justificada!

— Estas causas lo están —añadió Truman.

— ¿Así que tú también apoyas la guerrilla?

— No es una guerrilla, padre— le aclaró Félix Alberto—; es la revolución de un pueblo oprimido. Están desesperados y, de nada sirve lo que les digamos. Además, el plan de Dios, como usted bien sabe, siempre fue revolucionario. Y esta gente solo pide ser escuchada y, aunque usted no lo entienda, la única forma de conseguir que les hagan caso en este país pasa por las armas, aunque sea de forma simbólica.

— ¿Y qué simbolismo hay en darles fusiles a esta pobre gente?

— Usted sabe a lo que me refiero.

— ¿Y alguien sabe cuándo tomarán las ciudades?

— Creemos que con el Grito de Dolores.

— ¿Este jueves?

— Mañana es nuestra última oportunidad para hacerles entrar en razón, así que...

— Espera, espera —dijo el padre Unai—. ¿Cómo que mañana? ¿Me estás diciendo que...?

— Llegan a primera hora, sí.

— ¡Ay, Dios!

28

Cuando Yalit vio a Pablo Cruz en el patio se quedó parada, sin saber muy bien qué hacer con las manos. No tanto por miedo, sino por educación, bajó la mirada y, sin muchas ganas, lo saludó. Podría haber saludado a la silla de Acapulco del porche y el resultado hubiera sido el mismo. Aun así, Yalit mantuvo la posición y esperó una respuesta, quieta, con esa sensación que tanto detestaba de sentirse como un pequeño mueble de jardín al que nadie presta atención.

— Buenos días, don Pablo.

El saludo de vuelta nunca llegó, así que alzó la cabeza y, creyendo desafiar un código no escrito, lo miró para ver si reaccionaba, pero él ni se dio cuenta. Pablo Cruz dejó su maletín de piel en la mesa de cedro, se aflojó la corbata y, como si nadie lo estuviera viendo, sacó un peine del bolsillo y se apelmazó aún más el cabello engominado frente al espejo del salón. Yalit se fue alejando lentamente hacia atrás y, cuando salió de su campo de visión, volvió a la entrada de la finca en busca de Yumil. Era a él a quien había estado esperando. Hacía tiempo que no sabía dónde estaba; no era normal que se hubiera ausentado tantos días. No solo echaba de menos su compañía, y más desde que Teresa apenas se dejaba ver por la finca: su preocupación tenía más que ver con la idea de que los Cruz hubiesen dejado de contar con sus servicios.

Durante aquella semana, llegó a diseñar varios planes para provocar su vuelta. Lo primero que pensó fue provocar pequeños destrozos en la casa para que, cuando se percataran, se vieran obligados a llamarlo. Después, lo pensó mejor y se dio cuenta de que el tiro le podría salir por la culata; al final, tendría que trabajar el doble. La opción más sensata fue preguntar por él, pero ni su madre ni Teresa soltaban prenda, así que siempre se quedaba igual que estaba.

— ¿Terminaste la tarea?

Su madre, desde que empezaron las clases, estaba detrás de ella. Yalit sabía que lo hacía por su bien. Por eso, ya no protestaba tanto. Apenas llevaba un mes en la nueva escuela, pero estaba claro que sus calificaciones, al igual que el año pasado, serían de las más altas de la clase. Y teniendo en cuenta sus circunstancias, era un mérito que nadie le podía quitar. Aun así, aquel año hubo demasiados cambios en el colegio. En primer lugar, estrenarse como alumna de Secundaria estaba siendo más difícil de lo que pensaba; pasó a ser de las pequeñas de la última planta y, como la nueva reforma educativa obligaba que las clases ya fueran obligatorias por ley, los salones ampliaron, y hasta duplicaron su aforo.

Cuando abrió el libro de Historia leyó lo que ya sabía y comenzó a escribir el resumen en el cuaderno. Como cada año, hicieron los grupos para preparar las presentaciones de aquellas semanas. A su grupo le tocó elegir entre Revolución o Independencia. Todas las chicas de su grupo, menos ella, eligieron la opción más fácil. Y así fue como, cuando distribuyeron las tareas con un volado de moneda, a Yalit le tocó preparar la biografía de Miguel Hidalgo.

— ¿Otra vez?

El libro de texto de la SEP, que comenzó a leer en ese momento en la cama sin mucho interés, hablaba de cómo el famoso cura criollo de Guanajuato se convirtió en el padre de la patria mexicana. Se contaba cómo se rebeló contra los comerciantes de Pedro de Garibay y cuál fue su papel en la Conspiración de Querétaro. Esta parte estaba bastante clara. Lo que Yalit no entendía tan bien era por qué respaldar a ese tal Fernando VII. Si realmente quería la independencia de Nueva España, ¿por qué apoyar al rey peninsular? Eso se preguntó mordiendo uno de los plumones de colores. Lo del estandarte de Guadalupe lo entendía mejor, ya que era un señor católico de familia española preocupado por las ideas laicas que habían traído a México los europeos de la Francia napoleónica, pero seguía sin saber si, con el Grito de Dolores, aquella gente se estaba independizando de España o de Francia. Y más cuando, unas páginas más adelante, se decía que el de la independencia fue, en el fondo, Agustín de Iturbide. Lo de que se nombrara luego emperador, además, tampoco le encontraba mucho sentido, pero alguna explicación tendría, se dijo mientras copiaba el texto del libro. Lo único que tenía claro es que a Hidalgo, muchos años después, un pelotón de fusilamiento lo ajustició en Chihuahua, por rebelde y por hereje, y que sacaron a pasear, junto a las del resto de insurgentes, la cabeza decapitada que forjó la leyenda nacional.

Yalit extendió su cartulina verde sobre la cama y, cuando comenzó a copiar aquello del *Mueran los gachupines*, echó en falta a Yumil. Seguro que él le sabía aclarar la duda y, sobre todo, explicarle qué significaba esa palabra que, aunque le resultó graciosa cuando la pronunció en voz alta, le hacía pensar más en chapulines que en huestes enemigas que había que doblegar.

Cuando Rosita abrió la puerta y vio que Yalit estaba iluminando los dibujos de la cartulina, se hizo un hueco en la cama y, ante la sorpresa de su hija, se sentó a su lado; hacía mucho tiempo que no lo hacía.

— Ma, ¿vos sabés dónde está Yumil?

Rosita negó con la cabeza, pese a que esta vez sí le contestó; pensó que sería mejor tranquilizarla.

— Supongo que con tía Santina.

— ¿Se fue a vivir a Tierra Nueva?

— No, hijita. ¿Cómo crees? Estará de visita.

— ¿Y nosotras cuándo iremos?

— Aquí estamos bien, ¿no?

Yalit dejó a medias la silueta de la campana de Dolores y se sentó junto a su madre. No hizo falta decirle nada; se abrazó, como cuando era pequeña, a la espera de un apapacho que no tardó en llegar.

La voz de Teresa se escuchó entonces por el hueco de la escalera. Rosita deshizo la postura, se levantó de la cama y, dándole un beso en la mejilla, le dijo que no se acostara muy tarde.

— ¡Y quitá ya esa cosa horrible de la paré!

Yalit sonrió, se lanzó de un salto en la cama y, sujetando el bote de yogur de la mesilla como si fuera un tesoro, se quedó viendo el póster de la pared. Sabía que era una misión imposible, pero pensar que Michael

Jackson daría un concierto en la capital en un mes le hacía muchísima ilusión. Por un lado, eso sí, tendría que conseguir cuarenta de los nuevos pesos, que era el boleto más barato. Por otro, tendría que ir sola al DF en el Cristóbal Colón, y ni siquiera sabía si la dejarían pasar al Estadio Azteca cuando llegara. Aunque no pudiera ir, le gustaba imaginarse cómo sería el viaje. Además, así podría comprobar con sus propios ojos si aquel cambio de piel del que todos hablaban era cierto o, como ella pensaba, un efecto del maquillaje.

— ¿Operarse para ser güero?

— Eso dicen en la tele.

— La tele dice muchas tonterías.

— Si tú lo dices...

Yalit dejó a un lado la cartulina verde y estiró su pequeño cuerpo moreno sobre la cama. Miró el póster e intentó pensar qué significaría la estrella roja de cinco puntas que avisaba del peligro. Juraría que la había visto antes, aunque no recordaba dónde. Tras reprimir un bostezo largo, se puso los auriculares de diadema y, viendo cómo los hipnóticos carretes de la cinta daban vueltas sobre sí mismos, se quedó profunda e irremediablemente dormida.

Mientras, en el salón de los Cruz, Teresa seguía escuchando en silencio a Pablo, en espera de que se callara o, al menos, de que bajara el volumen. Haberle dicho que no contara con ella para la fiesta en el rancho de San Joaquín era algo que no estaba dentro de sus planes. No podía comprender que Teresa se negara a ir con él si, como le había dicho durante toda la semana, sería una oportunidad magnífica, no solo para resolver el problema de las tierras, sino para conseguir darle un impulso al hotel.

— Es que no te entiendo. ¿Por qué no querés venir?

— Ya te lo he dicho mil veces, Pablo. Estoy harta de tanto político. Y si es en el rancho de Absalón, menos.

— Esta vez todos irán con sus mujeres.

— Pues me parece muy bien. ¿Tú me escuchas cuando te hablo? Búscate a una que te acompañe, pero conmigo no cuentes.

— ¿Y eso a qué viene?

— ¿Tú te crees que soy tonta o qué?

— No empieces, por favor.

— Te pongas como te pongas, no pienso a ir.

Teresa se sirvió un nuevo vaso de vino tinto y, tras pedirle que bajara la voz, le dejó claro que cambiara de tema; aquella discusión se había terminado. Cuando se quedó sola y escuchó el inútil portazo de la habitación, Teresa resopló con tranquilidad. Entonces fue cuando las primeras gotas de la tormenta de la noche comenzaron a salpicar en la puerta corrediza del salón. Al verse reflejada en el cristal brindando consigo misma, se puso en pie y, con una sonrisa liberadora, supo que su relación con Pablo había llegado a un punto de no retorno.

— ¡Por Balún Canán!

29

Cuando escuchó el timbre, María salió disparada de la cocina; pensó que las velas que había prendido durante aquellos meses, por fin, habían hecho su efecto. Estaba tan convencida de que sería Moisés el que vería al otro lado de la puerta que, cuando la abrió y vio que no era su hijo, confundió al repartidor con un vendedor ambulante y llegó a decirle que no les molestara. El cartero se quedó parado en la puerta y le explicó que él solo venía a entregarles una carta.

— ¿Vos sos María Alvarado?

María entendió que se había confundido y tuvo que disculparse. El chico le dijo que no había ningún problema; estaba acostumbrado. María le dio la vuelta al sobre y vio quién era el remitente.

— ¿Del Serfín?

El cartero bajó la mirada y, como si le estuviera dando el pésame, se montó en la bicicleta y siguió con el reparto. María entró en la casa, se guardó la carta del banco en el bolsillo del mandil y siguió preparando la comida. Juan asomó la cabeza por el hueco del sofá y, tras un bostezo largo, preguntó quién había llamado a la puerta.

— Nah, testigos de Jehová.

— ¿Otra vez?

María dijo algo que no se escuchó bien desde el salón y siguió separando las piedritas de los frijoles, como quien mata el aburrimiento deshojando margaritas. Balam, que estaba en la cocina haciendo las tareas, se levantó y, agarrando un puñado de frijoles, le ayudó a limpiarlos.

— Hace mucho que no platicamos vos y yo —sugirió María sin apartar la vista de los frijoles.

— Todo bien, ma.

— ¿Las clases?

— Bien.

— ¿Y la marimba?

— También.

— ¿Seguro?

— Sí, ma.

— O sea, que todo bien.

— Sí, ma.

María, en el fondo, esperaba que su hijo fuera más allá de los monosílabos, pero entendió que no lo hiciera; estaba en la edad, pensó. Por eso, no esperaba una gran plática con Balam, que siempre había sido el más reservado de los dos, pero sí intentaba hacer lo posible por saber cómo estaba, ya que para él, como ella bien sabía, estaba siendo doblemente difícil. Ser tan parecido físicamente a su hermano, además, lo hacía todo más complicado. Y no solo para el resto de la gente, sino incluso para María quien, en más de una ocasión, le confundía con su hermano y, cuando se daba cuenta, ya no sabía cómo remendar el equívoco.

— ¿Moisés? ¿Sos vos?

Balam prendía entonces la luz de la cocina y, levantado el vaso de atole, le aclaraba a su madre quién era, y se volvía a acostar, cansado de las confusiones. María hacía lo posible porque no pasara, aunque no lo podía controlar. Sobre todo, en las noches de insomnio, que eran las más frecuentes. Esa fue la razón por la que le pidió a la doctora que le cambiara la medicación. Desde entonces, pudo dormir y descansar, aunque todo le costaba del doble; sentía un sopor infinito que no había manera de quitarse de encima; como si la ropa fuera de piedra en vez de algodón y, al caminar, sintiera en las piernas el peso de dos costales de cemento.

Aun así, tenía que seguir adelante; no había de otra.

— Hay que echarle ganas, María.

Juan tenía razón, pero no contaba con que él debía predicar con el ejemplo. Desde los meses de verano, pasaba los fines de semana postrado en el sofá esperando a que estuviera lista la comida y, por no saber, ni estaba al tanto de los problemas que tenían con el banco. El salario de Juan en la Casa de la Cultura cada vez daba para menos, y María tenía que hacer malabares para organizar una economía familiar que, como muchas otras, se estaba desmoronando mes a mes en espera de que Juan se jubilara y pudiera retirar su cuenta del Infonavit. Si por lo menos ayudara con las tareas de la casa, todo sería más fácil, pero Juan ni sabía dónde se guardaban los trastes ni había puesto una lavadora en su vida. Romper con aquella tradición ancestral era algo prácticamente imposible, y más en un lugar como Comitán donde los privilegios de los hombres no se cuestionaban, como no se cuestionaban los milagros de San Caralampio o los exvotos a la virgen de Guadalupe.

Menos mal, pensó, que la hipoteca de la casa ya estaba amortizada desde hacía tiempo. Era otra época, se dijo María mientras dudaba si abrir o no la carta que tenía en la mano. Entonces recordó que los precios de los lotes eran tan baratos que tener un terreno, por pequeño que fuera, era lo común; a la hora de hacer los trámites todo eran facilidades.

María, que se había sentado en la silla del traspatio mientras hervían los frijoles, se dio cuenta de que ya llevaban más tiempo en Comitán que en Las Margaritas. Y, a pesar de que el cambio fue para mejor, y la casa era bonita y estaba en una buena colonia, seguía convencida de que haber vendido aquella parcela familiar en Sacsalum no fue buena idea. Pensó que el dinero les duraría más tiempo pero, cuando pagaron la entrada de la casa y llegaron los primeros gastos, el estado de su cuenta volvió a estar casi igual que al principio. Por suerte, por aquel entonces Juan no solo tenía ahorros, sino que había heredado una hectárea en Tierra Nueva con la que, en un principio, contaban. Pero no pudo ser: desde que quedó huérfano por partida doble nunca quiso saber nada ni de sus hermanos ni de aquel ejido y, por mucho que María le preguntara, no había forma de saber si esas tierras seguían o no siendo suyas.

—O sea, que se lo quedó todo tu hermano mayor.

Juan se encogía de hombros y decía que ni sabía ni le importaba, como si no estuviera hablando de su propia familia. María entendía que no quisiera hablar del tema, pero de ahí a perder un terreno que era suyo... De todos modos, respetó siempre su decisión y, desde que se mudaron a Comitán, nunca más se habló ni del ejido ni, sobre todo, de su hermano Ricardo.

María entró en la casa y fue directa a la habitación de sus hijos. Se sentó en la cama de Moisés en silencio y, cuando se decidió a abrir el sobre del banco, Juan asomó la cabeza por el resquicio de la puerta. Se sentó junto a ella y no dijo nada. Solo le tomó la mano y se la acarició lentamente; aquel masaje era infalible. María cerró los ojos y abrió la sonrisa cuando sintió los dedos de Juan sobándole la base del pulgar.

El lado de la habitación de Moisés seguía exactamente igual desde el día que desapareció. María recordó entonces cuando su hijo se presentó con aquella estantería de madera que había traído a cuestas desde la Central de Abastos. Encajada en la esquina del escritorio, seguía intacta con todos los libros que fue comprando durante aquel año.

Juan se quedó mirando las baldas llenas acordándose de cómo fueron llegando aquellos libros y cómo fue creciendo el interés de Moisés por la política.

— ¿Recordás cuando trajo esa su estantería? Pensé que la llenaría de discos, pero al final, mirá.

— Nos salió rebelde, sí, aunque eso no lo sacó de ti —contestó María con algo de sarcasmo.

— ¿Y de quién si no?

— Juanito, vos sabés bien de quién estoy hablando.

— ¿Te refieres a la chica esa?

— ¿Cuál chica?

— Esa del perrito chistoso. ¿Cómo se llamaba?

— Ah, la hija de doña Ene —María se quedó pensando un rato—. ¿Pero a poco estaban juntos?

— Según yo, sí.

Balam abrió la puerta y, al verlos sentados en la cama de Moisés, se extrañó y les preguntó si todo estaba bien.

— Sí, mijito. Nos estábamos acordando de cuando trajo tu hermano la estantería. Vos te acordás bien, ¿no?

— ¿Que si me acuerdo? Si hasta tuve que cargarla yo todo el bulevar —se quejó mientras dejaba el cuaderno y las plumas sobre el escritorio.

— ¿Y eso? —preguntó María.

— Quedó con Anita esa tarde y luego me dejó a mí con el muerto —se explicó sentándose en la silla.

— Anita, así se llamaba, sí. ¿Pero llegaron a salir juntos?

— Nunca fueron novios, si es lo que preguntas, ma —le explicó Balam ajustando la perilla de plástico para inclinar el respaldo de la silla—. Ella siempre anduvo detrás de él, pero Moisés nunca quiso.

— Sabía yo —dijo María aliviada—. ¿Y vos qué?

— ¿Y yo qué? —contestó dando una vuelta sobre sí mismo.

— ¿Qué va a ser, Balam? ¿No andás con ninguna chica?

A Balam le sorprendió aquella pregunta; era la primera vez que la escuchaba y no supo muy bien qué contestar.

— Orita no, ma.

— Ya encontrarás a alguien, hijo —añadió Juan—. Cuando aparezca, lo sabrás.

Balam resopló teatralmente sujetándose el cuello con las manos entrelazadas; no era un tema que le gustara hablar. Además, tampoco sabría muy bien qué decir más allá de que prefería estar solo. María se dio cuenta de lo que pasaba. Balam estaba viendo el mapa físico de Europa que había colgado sobre el escritorio. Una tachuela de plástico estaba clavada justo debajo los Pirineos. Entonces le preguntó si seguía con aquella idea de conocer Barcelona.

— Sí me gustaría, ma. Es una ciudad muy padre. Si el año que viene entro la uni, aplicaré para una mi beca. Quién sabe —dijo mirando el mapa de la pared—. ¿Y ustedes nunca salieron de México?

— A Guatemala hemos ido muchas veces —respondió Juan—. Y vos, también. ¿O ya no te acordás de tía Valeria?

—Hace mucho tiempo de eso, pa. Ni me acuerdo. Me refería a cambiar de continente. Ir a un sitio como Barcelona.

— ¿Y qué de malo tiene este? —quiso saber su padre.

—Pues que estaría padre conocer otros lugares. Solo eso. Y sí —continuó adelantándose a lo que iba a decirle su madre—, sé que ahorita no se puede, pero es algo que algún día me gustaría hacer. Hablaba mucho con Moisés de eso.

— ¿De España? —preguntó María.

—De la idea del viaje. Más que hablar, discutíamos; él siempre estaba con lo mismo —precisó viendo los libros de la estantería—, y en el fondo tenía razón, aunque el problema no estaba en España sino aquí mismo.

— ¿A qué te referís? —comentó Juan.

—Pues a que se iba a armar una buena, pa.

— ¿Lo dices por lo de los militares?

—Por lo de los zapatistas —aclaró hojeando un libro que agarró al azar.

— ¿Los zapatistas?

—Eso dicen, sí.

30

Nunca había escuchado aquello del síndrome del centinela y, aunque le sirvió para justificar el incidente de la noche anterior, Jacob decidió asumir toda la responsabilidad y aceptar el cambio de vigía. Según le explicó Elisa, era habitual que, tras mantener la atención fija tanto tiempo en un mismo punto, la mirada se cegara y dejara de enfocar al resto. Era evidente que estaba cansado, ya que los turnos de vigilancia eran cada vez más pesados. Sobre todo, los de la noche. Por suerte, le había tocado la lotería con la nueva pareja que le habían asignado; con Elisa hacía buena compañía, llevaban un mes conviviendo juntos, le encantaba hablar con ella y, a pesar de las diferencias que había entre ellos, tenían en común más de lo que pensaban.

— ¿No sentís que llevamos ya mucho tiempo esperando?

— Algo, sí.

— ¿Y vos creés que llegarán pronto?

— Quién sabe.

Jacob se ajustó la gorra militar y, dejando a un lado la escopeta, apoyó la cabeza en una piedra y contempló aquel cielo astrífero y refulgente que haría las delicias de cualquier observador astronómico.

— ¿Vos cuándo pensás volver? —le preguntó a Elisa.

— ¿Adónde?

— ¿Pues onde va a ser? ¡A tu casa!

— Ni loca —contestó sin apartar la vista de los prismáticos—. Además, una vez que salís de tu comunidad, ya no podés volver. Cómo se nota que vos venís de la chonab, compa.

— ¿Tanto así?

— Allá no quieren que seamos libres. Además, volver al ejido es imposible. ¿Sin estar casada? ¿Sin hijos? Ni me mirarían a los ojos. ¡Que me fui sin avisar! Ni a mi prima Santina le dije. Esa gente vive en otra época. ¿Y qué haría yo? Prefiero la cárcel o el panteón.

— ¿Y tu familia?

— Mi familia está aquí.

Jacob se quedó en silencio mientras contemplaba la inmensidad de un bosque que, a pesar de la oscuridad, ya conocía de sobra. Sabía que aquella hilera de árboles en sombra que tenía enfrente eran cedros y las de atrás, tipuanas. Conocía los caminos reales que comunicaban el campamento con Tierra Nueva como la palma de su mano. Ya era capaz de orientarse a ciegas entre los helechos y las bromelias del primer tramo. Sabía dónde estaban las señales marcadas en los cedros que indicaban el camino hacia el río. Su oído diferenciaba el chillido del mono araña del gruñido del tlacuache, y hasta distinguía el inquietante bramido del ocelote que atemorizaba a todos porque sonaba como si viniera de boca de un muerto viviente. Habilidades que meses atrás, antes de llamarse Jacob, ni hubiera imaginado tener. Pero fue incapaz de ver al tapir que provocó aquel revuelo en el campamento. No solo hizo que dejara vacío su puesto de vigilancia, sino que sintiera una culpa que aún le pesaba.

Mientras escuchaba a Elisa, que le recordó que no se preocupara por el incidente del otro día, entrecerró los ojos en dirección al cielo, como si hubiera visto algo que no debería estar allí. Pestañeó varias veces y vio que todo estaba en su sitio.

— Se dilataron mucho, ¿verdá? —preguntó otra vez sacando un paquete de tabaco del bolsillo.

— Ten paciencia, compa —contestó Elisa.

— Estoy harto de esperar.

— Lo sé, pero confía: ya casi estamos.

— Eso dijeron el mes pasado cuando lo de El Grito.

— Estuvo bien que no bajaran; era una locura.

— Eso pienso yo, sí.

— Habríamos cavado nuestra propia tumba.

— ¿Tanto así?

Jacob se encendió un cigarrillo y, cubriéndolo con la mano para que no se viera la punta caliente, le dio un par de caladas y siguió enfocando la vista en el cielo estrellado con una melancolía contagiosa. Desde el punto de vigía, las vistas eran asombrosas a esas horas en las que no había niebla. En aquel momento, cualquier ojo, aunque no estuviera entrenado, podía distinguir sin problemas las siete estrellas de la Osa Mayor y de ahí, reconocer el resto de constelaciones: los tres fogonazos de Orion, la eme achatada de Casiopea e incluso, cerca de la Estrella Polar, la de Cefeo, cuya silueta con forma de casa techada se veía con una claridad asombrosa.

— ¿Conocés la historia de los bolontikú?

— Los nueve guardianes de la noche, ¿no?

— Las nueve estrellas de Balún Canán, sí —dijo Jacob intentando localizarlas—. Siempre me llamó la atención que esos dioses no tuvieran nombre, pero que a cada uno le tocara vigilar una noche de la semana.

— Sobran dos entonces, ¿no?

— No, los ciclos antes eran de nueve días. Supongo que, cuando encajamos las fechas a los calendarios europeos, los bolontikú se debieron enojar, porque... —Jacob dio una última calada a su cigarrillo—. Qué misteriosa es la noche, ¿verdá?

Elisa no dijo nada, pero se quedó pensando.

— Si pudiera retroceder los relojes...

Elisa dejó de vigilar y, agarrándole el cigarrillo que estaba utilizando como puntero para ver las constelaciones, le dio una calada y se tumbó a su lado.

— ¿Seguís con lo del tapir?

— No, pensaba en cómo era todo antes.

—¿Antes?

— Antes de ser quien soy ahora.

— Nadie te obliga a quedarte, compa.

—Lo sé. No lo decía por eso. Mi caso es diferente al tuyo, pero sé que estoy donde tengo que estar. Y nunca pensé que fuera capaz. Es solo que, a veces, me entran dudas. Dudar está bien, ¿no?

—Intenta descansar un poco.

—Vigilo yo. No importa.

—¿Seguro?

Elisa se tapó la cara con la visera de la gorra y, cerrándose la cremallera del abrigo, se acostó en el petate y cerró los ojos. Jacob enfocó los prismáticos y, apoyado en la roca de vigía, buscó, sin éxito, algo fuera de la normal. En cuestión de minutos, la niebla dejó la selva en una oscuridad blanca y envolvente. Se abrochó el cierre del abrigo y, apoyando el mentón en la culata del fusil, se quedó en silencio en espera de que llegara el grupo que había bajado a la ciudad.

La historia de Jacob no era muy diferente a la de otros milicianos que, durante aquellos años, se habían unido al nuevo ejército de las montañas. Tras mucho tiempo de darle vueltas y sopesar los inconvenientes de aquella decisión, decidió asumir su nueva identidad y sumarse a las filas de una milicia formada, en su mayoría, por originarios de diferentes comunidades de Chiapas. Según contaban, había insurgentes que llevaban casi diez años viviendo en aquel campamento, aunque la mayoría, como él, no llevaba más de un año en la Selva Lacandona.

La diferencia de Jacob tenía que ver con que ser uno de los pocos mestizos. Cuando llegó solo hablaba español, pero justo conocer bien la lengua mayoritaria de México le hizo ser, durante los primeros meses, más valioso. Como se les explicó cuando llegaron, hablar el castilla era necesario tanto para comunicarse con el exterior y entender lo que estaba pasando afuera, como para organizarse entre ellos; la mayoría hablaba tsotsil, tseltal y, sobre todo, tojolabal, pero durante aquellos meses se sumaron milicianos de diferentes lugares del Sur Sureste. Los nuevos idiomas que se empezaron a escuchar fueron el zoque, el mame y hasta un pequeño grupo de Campeche que hablaba chol.

Lo sorprendente, recordó Jacob, no fue la facilidad con la que aprendieron español los que no conocían el idioma, sino cómo se cohesionó aquella comunidad clandestina que, pese a no conocerse antes, no saber sus nombres reales ni compartir información sobre su pasado, tenía un objetivo en común y todos estaban decididos, si fuera necesario, a dar su vida por la causa revolucionaria. Jacob seguía teniendo sus dudas y, justo ahora que estaban a punto de salir a la luz, sentía que le estaba fallando tanto al movimiento como a sí mismo. Por eso, se repetía tantas veces aquellas palabras que, desde que las escuchó, conseguían apaciguarlo y darle la respuesta que necesitaba cuando le asolaban las dudas.

— Uno no elige quién es, pero sí quién puede ser.

En su nueva vida clandestina y con la nueva identidad, le hubiera gustado tener el aplomo de Elisa o de cualesquiera de las nuevas insurgentes que convivían con ellos en el campamento. Sus miradas proyectaban una seguridad que infundía respeto, pero también daba miedo; tenían claro que, ante la imposibilidad del diálogo, la única manera de hacerse escuchar era con las armas. Jacob no sabía si estaría a la altura cuando llegara el momento; seguía pensando que nunca podrían doblegar al ejército y que los acabarían relacionando con el narcotráfico. Había aprendido, como el resto, a manejar aquel fusil, pero no sabía si tendría la sangre fría para disparar cuando tuviera que hacerlo. Y no tenía motivos para dudar; en las prácticas de tiro había demostrado, con creces, que era el que mejor puntería tenía. Por eso, no se perdonaba el desliz tan estúpido de la noche anterior. Por suerte, solo fue un tapir despistado que ramoneaba en busca de comida. Si hubiera sido un militar, se dijo, habría puesto en peligro a toda la comunidad. Cuando se dio la vuelta aquella noche y vio cómo aquel tapir agitaba la trompa y corría despavorido hacia el campamento, se sintió ridículo y, sobre todo, apenado. Apuntó y, aunque tenía al mamífero en la mira, fue incapaz de apretar el gatillo, pero tampoco encontró motivos para disparar. No supo qué hacer y, cuando escuchó los gritos, hizo lo único que no debía hacer: dejar solo el puesto de vigilancia. Aunque Elisa le aclaró que no había pasado nada, salvo el susto de ver a un tapir correteando por las cabañas, Jacob bajó la mirada y, como un niño que espera su castigo, asumió toda la culpa. Elisa no pudo contener la risa y le explicó en qué consistía el síndrome del centinela, que era algo común y que, como les contó el Sup cuando visitó el campamento, ya había pasado otras veces. Jacob escuchó con atención y aceptó el cambio de vigía, pero, desde aquella noche, empezó a dudar hasta de sí mismo.

Cuando Elisa se despertó, le acarició el hombro con cariño y le preguntó si había novedades.

— No llegaron todavía, no.

— Estarán esperando que amanezca.

— ¿Segura?

— Tranquilo, ya verás.

— ¿Y si no vuelven?

— Volverán.

31

Yalit fingió seguir durmiendo mientras escuchaba el ruido del papel picado sobre la puerta. Del otro lado, Rosita cortó un trozo de cinta adhesiva y, cuando terminó de pegar el último borde de la reja sobre el marco, dio un paso hacia atrás. Teresa, que aguardaba también expectante con la bolsa de confeti en la mano, encendió el reproductor de música. La melodía aguda de Cepillín comenzó a sonar y Yalit, aún tumbada sobre la cama, sonrió porque sabía que ya era el momento de levantarse. En cuanto sonaron *Las mañanitas*, se acercó a la puerta y, como siempre hacía cada vez que tenía que romper la reja, clavó su pequeño dedo café entre la línea que dividía los cuadros centrales y lo deslizó al ritmo de la canción cumpleañera. A medida que iba despegando el engrudo del papel colorido, asomó un ojo entre el hueco que dejó libre y, con una sonrisa infantil, saludó a su madre y fue rompiendo el simbólico vientre de papel de China que tapaba la puerta de su habitación.

A Teresa le encantaba ser partícipe de esa costumbre comiteca. Desde la primera vez que conoció aquella tradición, le maravilló y hasta pensó que le hubiera encantado haber podido transmitírsela a sus hijos cuando llegaron de Puebla. Cumplir años en Comitán era volver a nacer, y así lo pensó cuando Yalit cruzó el umbral de los nueve cuadros de colores y, entre la lluvia del confeti, hizo la señal de la victoria y esperó emocionada el abrazo materno.

—¿Y los cuetes? —preguntó buscando a Yumil.

—Primero, el pastel, ¿no? —dijo Teresa intentando echarle un cable a Rosita.

Cuando abrió la puerta corrediza de la cocina y vio aquel pastel gigante, Yalit volvió a sonreír y fue directa hacia la mesa, como si el dulce fuera el regalo y no la caja que estaba al lado con el papel estampado.

Teresa se adelantó y prendió las velas, mientras Rosita, que cada vez le costaba más moverse, se sentó en la primera silla que encontró.

— Esperá tantito, Yal. ¿No falta algo? —le dijo su madre con el encendedor en la mano.

Yalit cerró los ojos, pidió en silencio el mismo deseo de todos los años y sopló las velas. A pesar de que nunca se hubiera cumplido, hacerse aquella pregunta familiar se había convertido para ella en una tradición inalterable. Aún no había tenido respuesta, pero confiaba en que algún año la tendría. Si bien era cierto que las celebraciones no eran igual que cuando era más pequeña, sí había algo que le gustaba mantener y le daba muchísimo gusto: desgajar la reja de la puerta al levantarse le hacía sentir que, paradójicamente, el tiempo no pasaba para ella. Además, aquel año le hacía especial ilusión. Como le había contado tantas veces Yumil, el trece era el mejor número de todos. El 'oxlajune no era un número cualquiera. Los tres puntos sobre las dos barras horizontales de aquel símbolo maya representaban, en contra de lo que la mayoría creía, la buena suerte. Por algo el calendario cholq'ij tenía trece meses. Trece eran también las posiciones del Sol y las lunas que tenía el año. Hasta la duración del embarazo tenía el número mágico en sus cuentas mayas: trece meses de veinte días, como marcaban los katunes, y trece días más de gestación para salir del vientre materno.

— ¿A que no sabés vos cuántas articulaciones tenés en el cuerpo? —le hizo ver aquella vez Yumil en la cochera—. ¡Si hasta los voladores de Papantla dan trece vueltas sobre el tecomate!

— ¿Y entonces por qué trae mala suerte? —preguntaba Yalit con interés.

Yumil se reía y, midiendo las palabras, le intentaba explicar que aquello era una leyenda antigua que trajeron los cristianos de Europa. Según decían, le dijo la última vez que platicaron juntos, hasta crucificaron a Jesucristo un viernes 13. Trece fueron las sillas que se ocuparon en la Última Cena y hasta el capítulo más temido del Apocalipsis era, precisamente, el decimotercero.

— ¿Es en el que aparece la bestia de las siete cabezas y los diez cuernos? —preguntó Yalit fingiendo cara de miedo.

— Ese mismo, Yal. ¡Como si juntás a Che Uinic, Ek Chapat, Kakasbal y Camazotz en un solo monstruo! —dijo impostando una voz cómica de terror.

— ¡Vos, Yumil, no espantés a la niña! Dejá de contarle esas cosas, por Dios—le dijo Rosita entonces cuando escuchó que estaban hablando del Anticristo.

— Pues sí, pero haz de cuenta que en Europa —reculó entonces Yumil cuando vio la cara de Rosita— todo lo medían con el doce: desde sus tribus originarias hasta las horas, los meses... Puros doces, ¿ves?

— ¿Por eso lo del 12 de octubre? —se cuestionó Yalit en voz alta como si hubiera descubierto el hilo negro.

— No, cositía. Lo del Día de la Raza no tiene nada que ver. No sé qué te contaron en la escuela. Colón ni siquiera pasó por aquí, aunque lo de la Conquista es un tema que... —Yumil se quedó pensando en la coincidencia numérica—. Para ellos el trece es un número imperfecto. Por eso lo evitan; les da mala suerte.

— Pues yo sí pienso que dé buena suerte.

— Claro que sí, bonitía: ¡el pinche *s-oxlajune-ill* es el número más chingón de todos! —dijo en un tonto teatral que arrancó una carcajada de Yalit.

— ¡Yumil, no me hablés así delante la niña! —reprimió Rosita, como hacía siempre que escuchaba lo que para ella era una grosería.

Yalit sonrió entonces al ver la hora en el reloj de la cocina y se acordó de la historia sobre el número mágico que coronaba su tarta de tres chocolates. *Trece años*, se dijo con la extraña emoción de estar conectada a una cultura anterior a la llegada de los españoles. Aquellas historias que le contaba Yumil le encantaban y nunca entendió por qué no las enseñaban en la escuela. Y era algo que, por muchas vueltas que le diera, no conseguía entender. ¿Cómo era posible, por ejemplo, que sus compañeras de clase no conocieran la historia de los bolontikú? Como le contó tantas veces Yumil, la historia de aquellos dioses del inframundo maya habría captado mucho más interés que las tonterías que memorizaban en los libros de texto.

Rosita intentó disimular el dolor de lumbago y se levantó como si las piernas le funcionaran igual que antes; ni quería preocupar a su hija ni tampoco a su patrona, aunque Teresa le hubiera dicho que descansara el tiempo que necesitara. Aun así, Rosita no tenía aún la confianza suficiente y, como siempre hizo en las otras casas en las que estuvo desde que tuvo la edad de Yalit, no dijo nada. En cuanto llegó al fregadero, apoyó las manos en el mueble y, tragándose el suspiro, se quedó viendo por la ventana de la cocina cómo el sol iba ganando terreno a la finca.

La luz fue alumbrando el valle de Uninajab que, tras los meses de lluvia, estaba aún más colorido de lo acostumbrado. Ver aquel paisaje en las mañanas, desde la laguna de Coilá hasta el bosque de coníferas lejano, era su momento de paz del día y, aunque hubiera gente cerca, esos minutos de contemplación diaria no se los quitaba nadie. Y menos, aquel día. *Trece años ya*, pensó recordando cómo fue el nacimiento de Yalit y, sobre todo, el entierro de su *mux' uk*.

Era costumbre en Comitán y en toda la Meseta Tojolabal que, tras el nacimiento de un bebé, se enterrara el ombligo junto a las raíces del árbol familiar. Y saber cómo cortar el cordón umbilical antes de enterrarlo también era una tradición difícil de cambiar. Por algo, en la lengua tojolabal las palabras *ombligo* y *origen* son tan parecidas.

La conexión que tenía Rosita con aquel valle tenía un arraigo que iba más allá de esa tierra; no muy lejos de la finca de los Cruz estaba enterrado su mushuc. Aquella práctica mayense, que se fue perdiendo con el paso de tiempo y la mejora de la medicina, tenía una conexión con el destino del recién nacido. El de su hermano Manuel, por ejemplo, se cortó sobre una mazorca y hasta llegaron a sembrar los granos de ese elote con la que llamaban *sangre de la criatura*. El mushuc de Rosita, como marcaba la tradición, se cortó sobre una piedra de moler. Si Manuel hubiera vivido más tiempo, trabajaría en la milpa. Eso estaba claro. En su caso, y como presagió el lugar del corte, acabó trabajando en la cocina.

Por eso, Rosita armó aquel revuelvo cuando nació Yalit y decidió detener aquella costumbre intocable; para su hija quería otra vida.

El canto de un turpial le hizo sacar una sonrisa de orgullo que nadie vio. Yalit salió disparada hacia el porche para ver si aparecía aquel pájaro tan singular, pero cuando se acercó a la rama más alta del árbol, salió volando y se perdió más allá de la barda donde, meses atrás, había florecido el imponente tenocté. Teresa, que había estado observando a Rosita sin que ella se diera cuenta, se acercó y le posó la mano en la espalda.

— ¿Sabes si apareció Yumil? —le preguntó en voz baja, viendo cómo afuera Yalit echaba a volar una cometa con forma de papagayo.

— Nunca se lo perdonaré —dijo Rosita sin pestañear—. Supongo que estará bolo, como siempre. Se habrá olvidado. Este Yumil no tiene remedio. Miralo velo vos, si él supiera lo importante que es para ella...

— Los hombres son un asco —soltó de pronto Teresa—; no hacen más que enredar y darnos problemas.

A Rosita le extrañó aquel tono, pero asintió y también dudó si preguntarle o no cómo estaban las cosas con Pablo, aunque no le hizo falta. Que se hubiera ausentado tanto de la finca durante aquel mes era una señal clara de que no estaban bien entre ellos. Y además, que estaban con los trámites del divorcio era un secreto a voces.

— Parece que sí le gustó la culebrina —cambió de tema Rosita al ver cómo Yalit trataba de mantener su cometa en el aire.

— ¿Y a quién no le gusta volar un papalote? —añadió Teresa, melancólica, sin esperar respuesta.

Justo cuando dijo aquello, un viento del norte comenzó a soplar sobre la finca de los Cruz. Yalit tensó el hilo todo lo que pudo, pero fue incapaz de controlar el tirón y la cometa salió volando en la misma dirección por la que escapó antes el turpial. Tras estamparse contra la verja de la entrada, el papalote cayó desplomado hacia el lado que daba a la calle. Las dos salieron corriendo como si hubiera sido Yalit la accidentada.

Teresa llegó primero; Rosita no pudo seguirle el paso y evidenció sus dolores articulares. Yalit seguía inquieta en la puerta de la entrada con la cometa rota entre las manos. Cuando salieron, la sorpresa no fue ver que las varillas se habían partido y la tela, desgajado; sino descubrir aquella pintada: una estrella roja de cinco puntas, junto a las cuatro iniciales de unas siglas que Yalit nunca había visto. Se notaba que lo habían escrito con prisa.

— ¿Qué significa EZLN?

Teresa no supo muy bien qué decirle, más allá de que no sabía por qué habían pintado aquello en la puerta de su casa.

— Esa estrella yo sí la conozco —se contestó Yalit a sí misma.

— ¿La viste en Comitán? —preguntó Rosita en cuanto llegó y vio la pintada sobre la entrada.

— No, ma. ¡Es la del póster que tanto te gusta!

Aquel comentario provocó la risa tonta, tanto en Teresa como en Rosita quien, quitándole importancia al significado de la pintada, fue a la cochera a buscar el decapante y un cepillo para limpiarla antes de que llegara Pablo.

— ¿Y quién pintó eso? —insistió Yalit con curiosidad.

Teresa se encogió de hombros y, disimulando su temor, le dijo que no se preocupara, aunque miró a los lados para comprobar que el valle seguía igual de vacío que siempre; estaba claro que lo hicieron por la noche.

Mientras esperaban a que llegara Rosita, Teresa le dijo a Yalit que mejor se metiera en la casa, porque el viento estaba cada vez más frío.

— Yalit no sabe nada de esto, ¿verdad? —preguntó Teresa a Rosita cuando se quedaron solas.

— No, patrona. Cuando esos hombres llegaron esa vez, ella estuvo metida dentro de su cuarto —contestó rozando la pared con una espátula—. ¿Usté cree que mi Yumil tiene algo que ver con esto?

— ¿Yumil? —dijo Teresa sorprendida—. ¿Cómo crees? Esto es cosa de Pablo. Ya le dije que se metería en problemas… ¡y mira lo que ha conseguido!

— ¿Y tan mal están las cosas? —se atrevió a preguntar.

— Peor de lo que pensamos —confirmó Teresa frotando con uno de los cepillos—. Está horrible todo, sí. Mejor que cuando venga no lo vea.

—¡Híjole, pue sí que están mal las cosas! —dijo Rosita aplicando más decapante sobre la estrella a la que ya solo le quedan dos puntas.

—Este hombre nos va a traer la ruina —masculló Teresa sin darse cuenta de que Rosita lo había escuchado.

—Patrona, no se preocupe: mis labios están sellados.

32

Cuando Mayra posó los dedos sobre las teclas de la máquina de escribir, sintió como si las manos se le hubieran paralizado. Por más que intentaba pulsar las letras, las palancas de tipo no se levantaban. Liberó la carcasa del armazón y comprobó que la cinta tenía tinta suficiente. Giró el rodillo lateral y ajustó de nuevo el papel. Por última vez, se crujió el cuello, enderezó la espalda y dejó caer los dedos sobre las teclas blancas, con la precisión de una pianista experta que estuviera lista para dar un concierto estelar. Lo único que consiguió fue picotear nerviosamente la letra eñe. Al escuchar el timbre, tiró de la palanca liberadora y se dio por vencida. Sacó la hoja del carro y se quedó viendo aquella fila de virgulillas como quien busca resolver la imagen oculta de una ilusión óptica. Estaba claro que el bloqueo no estaba ni en sus manos ni en la máquina de escribir. Estuvo tentada de arrugar el papel y lanzarlo al bote de basura, pero evitó recrear el tópico de la escritora que sufre una parálisis creativa; prefirió levantarse y salir otra vez al balcón de la habitación.

La última luz de la tarde reflejaba la melancolía cromática de los techos cobrizos y el amarillo napolitano de las fachadas de una calle que ya conocía de memoria. Respiró con fuerza, en busca de una inspiración que no entendía cómo no podía llegarle. Hasta pensó que la húngara de la feria le había echado un mal de ojo; no podía encontrar una explicación a un problema que se había prolongado demasiado en el tiempo.

Al fondo, los nubarrones de los lomeríos se acercaban con lentitud hacia Comitán y hacían que el paisaje que se veía a lo lejos pareciera estar pintado por los pinceles tristes de José María Velasco. Mayra apoyó los brazos en la barandilla y, presa de una aflicción que entonces sintió invencible, se dio cuenta de que quizá se había empeñado en forzar un derrotero literario que no le correspondía. No por falta de conocimiento ni de disciplina, sino por algo más grave y que la perseguía como una pesadilla recurrente desde que empezó la época de lluvias: no tener talento.

Como si hubiera sido una señal divina que no había más remedio que aceptar, desde el día que se refugió de la lluvia y entró en la iglesia de Guadalupe, no pudo quitarse de la cabeza la idea de estar forzando algo que, por naturaleza, quizá no poseyera. La coincidencia de que escuchara, sin querer, parte del sermón de aquella mañana, tuvo mucho que ver. Como si aquel cura enclenque de mirada perdida la hubiese visto y, justo en ese momento, hubiera elegido la parábola de Mateo para que ella la escuchara. No quedó claro si, en su caso, más que por miedo, cobardía, pereza o desobediencia, pensó esa tarde, la explicación atendía a una razón tan sencilla como la de no haber recibido nunca ese don.

— Os digo que, a todo el que tiene, se le dará; pero al que no...

Mayra se dio la vuelta cuando escuchó aquellas palabras y, viendo que la iglesia estaba medio vacía, aprovechó para hacer algo que no recordaba desde que era pequeña: sentarse en una de esas bancas y escuchar. El sermón enseguida derivó hacia el tema económico: a fin de cuentas, los talentos bíblicos también eran monedas de plata. Los pocos feligreses que escuchaban asintieron cuando comprendieron la analogía con las milpas, y cómo aquel mensaje les podía ser útil para no desesperarse; y, cargados de paciencia cristiana y buenas intenciones, confiar en que, si habían trabajado bien sus cosechas, por muy pequeñas que fueran, pronto verían sus frutos. Cuando Mayra escuchó aquello y vio que la mayoría de los oyentes parecían campesinos, constató que ella pertenecía a otro mundo, pero le llamó la atención que el mensaje que se escuchaba en el púlpito no fuera reaccionario ni inquisidor, sino social y, hasta en cierto modo, esperanzador. En un acto reflejo, sacó su libreta y tomó notas, como si estuviera poseída por una idea magistral para una novela que, en su caso, no parecía tener muchas ganas de fructificar.

Una estúpida fila de eñes.

Eso era todo lo que había conseguido. Lo único que le había deparado aquel edén chiapaneco, pensaba en aquellas tardes improductivas, fue una fruta envenenada. Agradecía la tranquilidad de Chiapas, pero echaba en falta la incertidumbre y el caos de la ciudad donde, quisiera o no, siempre había alguna historia que contar, se dijo.

En cuanto cayeron las primeras gotas de lluvia, Mayra se metió en la habitación y, al ver aquella Olivetti sin estrenar, se sintió ridícula y, sobre todo, que estaba viviendo una mentira adolescente que no tenía sentido de ser. Cuando Teresa le dijo que le prestaba la máquina que ella apenas utilizaba, Mayra no supo decirle que prefería escribir a mano.

— Mejor que le des uso tú, Mayra.

Por eso, pensó que quizá fuera buena idea aceptar aquel regalo; sería una oportunidad para ponerse a escribir por fin un libro del que aún no había sacado ni una sola línea que mereciera la pena. Y eso era algo que la atormentaba; nadie lo sabía. Desde la primera vez que Teresa le preguntó por la novela y dijo que estaba en ello, Mayra mantuvo, sin saber muy bien por qué, una mentira que ya se le había ido de las manos. Hasta llegó a pensar, y de solo pensarlo le hacía sentir aún peor, que había sido un regalo maldito. La jugada, como era evidente, le salió mal y lo que pensó que le ayudaría a disciplinarse acabó siendo, reflexionó entonces, su perdición literaria. Como le decía ella muchas veces a su hermana Fernanda, aquello de que no es posible chiflar y comer pinole cobró entonces todo el sentido del mundo. Mayra se sintió estúpida por haber creído que la máquina de escribir tuviera la culpa de su bloqueo. Por eso, volvió a sentarse frente al pequeño escritorio de caoba y, balanceándose con el ruido de la lluvia que azotaba las ventanas del balcón, intentó teclear las primeras palabras de una novela que solo existía en su cabeza, pero que era incapaz de transformar en palabras.

La nueva hoja en blanco la veía cada vez más blanca y, si miraba las letras, acababa viendo el teclado como si las letras fueran figuras extrañas que tuvieran vida propia. Por eso, sacó la libreta que tenía guardada en el cajón y comenzó a escribir a mano. El lapicero tampoco obedecía sus órdenes. Era como si se hubiera olvidado de escribir. No ya un texto literario, sino el abecedario.

Una vez más, lo dio por imposible.

Cuando bajó al comedor, con la idea despejarse y salir del tramposo laberinto que ella misma se había fabricado, se encontró con el chico de la recepción.

— Ta bien fuerte la lluvia, ¿no?

— Eso parece.

— Pensé que hoy no bajaría.

— Se me fue el día, sí.

El chico la miró con una admiración que ruborizó a Mayra, pero que lo animó para continuar la plática.

— No como usté, pero ¿sabe que yo también escribo?

— No lo sabía, ¿no? —contestó Mayra—. ¿Y qué estás escribiendo?

—Historias que me contaba mi abuelita.

A Mayra le sorprendió aquella respuesta y, cuando escuchó al chico relatando con tanta emoción la relación que tenía con su abuela, sintió una mezcla inconfesable de interés y envidia, a partes iguales. Fueran o no ciertos, aquellos relatos eran dignos de ser escritos: eran interesantes, estaban maravillosamente estructurados y, sobre todo, conseguían mantener en vilo a quien los escuchara. Estaba claro que su abuelita había nacido con el don para contar historias. Y él, para mantenerlas vivas, pensó Mayra.

— ¿Pero tú no eras de Comitán?

— No, señorita —dijo y miró hacia el pasillo para ver que no había nadie—. Yo soy de Quetzaltenango.

Mayra no entendió por qué hizo aquel gesto.

— Si nunca ha ido a Guatemala, debería ir; está bien cerquita, señorita. Como le dije a su amigo español, allá tienen su casa.

Mayra agradeció al chico de la recepción, que nunca había visto tan hablador, y pensó cómo le estaría yendo a Daniel. Si las cuentas no le fallaban, ya debería estar llegando a la Argentina, después de haber vivido la experiencia con aquel amigo suyo en la Selva Lacandona. Re-

cordó la emoción con la que le contó su plan de completar la Panamericana a finales de año.

—Ushuaia…

—¿Mande?

—Nada, un lugar que acabo de recordar.

—¿Acá en Chiapas?

—No, en el Fin del Mundo.

—¡Ah Chihuahua!

—Así le dicen. El lugar más al sur del continente.

—Vaya, eso quedará muy lejos.

—Un poco, sí.

El chico volvió a mirar hacia el hueco del pasillo. Mayra reprodujo
el gesto y pensó haber entendido por qué lo hacía.

—¿Llegó Teresa?

—No, señorita. Le agarró el agua.

—¿En Uninajab?

—Así es.

—Pobre.

—Usté conoce ya la finca de los Cruz, ¿verdá?

Mayra batió la cabeza dejando claro que no la conocía, pero sin que
se notara por qué no lo había hecho aún. Entonces, se dio cuenta de
que ni siquiera sabía cómo se llamaba aquel chico.

—Bueno, lo decía porque como usté ya es como de la casa…

—Tampoco te creas.

—¿Cuántos meses lleva en el hotel?

—Buf, ya perdí la cuenta.

—Lo que decía; como de la casa —dijo sonriente—. Y cuando termi-
ne la novela, ¿se marchará?

—Esa es la idea, sí —dijo Mayra evitando mirale a los ojos.

—Nítido. Cuando se publique, acuérdese de mandarme una copia.
Me encantará leerla. Y más, si sale Comitán.

Mayra le agradeció el cumplido.

—¿Y ya tiene título, señorita?

33

La idea de montar un cuarto oscuro fue de Daniel. No tanto por capricho, sino por necesidad. La tienda de fotos más cercana estaba en Ocosingo y solo bajaban un día a la semana. Además, el problema no era que tardaran tanto tiempo en revelarlas, sino que las copias que le dieron no estaban bien positivadas. Por eso, cuando le intentó explicar al tendero lo que había pasado y vio aquella ampliadora detrás del mostrador, pensó que sería mejor comprar él mismo los materiales que necesitaba.

Transformar aquel cuartucho de la cabaña en un laboratorio fotográfico hizo que a Daniel le costara aún más tomar la decisión de seguir con su viaje. Aun así, ya les dijo que esperaría a que terminara la época de lluvias.

— Puedes quedarte el tiempo que quieras.

Daniel estaba tan entusiasmado que, desde que encendió por primera vez la luz roja, se pasó las tardes encerrado en aquel cuarto oscuro, y hasta llegó a olvidarse de su viaje. Le encantaba hacer fotos pero casi más, revelarlas. El ritual de oler el ácido acético de los químicos, prender el foco de seguridad y los baños de papel en las bandejas le hacía sentir, llegó a decirle una noche a Anna, como si estuviera en casa.

— ¿Y cuándo piensas ir?

— Pronto. Queda mucho hasta Ushuaia.

— No, me refería a España.

Daniel entonces fruncía los labios para dejar claro que no tenía una respuesta. Anna insistía en que les contara por qué no hablaba nunca de su pasado. Por mucho que persistiera, Daniel siempre dejaba claro que no tenía una gran historia que contar. Al final, generó sin querer una intriga que preocupó a Anna; no entendía a qué se debía tal silencio. Ya no era tanto que no quisiera hablar de su vida anterior cuando se le preguntaba, sino que daba la sensación de que no pudiera hacerlo.

Anna incluso llegó a pensar que fuera un fugitivo o algo peor. Jona se mondaba de risa cuando escuchaba aquello; puede que ocultara su pasado, le decía, pero no había más que ver lo mal que se desenvolvía en la Selva para constatar que no parecía alguien que hubiera matado a una mosca en su vida.

Ella, en cambio, sí le contó durante aquel mes cómo era su vida antes en Hamburgo. Por un lado, para ganarse su confianza y resolver de una vez el misterio de Daniel. No era desprecio o desinterés hacia sus raíces, que era un síntoma que Anna ya había visto en otros españoles; el caso de Daniel, pensó, tenía más que ver con algo que le pasó y que, por las razones que fuera, no podía, o tal vez, se dijo, no estaba preparado para compartir. Por otro lado, quería hacerle ver que, para poder conocer realmente a una persona, es necesario saber cuál es su origen.

Así fue como Daniel se enteró no solo de que Jona era su hermano, sino de la relación que tenía su familia con el mundo de la política alemana.

— ¿Y por qué tanto tiempo en Comitán? —le preguntó Anna avivando el fuego de la fogata que acababan de prender.

— No ha sido tanto. De todas formas —contestó Daniel sin apartar la vista del fuego—, necesitaba descansar del viaje y me pareció el sitio ideal. Es un pueblo muy pintoresco, y la gente es tan amable que...

— Sí, en México es así. Y en Chiapas, más todavía.

— ¿Y tú cuánto tiempo llevas aquí? —preguntó Daniel encendiéndose un cigarrillo con la punta caliente de una rama seca.

— Buf, diez años ya, pero tengo la sensación de que pasó una vida.

— Aquí los ritmos son otros y es como si el tiempo no siguiera una lógica. Es una locura, pero me gusta eso de vivir sin prisa —contestó Daniel—. La tierra del ahorita, ¿no?

— Y del ahoritita. Lo del ahorita desespera mucho al principio. Hasta que lo entiendes.

— No entiendo.

— Yo pensaba que era un diminutivo de ahora, pero luego me explicaron que no. Que es un tratamiento de respeto hacia al tiempo. Es tratar al tiempo con cariño, vaya. Como cuando toman su cafecito o se dirigen a su Diosito, que muy pequeño no creo que sea. Yo tengo un tiempo y tú tienes otro. Nadie puede imponer su ahora. Cuando coincidan...

— Nunca lo había visto así, y fíjate que en España también usamos ese diminutivo, ahora que lo que pienso. Así que diez años...

— Sí, poco antes de morir Buñuel.

— Es verdad, algo me dijo Jona. ¿Y cómo era?

— ¿Buñuel? Yo conocí más a Jeanne, su mujer. Era muy amiga de mi madre. Una mujer extraordinaria —Anna torció el gesto al ver cómo la altura de las llamas creció de golpe—, pero sometida por tu compatriota.

— ¿Mi compatriota? —respondió Daniel removiendo con la rama el montoncito de yesca que le había saltado a la bota—. Buñuel fue más mexicano que español.

— Nació en Teruel, ¿no?

— Sí, pero nunca volvió.

— ¿Y eso qué tiene ver?

— Bueno, quizá tengas razón —continuó Daniel pensando en la cantidad de españoles que se exiliaron a México tras la invitación de Lázaro Cárdenas—. Debió ser un pieza, eso sí.

— ¿Un pieza?

— Un sinvergüenza, aunque yo pensaba que sería un tipo más abierto, ¿no?

— Para nada. Una cosa era lo de sus películas, pero luego en su casa... Jeanne habría sido una pianista fantástica. Según me contó mi madre, nunca la dejó tocar. ¡Si hasta vendió su piano! La tenía encerrada en la cocina de la casa de Félix Cuevas. Eso sí que lo vi yo. Y, fíjate las ironías de la vida que, cuando se murió, creo que fue en julio o así, la pobre se quedó ciega. Ni un año duró.

— Vaya tela, sí. ¿Y esa historia que contaron de las cenizas? —preguntó con la vista fija en uno de los leños calientes—. Recuerdo que se habló mucho en su momento.

— Si es cierto lo que dicen de que las tienen los dominicos en Coyoacán, sería un final muy surrealista —dijo alargando mucho el adverbio.

— En el fondo, la iglesia es una institución bastante surrealista —añadió Daniel con una mueca despectiva—. A esta gente no hay quien la entienda.

— Al menos, en Chiapas son los únicos que apoyan a los indígenas.

— Bueno, y ahora la guerrilla. Está ocurriendo lo mismo que pasó en Nicaragua, ¿no?

— Qué va. Nada que ver. A los zapatistas no los controla nadie. Y menos, la iglesia. Aquí nada es lo que parece, como habrás podido comprobar —le dijo Anna calentándose las manos en el fuego.

— Cuando estuve en Cuernavaca me di cuenta.

— ¿Y eso?

— Había leído a Lowry y, cuando pasé por Morelos, busqué el volcán y descubrí que desde Cuernavaca no se ve el Popocatépetl desde ningún sitio.

— La ficción es lo que tiene.

Daniel lanzó una piña a la hoguera y, al escuchar el crepitar melancólico del fuego, se quedó en silencio viendo cómo las llamas se arremolinaban en el centro de la hoguera. Anna lo miró entre la cortina de humo que los separaba. Cuando la vio, Daniel se mordió la comisura de los labios y, tras un suspiro de resignación, decidió contarle por qué no quería hablar de su pasado.

Cuando terminó su confesión, Anna le agarró la mano y, con una mirada amiga, le dio las gracias por haber compartido su historia.

— ¿Ves? Tampoco ha sido para tanto. ¿Y no has vuelto a saber de ella?

Daniel se rascó la barba y, con algo de vergüenza, le confesó que era la primera vez que lo hablaba con alguien desde que empezó su viaje.

— ¿Ni con la escritora esa que conociste en Comitán?

Daniel negó con la cabeza y buscó con la mirada a Anna, con la complicidad de quien busca la confirmación de que su secreto no será revelado. Cuando Anna soltó el primer puñado de tierra para apagar el fuego, Daniel sintió cómo la presión que le había estado oprimiendo el pecho, desde que comenzó su viaje en Alaska, se liberó de golpe, al tiempo que se esfumaban las llamas de la fogata.

Desde aquella noche, la relación con Anna fue diferente, aunque quedó un muro infranqueable entre ellos que ninguno de los dos supo por qué estaba allí ni cómo se derribaba. Fue algo extraño. Tanto así que, cuando llegó Jona al campamento con los víveres, le preguntó a su hermana si todo estaba bien. Anna le dijo que no se preocupara y, aunque tuvo la tentación de contarle lo que sabía, pudo más la lealtad y la confusa atracción que sentía hacia él. A fin de cuentas, ni tenía una orden de captura ni había matado a nadie, se contestó Anna con una sonrisa amortiguada que despistó aún más a Jona cuando le preguntó por Daniel. Lo que tenía claro, y no le hizo mucha gracia, aunque no dijo nada, es que algo había pasado entre los dos y era justo lo que quiso evitar desde el primer día.

— Jona, no es lo que piensas.

— Si tú lo dices...

Mientras, ajeno a todo lo que pasaba más allá de las paredes del cuarto oscuro, Daniel aprovechó esos días para revelar todos los carretes que había acumulado durante la semana. Con el último rollo fue más despacio de lo habitual. Giró el fuelle de la ampliadora con la precisión de un ladrón que estuviera manipulando la rueda de combinación de una caja fuerte. Ajustó el papel en el marginador y, tras el breve fogonazo de luz, sumergió la fotografía en la bandeja del revelado. Al ver cómo se dibujaba sola la imagen, agitó la copia húmeda y, con una lentitud pensada, la hundió en el baño de paro con la precisión de un entomólogo.

Cuando vio la foto de aquel tapir en blanco y negro, comprobó si merecía la pena; el encuadre no era el mejor, pero había algo extraño en aquel animal. Corría despavorido entre los cedros con la trompa del hocico algo desenfocada, como si desafiara la línea del tiempo; parecía venir de otro mundo. Daniel se quedó mirando la foto y sintió, por primera vez desde que aceptó la invitación de Jona, que él también estaba perdido y fuera de lugar.

Aún faltaba mucho camino hasta Ushuaia, se dijo, y no había nada que le impidiera dejar el campamento y continuar su viaje. Había llegado el momento, pensó, de pasar página.

34

La noche en la que Cuauhtémoc se volvió a encontrar a Yumil fue bastante extraña. Hacía semanas que no sabía nada de él. Aunque ya estuviera acostumbrado a sus desapariciones etílicas, aquella vez se asustó de veras; nunca había pasado tanto tiempo sin dar señales de vida. Cuando lo vio, con la ropa mugrienta y un olor a cantina persistente, lo tuvo que mirar varias veces para comprobar que era Yumil aquel viejo borracho quien, en ese momento, increpaba con el dedo trémulo al tronco de la enorme ceiba.

— ¡Me vale guango!

Ese fue el grito que se escuchaba en el Parque de la Corregidora como un disco rayado. Por suerte, Cuauhtémoc pasaba justo por allí a esas horas y pudo convencer a los vecinos de que no hacía falta llamar a la policía; él se haría cargo.

— ¿Y quién se acordó de vos, heroína? ¡Hayjuela, pero si ni esa cabeza es la tuya! Ni el *ya'axche* lo sabe, ¿verdá? —se quejó con lástima ante el busto solitario de piedra de Josefina García.

Yumil se resistió como un niño rabioso que no quiere atender a las indicaciones adultas, pero Cuauhtémoc, como tantas otras veces, consiguió razonar con él. Al final, aceptó el hombro y la invitación. Cuando le pasó el brazo para ayudarle a caminar, Cuauhtémoc se dio cuenta de que tenía la camisa rota y varias manchas de sangre.

— ¿Qué pasó, compadre?

Yumil lo miraba con la intención de saber quién era su nuevo interlocutor. Pestañeó varias veces y llegó a balbucear algunas palabras, pero no se entendió bien lo que quiso decir. Con un aspaviento involuntario, aceptó la ayuda y se puso en marcha, aprovechando los troncos de los cipreses del camino para tomar fuerza. A medida que avanzaba, utilizó también la verja y luego el árbol de nambimbo como muletas improvisadas. Hasta tras pasar bajo la jacaranda de la esquina, se paró y terminó sus saludos a la vegetación del parque, como si estuviera despidiéndose de viejas amistades.

— Benjamina —dijo estrechando la mano hacia la rama inestable del falso laurel.

Cuando se vio las heridas del antebrazo, se apoyó en los hombros de Cuauhtémoc. Se quedó un rato en silencio, como si intentara recordar lo que había pasado. Lo único que llegó a hacer fue frotarse la piel con los dedos sucios, como si así fuera a borrar los arañazos, y fruncir los labios ante la mirada amiga, para dejar claro que no tenía ni idea de qué le había pasado.

No fue fácil arrastrarlo hasta el portal, y mucho menos subir con él por las escaleras. Aun así, Yumil puso de su parte; dejó en paz el mobiliario urbano y no volvió a abrir la boca hasta que llegó la casa.

Al entrar, reconoció el salón de la casa y, con esfuerzo, se tiró en el sofá como si fuera él mismo un costal de café en grano. Mientras Cuauhtémoc preparaba un atole de manzana y canela, intentó convencerlo, sin éxito, de que se diera un baño. Yumil hizo lo posible por seguir despierto, pero no hubo manera; durmió del tirón hasta la mañana siguiente.

Cuando se despertó y vio al doctor colocándose el estetoscopio en las orejas, sintió una quemazón en el pecho que no tenía nada que ver con la resaca. El doctor lo auscultó en silencio e, intentando disimular su cara de preocupación, le aclaró que todo estaba bien. Que solo necesitaba reposo y que se le bajara la cruda, le dijo. Aun así, no había más que ver a Yumil para saber que aquello era algo más que una simple resaca.

Cuauhtémoc acompañó al doctor a la salida y, tras hablar con él unos minutos en el rellano de la escalera, volvió a entrar con un rictus en la cara que preocupó a Yumil.

— ¿Y bien?

— Tiene que bajarte la temperatura, compadre.

Yumil le agarró con fuerza el brazo y le suplicó que no lo dejara solo.

— No me encuentro bien, Cuauh.

— Yo ahorita tengo chamba, pero regreso pronto. Según el doctor, solo necesitas descanso.

— ¡Qué sabrá ese matasanos! Mal de caramonía te dijo, ¿verdá? —preguntó torciendo la boca.

— Algo enflatado sí que te estás, pero no creo que piense que te lo estés inventando; es evidente que no estás bien. Tú descansa y verás cómo mañana estás mejor.

— ¿Por qué nunca ocupas el vos, Cuauh?

— ¿Y a qué viene ese pregunta? Yo no soy comiteco, compadre —respondió con una sonrisa amiga.

— Con el tiempo que llevás aquí... ¡Ni tojolabal aprendiste!

— Pero si ni apodo tengo —dijo en broma haciendo referencia a la costumbre comiteca de ponerse motes entre ellos—. ¿Quieres que llame a Rosita?

— No, ¿cómo crees? —respondió apenado—. No quiero que me vea así.

— Aviso a María, pues.

— Menos todavía.

Los ojos de Yumil lucharon por mantenerse abiertos e intentaron reprimir, sin éxito, unas lágrimas calientes que salpicaron los cojines del sofá.

— ¿Pero qué pasó, compadre?

Con una mano temblorosa, Yumil se metió la mano en el bolsillo y sacó una cadena plateada de la que colgaba una medalla circular. Cuauhtémoc se puso los lentes y la miró con interés y, sin saber muy bien por qué se la estaba enseñando, le quitó el polvo con un dedo y vio la imagen de lo que parecía un dios maya.

— Es Hunahpú —le aclaró Yumil mientras se incorporaba del sofá—. El gemelo de Ixbalanqué.

Cuauhtémoc asintió, aún sin entender por qué le estaba dando aquella cadena.

— Vos conocés la leyenda, ¿verdá?

— Son los que resucitaron, ¿no?

Yumil le recordó cómo aquellos hermanos mitológicos, gracias a su ingenio y a un par de cerbatanas, consiguieron vencer a los dioses del Xibalbá en el juego de pelota. Cuauhtémoc escuchó con atención, aunque sin saber muy bien adónde quería llegar con esa historia o si Yumil estaba delirando, ya que su discurso era extraño, como quien apalabra en broma sus últimas voluntades por el exceso de alcohol. Por eso, no le dio más importancia en aquel momento. Solo abrió los ojos y esperó que le aclarara a qué venía tanto misterio. Yumil le agarró de la mano y, cerrándole el puño, le explicó de quién era aquella cadena plateada.

— ¡No puede ser!

— Sí, pue.

— ¡Ah, chingá!

35

El comisario Ramos terminó de comer su tamal y, aunque se frotó la boca varias veces con la mano, se le quedó un pegote de maíz colgado en la punta derecha del bigote. Carmen no se dio cuenta; estaba sentada a su izquierda. Por eso, cuando giró la silla y le terminó de explicar lo que había ocurrido con el inspector Hernández, pensó que ya era tarde para decirle que se limpiara. Tampoco tenía claro, de todas formas, cómo se lo tomaría. No dijo nada e intentó desviar la mirada, aunque no fue fácil.

— ¿Me estás escuchando?

Carmen asintió e insistió en que le dejara seguir con el caso de Moisés. Le explicó su teoría y por qué estaba convencida de que era imposible que hubiera cruzado las Cañadas sin ayuda.

— No veo la relación; eso son pleitos de indios.

— No todos son indígenas, señor —contestó molesta por el tono del comisario.

— Razón de más—comentó sacando el último trozo de tamal de la hoja de plátano—. ¿Pero eso qué tiene que ver con el chico de la marimba?

— Todavía no lo sé, pero es lo que quiero averiguar.

— Ya pasó mucho tiempo, Carmen. Además, ¿a qué tanto interés por encontrar a ese chavo?

— Es nuestro trabajo, comisario —contestó Carmen y, al ver su reacción, midió mejor sus palabras—. No estoy diciendo que no lo hagamos bien, pero le prometí a esa familia que haría todo lo que estuviera en mis manos.

— Carmen, la única promesa que se te pidió fue en tu acto de jura. Cuidado con prometer cosas que no podás cumplir —dijo lanzando la hoja de plátano al bote de basura—. ¿Vos de qué promoción sos?

— Del 89, señor.

— Llevás... — dijo haciendo las cuentas mentales— cuatro años en el cuerpo.

— Es correcto, señor.

— Tiempo suficiente para saber cómo funcionan las cosas aquí, ¿verdá?

Carmen entendió que no había mucho más que hablar. Se levantó de la silla y, con una sonrisa falsa, salió del despacho. Cuando llegó a su escritorio, cerró la carpeta amarilla y la guardó en el archivador. No le entraba en la cabeza que el comisario quisiera dar por cerrada la búsqueda de Moisés. Aun así, entendía que sin avances era muy difícil poder continuar, pero cada vez soportaba menos el desprecio y la indiferencia del comisario ante aquel caso. Por eso, la visita de Cuauhtémoc de aquella mañana fue providencial. Cuando se presentó y le dijo de parte de quién venía, Carmen cambió el gesto y le propuso salir de la comisaría para poder hablar con más tranquilidad. Cuauhtémoc lo agradeció; no le hacía ninguna gracia estar en aquella oficina.

— El padre Unai me dijo que podía hablar contigo.

Carmen lo tranquilizó y, aún sin saber muy bien por qué había acudido a ella, le propuso ir a desayunar al Parque Central.

— ¿La Esquina te va bien?

— Sí, ¿cómo no?

De camino a la cafetería, Cuauhtémoc no abrió la boca y, no porque tuviera algo que esconder, sino porque la timidez y el estar paseando codo a codo con una policía le resultaba extraño y, en cierto modo, vergonzoso; no era habitual verlo por el centro de Comitán a esas horas, y mucho menos, en compañía de una agente de la autoridad.

Cuando entraron, Carmen le indicó con la mirada que fueran directos a una de las mesas del fondo. Mientras esperaban el pedido, Cuauhtémoc se aplastó el bigote con los dedos, sin saber por dónde empezar. Intentó detener el carrusel de imágenes que, sin saber cómo parar, se le fueron pasando por la cabeza mientras la observaba. Había algo en ella, en su mirada, en su forma de moverse y hasta en el timbre melodioso de su voz que hacía resonar en su memoria unos recuerdos familiares que creía haber olvidado.

Carmen se quedó esperando y, al levantar la vista para hacer tiempo y dejar que Cuauhtémoc volviera a su presente, le llamó la atención el enorme retrato de Belisario Domínguez que había colgado en el centro de la pared, junto a un reloj que parecía no dar muy bien las horas. Sobre todo, se fijó en el mostacho peludo de puntas imperiales con el que habían retratado al médico liberal de Comitán. Carmen sonrió para sí, al darse cuenta de que, si Belisario no tuviera bigote, se vería mucho más joven y atractivo.

—¿Y cómo van las cosas en la talabartería? —arrancó Carmen la plática ante el silencio de Cuauhtémoc.

—Ahí vamos —dijo rascándose la cabeza—, aunque este año se está haciendo todo muy cuesta arriba. Y mira que empezó bien, pero…

—¿Y eso? —preguntó dando un sorbo a su café.

—Casi no tengo pedidos… Hay hasta quien dice que nuestro oficio desaparecerá —añadió recordando las palabras del viejo Flavio—, y quizá tenga razón.

—No creo; se adaptará a los nuevos tiempos. Mi abuelo fue sereno toda su vida y, al final, no le quedó de otra y tuvo que reinventarse. Antes de ayudar a mi tía Lolita en la tienda de telas, que es lo que hizo hasta que el pobrecito murió, hizo de todo. Hasta fue globero durante un tiempo.

—Órale, pues si tiene mérito, sí; cuando uno llega a cierta edad… ¿Y fue sereno aquí en Comitán?

—No, en Las Margaritas. Y más que vigilar las colonias o cargar las llaves, lo que le gustaba era prender las farolas. Ahí lo tenías todas las noches con aquella escalera… —Carmen alargó el silencio más de la cuenta, como hizo Cuauhtémoc al entrar—. El caso es que, cuando llegó el alumbrado público, nos alegramos todos, aunque los serenos se fueron apagando y, hoy en día, ya casi no nos acordamos de ellos, ¿verdá?

—Pues sí —concluyó Cuauhtémoc al ver que el mesero traía la bandeja con los jugos, la fruta y los dos platos de huevos del desayuno.

— ¿Motuleños eran para usté?

— No, para la señorita. Los míos son los rancheros.

Cuauhtémoc agarró una tortilla y exprimió el jugo de un limón. La saló y, dándole la forma de un canutillo en la mano como si estuviera armando un cigarro, se la llevó a la boca. Carmen lo miró en silencio y recordó que su abuelo hacía exactamente lo mismo.

— ¿Así que el padre Unai te habló de mí?

Carmen, que estaba bebiendo su jugo de guayaba, afirmó doblando varias veces el índice de la mano que tenía libre.

— Hemos tenido nuestros más y nuestros menos, pero es buena gente, sí —continuó pinchando los huevos revueltos con el tenedor—. Apoyó mucho a los Guillén durante los primeros meses y, gracias a él, como ya sabrás, armamos lo de la brigada en San Sebastián.

— Estuve al tanto, sí —le confirmó María con la boca llena.

— El caso es que me dijo que, si encontrábamos algo y él no estaba en Comitán, habláramos contigo.

— ¿Apareció el chico?

— No, que más quisiera.

Carmen dudó si contarle o no lo que sabía, pero sintió que podía confiar en él. Salvo lo que había sucedido con el inspector Hernández, que era un tema interno muy delicado, le explicó en qué punto estaba la investigación.

— ¿Dan por cerrado el caso? —preguntó Cuauhtémoc con preocupación cuando terminó de escuchar a Carmen.

— Me temo que sí —dijo con resignación—, pero ya sabés cómo son las cosas aquí.

Cuauhtémoc asintió, aunque no entendió bien a qué se refería.

— ¿Y qué es lo que encontraron? —se anticipó Carmen al ver que Cuauhtémoc se llevaba la mano al bolsillo del saco.

— Esto —le contestó entregándole la cadena que le había dado Yumil.

Carmen dejó el tenedor sobre el plato y, secándose las manos con la servilleta, sujetó la cadena de plata con mucho cuidado. Al darle la vuelta, la imagen de Hunahpú brilló como si tuviera luz propia. Le preguntó, sin dejar de mirar la medalla, si sabía dónde la habían encontrado.

—Pues ese es el problema. Yumil no se acuerda bien, pero no debió ser muy lejos de Tierra Nueva. En el camino de vuelta, dice.

— ¿Llegó caminando solo hasta Comitán?

— Eso dice, sí. Es verdá que no sabe cómo lo hizo. No estaba en las mejores condiciones, pero... Alguien le daría un aventón, aunque yo ya no sé qué pensar. Quién sabe.

— ¿Y están seguros de que esta cadena es de Moisés?

— Se la regaló él mismo, sí.

— No sabía —dijo intentando hacer memoria— ¿Y ya avistaste a María?

Cuauhtémoc negó con la cabeza y le explicó a Carmen por qué aún no había hablado con ella. Con tantos bloqueos en las carreteras, pensó que sería mejor pedirle ayuda a ella; siendo policía y amiga del padre Unai, sería mucho más fácil pasar los controles. Lo que no contaba era con que quisieran cerrar el caso. Carmen le pidió tiempo para organizar el plan, ya que aún tenía que ver la manera de preparar la búsqueda aunque, si fuera necesario, y cuando dijo esto lo dijo muy convencida, a pesar de que bajó mucho la voz, lo harían por su cuenta. Aun así, le dejó claro que, antes de nada, necesitaba hablar con Yumil para hacerle unas preguntas.

Cuauhtémoc volvió a rascarse la cabeza y le explicó que quizá no era una buena idea.

— ¿Y eso por qué?

— Yumil ahorita está... ¿Cómo decirlo?

En ese momento, el mesero se acercó con la jarra de café y, mientras rellenaba la taza de Carmen, se quedó mirando a Cuauhtémoc como si lo conociera de antes.

— ¿Vos sos Cuauhtémoc Torres? —interrumpió.

— El mismo, sí —contestó dando un sorbo largo de café—. ¿Nos conocemos?

— Soy el sobrino de don Flavio.

— Vaya, no sabía. ¿Y cómo está el viejo?

— Pues hace un buen que no le veo. Mis tíos se fueron a vivir a Uninajab pero, vamos, vos sabés cómo es de enojón. Ahí sigue gruñendo como un perro solitario. Tío Flavio no tiene remedio; siempre andá muy gutz. Ese mi tío se nos achicopaló y... pero qué te cuento ya que vos no sabrás —añadió vaciando la cafetera de goteo en su taza—. Así que las meras manos de México desayunado en La Esquina. ¡Híjole!, quién lo iba a decir, ¿eh?

Cuauhtémoc se sonrojó y le quitó importancia.

— Hace ya mucho tiempo de eso, pero...

Carmen le advirtió con la mirada que se limpiara la comisura de los labios. Cuauhtémoc no entendió la señal, hasta que vio cómo ella misma fingió limpiarse la boca. Comprendió el aviso de su compañera de mesa y le respondió con un gesto cómplice. Tras una broma policial que no hizo mucha gracia, el mesero siguió contándole los últimos chismes de su tío que, según decía, llevaba más de tres meses sin hablar con nadie encerrado en el rancho familiar. Cuauhtémoc alcanzó una servilleta y se quitó la salsa roja del bigote.

— Entonces —le dijo a Carmen cuando el mesero se hubo retirado de la mesa—, ¿cuál es el plan?

— Pues ir a Tierra Nueva y preguntar, ¿no?

36

No hizo falta escuchar el repicar de las campanas para saber que estaba a punto de amanecer. Poco antes de las siete, un sol vaporoso, colosal y alimonado comenzó a alumbrar las avenidas lenta y suavemente, como si las fuera despertando con su luz gradual. Cuando la alborada alcanzó la Plaza de la Corregidora, las estatuas del parque fueron recibiendo el baño de rayos templados de la mañana. El coro de mirlos, zorzales y petirrojos coparon los árboles centrales. Aquel cántico sonó como si estuviera guiado por la mano alzada de Fray Matías de Córdova que, salpicada de luz solar, le daba a la escultura un aire de director de orquesta sinfónica.

Cuauhtémoc convirtió su mano en una visera improvisada y observó en silencio cómo las calles, en su empuje rotatorio de cada día, fueron descubriendo tras el templo la media circunferencia de un sol gigante que calentó el asfalto frío de las calles de San Sebastián. La canastera de los chinculguajes, que estaba sentada como si nunca se hubiera ido de su esquina, le dio los buenos días en tojolabal. Cuauhtémoc le devolvió una sonrisa alegre que la desconcertó aún más y siguió su camino hacia la casa de los Guillén. Cuando llegó al portón café, se encontró con Balam quien, justo en ese momento, estaba saliendo con la mochila a cuestas.

— ¿Qué hongo, padrino?

Cuauhtémoc lo saludó con cariño y sopesó si decirle lo que había ocurrido, aunque pensó que no era el momento; estaba claro que iba con prisa y mejor sería, dedujo, hablar primero con Juan.

— ¿Tu papá salió ya?

— Siempre se va antes que yo.

— ¿Y las clases?

— Todo chido, Cuauh —mintió para no preocuparlo y se ajustó la mochila donde brillaba el escudo del Fútbol Club Barcelona—. ¡Me apuro que llego tarde!

Balam salió disparado como una flecha hacia la esquina donde, justo en ese momento, el autobús escolar dio un frenazo. Con un bufido estridente, abrió la puerta amarilla delantera a la altura de donde estaba. Al subir, se dio la vuelta y saludó a Cuauhtémoc, que seguía parado en la entrada de la casa esperando a que se fuera.

Dudó si llamar o no, ya que el portón se quedó abierto pero, guiado por el olor dulce del café de olla, Cuauhtémoc decidió entrar e ir directo hasta la cocina. María se asustó al verlo; a esas horas, no esperaba a nadie en la casa.

— ¡Me espantaste, Cuauh! ¿Querés café? —le ofreció rellenando un tarrito negro de peltre.

Cuauhtémoc asintió y pensó cómo decirle lo que había pasado. Le preocupaba cómo se lo tomaría, aunque pronto salió de dudas; María se dio cuenta de que le quería contar algo.

— Cuauh, que nos conocemos de hace mucho.

— Pues verás... —dijo dudando entre si sacar la cadena antes o después de darle la noticia —, antier apareció Yumil.

— Ay, Jesús. Este hombre un día nos va a dar un disgusto. Menos mal que vos ya no echas trago.

Cuauhtémoc tragó saliva y, bajando la mirada, le explicó que Yumil había encontrado la cadena de plata de Moisés. María se quedó parada sin saber qué decir. Pestañeó varias veces para comprobar que lo que estaba viendo era real y, a la vez, detener las lágrimas, pero fue imposible. Cuauhtémoc le enseñó la cadena y María la apretó con fuerza en el puño. Se la llevó al pecho y se quedó unos minutos reprimiendo el llanto sin que Cuauhtémoc supiera qué hacer o qué decirle.

— ¿Tierra Nueva? —preguntó María extrañada tras haber escuchado a Cuauhtémoc.

— Sí, eso mismo pensé yo.

— ¿Entonces Yumil lo vio? ¿Está bien? ¡Ay, mi Cuauh!

A María le cambió el gesto de la cara cuando supo que lo único que apareció fue aquella cadenita, y que Yumil ni siquiera fue capaz de recordar dónde la encontró ni cómo llegó a sus manos.

— Lo sé, María —dijo al ver su reacción—. Por ir, no perdemos nada. Está claro que Moisés pasó por allí.

— Habrá que avisar al padre Unai.

— Ahorita no está —respondió con rapidez—, pero me dijo que, si pasaba cualquier cosa, hablara con Carmen.

— ¿Y diay?

— Pues eso hice. Mañana vendrá a buscarnos. A primera hora, me dijo.

— ¿Mañana?

— Al ser sábado podrán venir todos, ¿no?

— Vos te encargás de convencer a Juanito —le aclaró María—. Desde lo de su hermano Ricardo, no ha vuelto a pasar por Tierra Nueva y... Bueno, que ya sabés cómo están las cosas y no me gustaría que....

— María, tranquila —le cortó Cuauhtémoc—. Eso pasó hace mucho tiempo y, en cuanto le demos la noticia, él será el primero en querer ir.

— Ay, yo sabía que mi coshito estaba bien, ¿ves? ¡Siempre lo supe! —exclamó con un tono esperanzador que contagió los ánimos de Cuauhtémoc.

— Me voy al centro a avisar a Juan, ¿te parece? —le propuso dando un último sorbo al café.

— Claro, Cuauh. Y me dices que te dice, ¿va?

— ¡Órale!

Cuauhtémoc volvió a salir a la calle y se encaminó hacia el Parque Central. Hacía tiempo que no pasaba por allí y, al cruzar entre los limpiabotas del paseo, bajo las sombras frescas de los laureles, recordó cómo era aquella plaza cuando llegó de Colotlán. Justo cuando demolieron el viejo muro que separaba el parque de la fachada del templo de Santo Domingo. *La manzana de la discordia*, se dijo con un tono nostálgico, mientras recordaba las antiguas talabarterías de don Primitivo y don

Amador, la perfumería de Carmelita, la tienda de telas de los hermanos Salas, la joyería de don Carlos, la primera Proveedora Cultural de don Ramiro, el supermercado *Nueve estrellas* de don Límbano y, sobre todo, la vieja tlapalería que regentaba entonces Yumil y de la que, según decían, tenía las mejores pinturas de Comitán.

Todo aquello ya no estaba y, aunque el Parque Central tenía más espacio y se veía todo tan arreglado, el ambiente seguía siendo el mismo de aquel pueblito que lo recibió con los brazos abiertos en el 75. Y no era para menos, porque el nuevo talabartero de entonces se convertiría, durante aquellos años y ante la sorpresa de don Flavio, en las mismísimas *Manos de México*.

— ¿Te acuerdas, Cuauh? —se dijo a sí mismo.

— Era otra época, sí —se contestó en voz alta subiendo las gradas de piedra de la Casa de la Cultura.

— Licenciado, cuánto tiempo —le saludó el conserje con ímpetu adolescente—. Pensé que ya se había olvidado de nosotros. ¡Pásele, pásele!

Cuauhtémoc fue directo al patio central de aquel majestuoso convento dominico que, recordó mientras se dirigía hacia donde se escuchaban de fondo las marimbas, pasó de ser cuartel general durante los años de la Revolución a colegio de Secundaria y Preparatoria, antes de convertirse en lo que era entonces: el primer Centro Cultural de Comitán.

La puerta del salón estaba abierta, pero Juan no se percató de que tenía visita. Uno de los alumnos, amigo de los Guillén, alzó su baqueta en dirección a la puerta para avisarle de que había alguien afuera. Juan se dio la vuelta, torció el gesto al ver a Cuauhtémoc y le pidió al grupo que siguiera ensayando las melodías más agudas del pícolo y el tiple de la canción *Camino a San Cristóbal* que, justo en ese momento, estaban practicando.

— ¿Todo bien, Cuauh?

— Sí, Juanito. Traigo buenas noticias.

Juan abrió los ojos en espera de escuchar lo que, en ese momento, le pareció posible. Cuauhtémoc le contó por encima lo que había sucedido con Yumil y su conversación del día anterior con la policía.

— ¿Entonces lo vio? —repitió la misma pregunta que María le hizo horas antes.

— Mañana saldremos de dudas, así que...

— A ver cómo se lo toma María.

— Ya lo sabe, Juan —le aclaró Cuauhtémoc y, sin saber muy bien por qué, no le dijo que fue él mismo quien se lo había dicho.

— ¿Y dónde dices que encontró la cadena? —preguntó con emoción contenida.

— Pues de eso quería hablarte, Juanito.

— ¿Y eso?

— Pues, verás...

37

Convencer a Daniel para que se quedara más tiempo en el campamento no fue muy difícil. Cuando Jona le explicó que, como cada año, ayudarían a los campesinos de la zona con la cosecha de sus milpas, no quiso desaprovechar la oportunidad de ver con sus propios ojos cómo lo hacían. A pesar de las primeras dudas que tuvo, ya que jamás había trabajado en el campo, en cuanto dejaron la Selva y llegaron a Tierra Nueva, entendió que, más que maña o conocimientos de agricultura, eran manos lo que se necesitaba.

Cuando llegaron a la entrada del ejido y vio las dos camionetas que los esperaban, supo que sería un día largo. La milpa no llegaba a las diez hectáreas, una extensión que era razonable para la cosecha manual, aunque a ojos de Daniel aquello era un terreno infinito.

—Haz de cuenta que son más de veinte campos de fut.

La parte más extensa estaba repleta de plantas de maíz que teñían el terreno de un color pardo que le recordó vagamente a los campos de trigo de la Vía de la Plata que veía tantas veces en verano, camino de Salamanca. Observó con curiosidad el contraste con las zonas verdes del fondo donde, como luego supo, se habían sembrado jícamas, calabazas y hasta ibis y espelones que, según escuchó, eran los frijoles yucatecos más codiciados de la Meseta Tojolabal; los traían cada año directamente de Mérida.

Mientras se acercaban al lugar de la milpa que les habían designado, dejó de hacer fotos y escuchó con atención las indicaciones de uno de los campesinos que le explicó en qué consistía la llamada pisca del maíz que tendría lugar aquella mañana.

—En la primera luna llena del mes es cuando levantamos la cosecha y se guardan las mazorcas en los sincolotes.

Daniel arqueó las cejas para dejar claro que no había entendido la última parte, aunque suponía que alguna relación tendrían con los olotes.

—Cestos de carrizo grandotes donde guardamos el maíz —le aclaró el campesino.

—Ah, ya sé. ¿Y no tienen graneros?

—Sí, tenemos un troje. Y en algunas milpas tienen cuexcomates, pero no hay muchos por esta zona.

—¿Cuexcomates?

—Graneros de paja.

—Protegían la cosecha de gorgojos y palomillas —le aclaró Jona—, pero ahora ya lo rocían todo con cal, que es más rápido y práctico.

—Y tóxico —añadió Anna—. Lo bueno es que, como ahora la humedad de los granos es tan bajita, apenas hay hongos.

—Es bien fácil —interrumpió al campesino mientras se adentraban en la milpa—. Agarrá un tu piscador —dijo dándole a Daniel un punzón metálico— rasgás la cáscara, quitás las hojas, sacás la mazorca y la aventás en el guangoche —le indicó señalando una tela blanca que estaba tirada en el suelo.

—No parece difícil, no.

—También podés hacerlo a manta cargada —añadió viendo la altura que tenía—. Si querés un tu costalito...

Daniel se remangó la camisa y, colocándose el sombrero de paja que le había prestado Jona, contempló la enorme hilera mostaza de tallos de maíz de casi dos metros de altura. Se echó un costal vacío a la espalda y comenzó a liberar las mazorcas como si no fuera la primera vez que lo hacía, aunque con una extraña sensación de sentir tanto calor en pleno mes de noviembre.

A los pocos minutos, el grito de un niño desde el centro de la milpa hizo que todos se detuvieran. Pareció haber encontrado algo. El campesino que estuvo con ellos fue corriendo a su encuentro y, ante la sorpresa de Daniel, que no sabía qué estaba pasando, gritó a viva voz que su hijo había localizado la cruz de madera. Jona le explicó que era la señal que se había colocado en secreto durante la siembra y convertía, al que la encontrara durante la cosecha, en el nuevo padrino de la milpa.

— ¿La iglesia también se hizo con la milpa? —preguntó cuando se quedaron solos.

Jona sonrió y le explicó que la mayoría eran cristianos, aunque justo esa cruz representaba para ellos a Yaxché, que era la ceiba que marcaba los puntos cardinales y les conectaba con el otro mundo.

— ¿Me estás diciendo que cuando llegó Cortés y compañía ya había cruces en México?

—Exacto —dijo Anna que había estado escuchándolos en silencio—. Por eso, para los mayas fue tan fácil mezclar sus creencias con las cristianas y engañar a tus antepasados.

— Más bien sus antepasados; los míos no viajaron mucho —aclaró Daniel—. Pero sí, entiendo lo que dices.

—Lo que sea —dijo Anna entre los tallos de maíz gigantes—, pero donde unos veían un crucifijo, otros veían a su ceiba sagrada.

— ¿Como el árbol de la vida?

— Algo así —dijo Anna—. Y eso que no has visto la ceremonia que hacen después.

— ¿Qué ceremonia? —contestó Daniel con un interés cada vez mayor.

— La comida de la milpa. El *jaanlil kool* le llaman. Es una maravilla. Lo hacen luego de regreso al ejido, cuando termina la cosecha. El año pasado nos invitaron, así que... —le adelantó Anna cortando con destreza las hojas del maíz que se iba encontrando a su paso.

Daniel asintió feliz y siguió llenando su costal de mazorcas, mientras escuchaba las historias de aquel ejido. Los milperos organizaban a la vuelta de la cosecha un ritual de agradecimiento en donde había ofrendas de comida, brindaban con balché, había bailes tradicionales y, según le contó Anna, hasta plegarias a los que llamaban señores de los montes.

— ¿Pero todavía creen en Cintéotl? —preguntó Daniel con curiosidad e intentando demostrar que sabía quién era el dios del maíz.

—Ese es de los aztecas —le corrigió Anna—. El de los mayas se llama Nal. Y sí: claro que creen en él. Para ellos la milpa es sagrada. Por eso piden permiso a la Tierra y a los dioses antes de tocarla.

—Tú piensa que para ellos hasta el maíz —dijo Jona observando una mazorca inmensa que levantó con la mano— tiene su propia alma. El *ch'ulel* se llama. ¿Puedes creerlo?

Daniel se quedó pensando; le costaba creer que realmente siguieran creyendo en aquellos dioses prehispánicos, aunque le fascinaba que hubieran podido combinar aquellas creencias con las cristianas.

— Cambia trigo por maíz y verás que es lo mismo —añadió Jona en referencia al pan de la comunión cristiana —. Además, mucho más antigua es la Biblia y aún la siguen leyendo más de mil millones de personas en el mundo, ¿no?

Daniel asintió y, mientras seguía arrancando las mazorcas que encontraba a su paso, trató de imaginarse cómo sería la ceremonia de la milpa y si tendría que ver con las ceremonias de peyote de Nayarit, de las que tanto oyó hablar, o las de ayahuasca de Oaxaca, aunque dedujo que, si eran fiestas familiares, no habría ningún alucinógeno de por medio. De todas formas, tendría que esperar; aún quedaban muchas horas por delante.

A pocos kilómetros de la milpa donde las familias seguían levantando la cosecha bajo un sol que parecía más veraniego que otoñal, las pocas familias que quedaban en el ejido vieron con sorpresa cómo se acercaba a lo lejos una camioneta gris. Se detuvo en el último tramo de la terracería donde, en un poste de madera, se les daba la bienvenida al ejido.

La primera en bajar fue Carmen y, aunque les dijo que mejor esperaran en el coche, la vejiga de Balam hizo que tanto los Guillén como Cuauhtémoc salieran también de la camioneta. El viaje había durado más de lo previsto y, como imaginaron, tuvieron que esperar más de dos horas a que se liberara el retén de Guadalupe Tepeyac. La suerte es que Carmen, ante la sorpresa de los Guillén, consiguió que les dejaran

continuar y así pudieron seguir hasta San Quintín prácticamente solos, ya rumbo hacia Tierra Nueva.

— Primera vez que lo veo —dijo Santina cuando Carmen le enseñó
la foto de Moisés—. ¿A poco es también de los que se marcharon a la
Selva?

Carmen intentó comprender a qué gente se refería.

— Así es, amiga. Se nos fueron muchos estos meses. Hasta mi prima
Elisa. ¿Puede usté creerlo? Según dicen, la mayoría son del norte, pero
también hay gente de Guatemala.

Carmen se aplastó los labios con los dedos y entendió que aquello
no tenía nada ver con Moisés, sino con los llamados neozapatistas, cuyo
campamento del sur, dedujo, no debería estar muy lejos de Montes
Azules. Le explicó que encontraron la cadena de plata en unos de los
caminos reales que cruzaba no muy lejos del Lacantún.

— ¿Yumil? —preguntó asombrada—. Hace mucho que no sé de él.
Desde que se fue a vivir a Comitán... ¿Está bien?

— Sí, todo bien —contestó Carmen que, a pesar de no llevar el uniforme, estaba dejando clara su profesión y era algo que quería evitar—,
pero él dice que estuvo aquí la semana pasada.

— Debió ser en sueños o en una de sus pedas, porque... —Santina en-
tornó los ojos y vio que, a lo lejos, se acercaban los Guillén—. ¿¡Ricardo!?

Juan respiró y, con una decisión que sorprendió a María, se acercó
hasta donde estaba Santina que, tras mirarlo como si lo viera salir de un
agujero de gusano, le explicó que era su hermano.

— ¡Ora! Primera noticia de tiempo. Pues sí que se parecen —dijo
mirando con detalle a Juan—. Ricardo ahorita está con los demás en la
milpa, por si lo buscan. ¿Y vos estás buscando también a ese chico?
—preguntó algo confusa.

María, que se había quedado detrás, se presentó y le explicó quién era
y lo que estaba pasando.

— Ish, mirá que lo siento. No sabía que era su chamaco.

Cuauhtémoc le dijo entonces a Balam que se apurara. Cuando salió
del seto sobre el que había estacionado la camioneta, se abrochó el cierre

del pantalón y, al ver que los estaban esperando, se unió al corrillo que había formado alrededor de los Guillén. Varias mujeres del ejido se acercaron para saber qué estaba pasando. Carmen les enseñó la foto de Moisés y les preguntó si lo habían visto o sabían algo.

— *Mi xna'a sb'aj ja ke'n ye'n*—contestó una mujer de ojos apagados que cargaba a su bebé en un *jitz'il* de estambre de rayas verdes y naranjas.

— Yo tampoco sé quién es, señorita —dijo otra mujer que también cargaba a su bebé con rebozo, aunque esta con un manto gris de una tela mucho menos vistosa.

Santina les dijo cómo ir a la milpa, aunque en unas horas estarían de vuelta. Juan fue el primero que pensó que sería mejor marcharse, y no solo porque no le parecía buena idea molestarles durante la cosecha, sino porque así evitaría el reencuentro, casi veinte años después, con su hermano Ricardo. Cuauhtémoc se adelantó y, aceptando una jícara de atole de granillo, se sentó en unas de las bancas. Carmen se sentó a su lado y, anticipándose a la pregunta que pensó iba a hacerle, le dijo que no se preocupara y tuviera paciencia.

— No sabes la historia del carnal de Juanito, ¿verdá? —dijo viendo cómo los Guillén comentaban algo entre ellos camino de la Casa Ejidal.

Carmen cruzó las piernas y, tomando otra jícara que le dio una de las mujeres, se dispuso a escuchar una historia que, pensó, quizá le pudiera ayudar a resolver el misterio de Moisés, ya que nadie le había contado antes una información que, en ese momento, determinó crucial; nunca imaginó que los Guillén tuvieran relación con Tierra Nueva.

— No hay mucha tela de dónde cortar, no —concluyó Carmen tras escuchar la historia del hermano de Juan.

— ¿Mande?

— Nah, cosas mías.

38

Pablo Cruz volvió a mojarse con saliva el dedo índice y, empujando con el pulgar derecho los billetes doblados de la mano izquierda, siguió contando el último fajo que quedaba sobre la mesa. Mientras escuchaba el crujido apresurado del papel, inspiró aliviado el olor a tinta y metal que tanto le calmaba y, a la vez, le hacía sentir poderoso. Con la soltura de un crupier que manipula con destreza su baraja de juego, terminó de contar el dinero con la sonrisa maliciosa de un mago que estuviera a punto de cerrar su truco final; aquella montaña colorida de nuevos pesos era la evidencia de que el acuerdo se había consumado, y lo que era más importante para él: él había sido el artífice de una venta con la que sanearía su situación económica.

Anotó la cantidad en una libreta de bolsillo y guardó todo el dinero en el maletín de piel del que nunca se separaba. Respiró apaciguado y, al levantarse de la silla, descorrió las cortinas opacas de la habitación. Encendió un purito de vainilla y observó, con una tranquilidad que echaba de menos, la irregular hilera de techos de teja que, bajo un cielo plateado que se resistía a romper en tormenta, arrastraba a los turistas de Guadalupe Victoria hacia la Plaza de los Héroes. Pablo Cruz no tenía prisa y, aunque podría haber regresado a Comitán, prefirió quedarse unos días más, como ya había hecho otras veces, en San Cristóbal de las Casas.

Pensó avisar a Teresa de que no llegaría ese día, pero pronto se arrepintió; mejor dejar pasar un tiempo y esperar a que las aguas volvieran a su cauce aunque, a veces, pensara que ni siquiera quedaba agua en aquel río. Eso le contó la noche anterior a Camila, que no solo trabajaba en el Programa de Certificaciones Ejidales de la Procuraduría Agraria, sino que había sido su confidente durante las visitas de aquellos meses y, sobre todo, su amante más regular. Aun así, dilucidó mientras observaba el movimiento lento de las nubes grises, haberle contado que las cosas no estaban bien con Teresa no había sido una decisión muy acertada; complicaría aún más su relación con Camila, ya que quizá podía entender, sospechó, que había esperanzas de que pudieran estar juntos de otro modo. Pablo no quería sentirse mal, ni hacerle daño, pero tampoco podía prometer algo que no iba a cumplir, ni con ella ni con ninguna otra que no fuera su mujer, se dijo, aunque se sentía en deuda con Camilia; sin su ayuda, no habría conseguido hacer los trámites con los ejidos ni hubiera sabido cómo convencer al resto de socios.

Intentó no pensar mucho en aquello y, viendo que aún tenía tiempo de sobra antes de la comida, se tumbó en la cama y, apuntando con un mando a distancia que le llamó la atención por su tamaño, prendió el televisor gigante que coronaba el aparador de madera maciza.

Luis Donaldo Colosio, el secretario de Desarrollo Social del que tanto hablaban en los noticiarios, y más desde su visita a Chiapas, tomaba protesta ante las cámaras como candidato priista a la presidencia del gobierno. Pablo asintió al ver cómo Colosio demostraba su poderío retórico ante aquel público emocionado en un año en el que México estaba pendiente de un acuerdo económico que le colocaría, según los vaticinios periodísticos y empresariales, entre las economías más importantes del mundo.

— Acepto —pronunció el candidato de Sonora con empaque y solemnidad, pero con una cercanía popular contagiosa—, con el entusiasmo de un hombre de Partido, el apoyo que ustedes hoy me brindan…

Pablo se llevó las manos a la nuca y, con una postura de relajación y deleite, escuchó con interés el discurso de un hombre fotogénico que, a todas luces, sería el nuevo presidente de México.

— Soy heredero de una cultura del esfuerzo, y no del privilegio…

Pablo asintió ante la pantalla, como si Colosio estuviera ahí con él en aquella habitación céntrica de la calle Diego de Mazariegos. Sintió la calma política que debieron percibir el resto de televidentes, al saber que el gobierno de Salinas de Gortari apostaba por su mejor caballo; tras la eminente firma del Tratado de Libre Comercio, el PRI volvería a sacar músculo y liderar, como siempre había hecho desde la época de Plutarco Elías Calles, a un país que aún se resentía económicamente, pero que no había perdido la esperanza de codearse con los países más poderosos del mundo. México, se dijo Pablo con una risa tonta que le hizo gracia a sí mismo, tenía más futuro que su relación con Teresa.

Aquel año, pensó Pablo mientras Colosio arengaba en la pantalla a una multitud de militantes que escuchaba ilusionada, sería la primera vez que no pasaría las Navidades con Teresa en Puebla; era evidente que esa decisión sería el epítome de un matrimonio en caída libre que, por otro lado, nunca fue del agrado de su familia política. Y dio igual que, tras un año complicado, hubiera conseguido sanear las finanzas familiares, y hasta le hubiera dejado a ella administrar el hotel a su antojo, se dijo haciendo un balance personal de los últimos meses; no sentía el apoyo de su mujer quien, desde que surgieron los problemas con las tierras ejidales, le dio la sensación de que defendía lo que, para él, era el bando enemigo.

El sentimiento que acompañó a Pablo Cruz desde que sus hijos se fueron a estudiar a Puebla y le dejaron claro que ya no volverían a Chiapas era el mismo que sentía con Teresa cuando hablaban de aquellos temas: traición. Una traición en toda regla, pensaba, que hacía que todo se complicara más de lo necesario. Esa era la razón, se dijo, por la que le encantaban aquellos encuentros con Camila, aunque como le confesó a uno de sus socios durante aquellos días, no estaba pasando por un buen momento.

—¿Así que andás estos días con tu capillita?

—Ahí vamos, sí, pero...

—¿Pero qué?

—Pues ya sabes cómo va esto, Lalo; si conocen a tu iglesia, a la primera de cambio, se proclaman catedrales.

—¿En esas estás?

—Si yo te contara...

Aun así, estar con Camila le gustaba. No porque estuviera enamorado de ella ni sintiera una pasión que, por otro lado, ya no era más que un vago recuerdo de otra época más joven y entusiasta, sino porque ni discutían ni tenían problemas, más allá de tener que planificar bien las citas y mantener la discreción lógica que requería aquel tipo de relaciones. Por eso, cuando despertó esa mañana y notó la espalda desnuda de Camila sobre su regazo, rompió, sin querer, una de las condiciones que se prometieron desde que comenzaron aquel *affaire*. Haber hablado de forma tan clara sobre Teresa podría llevar la aventura a otro estadio del que, ni él quería ni Camilia se había planteado hasta que supo que estaba a punto de divorciarse.

—Lo siento mucho, Pablito —le dijo Camila esa mañana con ese tono cantarín de voz costeña que le hacía olvidarse de las habituales peleas en Uninajab.

—No, perdoname vos —contestó Pablo intentando remendar su error—; dijimos que no hablaríamos de...

Camila le tapó cariñosamente la boca con un dedo y le dijo que no se preocupara. Pablo le agradeció las palabras, aunque sintió que había roto una regla no escrita entre ellos que, a la larga, podría jugarle una mala pasada. Aun así, Camila se levantó aquella mañana con un gesto serio que Pablo nunca había visto.

—¿Todo bien, Cami? —preguntó viendo desde la cama cómo Camilia se enchinaba las pestañas con una cuchara.

—Ya te dije, Pablito. No cambia nada de lo nuestro —mintió, por un lado porque se le estaba haciendo tarde y, por otro, porque no estaba lista aún para aquella plática.

—Siento que anoche hablé de más —dijo Pablo apoyando la cabeza sobre la espuma de la almohada.

—Tú siempre hablas de más —contestó con una mueca simpática que pretendió quitarle miga al asunto.

Camila aprovechó que aún no había amanecido, agarró su bolso y se marchó sigilosamente, como solía hacer cuando se veían.

Pablo Cruz olió entonces el perfume que aún emanaba de las sábanas. Con un suspiro triste pero tranquilo, se preparó para una cena que marcaría un antes y un después con sus socios; gracias a esa firma, no solo tendrían unos ingresos extra con los que no contaba, sino que lo convertiría en uno de los nuevos propietarios de aquellas tierras.

— ¿Y ese cura gachupín que pinta en todo esto? —dijo después en la cena el tipo del canotier café.

— ¿El de Comitán? —preguntó el socio más mayor rascándose la barba blanca—. Ni idea. Aquí en Sancris el que manda es don Samuel y, aunque nos puede molestar, ni sabe quiénes somos. De todas formas, ahorita están más preocupados con los pleitos esos de la Selva. Además, ya sabés cómo son, y más ahí —dijo señalando con la cabeza a la fachada amarilla de la diócesis que se veía tras la ventana del restorán—. Ni te preocupes, compadre; estos oyen campanas y no saben dónde.

— Si vos lo decís...

— No lo digo yo —dijo empuñando un caballito lleno de mezcal hacia el centro de la mesa—. Señores...

Pablo Cruz levantó su vasito mezcalero y, al ver las caras de regocijo de sus compañeros de mesa, sintió que, por fin, estaba recibiendo el reconocimiento por el que tanto había luchado durante aquellos años.

— ¡Habrá que echarse un hidalgo! —dijo con alegría etílica recordando las imágenes de Colosio.

— ¡Y *chin chin* al que deje algo! —bramó al unísono la mesa entera.

39

Cuando bajaron de la parte trasera del camión de redilas, uno de los encargados les recordó que, por precaución, se taparan el rostro con los paliacates rojos, aunque ese día les entregarían a todos los nuevos pasamontañas negros. La primera tropa que había llegado, celebró el nuevo cambio y, olvidándose por momentos de la disciplina militar, salió corriendo, sin mucho orden, para ocupar los mejores sitios en la explanada central de aquel campamento.

El Primer Regimiento, liderado por el subcomandante Pedro, siguió las indicaciones y ocupó la zona que les correspondía, mientras observaba, con curiosidad y emoción contenidas, cómo se distribuía el resto de columnas que, junto a los insurgentes de las tres regiones lacandonas, había llegado aquel día para conmemorar los diez años de la fundación del Ejército Zapatista de Liberación Nacional.

Todos habían escuchado las historias de los fundadores Germán, Rodrigo y Elisa y, sobre todo, las de Frank y Javier. Conocían de sobra cómo salieron de Ocosingo en el 83, en un camión parecido al que los había traído. Eran repetidas las anécdotas de las primeras noches, las más difíciles, las que durmieron a la orilla del Jataté con las pocas provisiones que llevaban y cómo, de memoria y a oscuras, pudieron cruzar a pie la cañada de San Quintín y, bajo el frío y las lluvias enloquecidas, establecerse en el primer campamento base, plagados de peligros con los que ya contaban.

Aquel año, recordaron durante el trayecto de ida, comenzó la llamada fase de *acumulación de fuerzas en silencio*. En La Garrapata se levantó, no muy lejos de donde estaban llegando en ese mismo momento las diferentes columnas, la primera piedra sobre la que se erigió aquel ejército que se reunía ese penúltimo miércoles de noviembre. El objetivo, como habían escuchado tantas veces durante las instrucciones, estaba claro: reclutar a campesinos originarios, ya que la mayoría de los militantes de las Fuerzas de Liberación Nacional eran universitarios y gente de ciudad que no conocía la realidad de la Selva. El movimiento requería entonces de esos campesinos indígenas, se les recordó, y el éxito estaba a la vista. Cientos de insurgentes de las dos Cañadas, de los Altos y de Montes Azules comenzaron a llenar la zona central del campamento, oculta y protegida milagrosamente en medio del llamado Desierto de la Soledad. Y no solo venían a celebrar los diez años del EZLN, sino a ultimar los detalles de la toma de cabeceras municipales que tanto habían planeado. Esa tarde, cada regimiento sabría cuál sería la fecha y el destino definitivos.

Los tiempos habían cambiado y el liderazgo de aquel ejército no era el mismo que en el 83. En cuanto vieron llegar al subcomandante Marcos, los insurgentes se pusieron firmes y asomaron los ojos entre los huecos de los pasamontañas, con una emoción desatada, como si estuvieran viendo una escena épica, mágica, de otro mundo. Escoltado por otros dos jinetes encapuchados, detuvo en seco su caballo y, levantando el puño a modo de saludo, hizo que todos levantaran al cielo sus armas de asalto. La pipa humeante, que salía por la rendija deshilachada de la máscara de tela, le daba una pose de bandido revolucionario. Sobre todo para los más pequeños, aunaba en un solo gesto la osadía aventurera de El Zorro y el poderío terrorífico de Camazotz, el dios murciélago del Xibalbá que se describía con tanta precisión poética en el *Popol Vuh*.

— ¡Para que salgamos en la lucha avante...!

El himno zapatista comenzó a sonar en boca de aquel centenar de guerrilleros que, por la emoción de sus rostros, se notaba que estaban listos, como una legión romana que hubiera viajado en el tiempo, para recibir las órdenes de ataque y escuchar las palabras del enigmático vocero encapuchado.

En aquella reunión, presidida por el nuevo comité donde había representación tsotsil y tseltal, chol, mame, zoque y tojolabal, se habló de los once puntos que articulaban los mandamientos o demandas sagradas que motivaban su lucha. Primero se habló de la tierra, del techo y del trabajo, con reiteradas consignas a Pancho Villa y Emiliano Zapata. Le siguió el pan, porque era un derecho que les habían quitado y una poderosa metonimia para los hambrientos. Cuando se habló de la salud, se criticó la mala atención de las clínicas de campo y lo lejos que quedaban los hospitales, que solo hablaban el castilla, así como del problema de mortandad de los niños en las comunidades lacandonas. La educación fue otro punto importante, y se insistió en la necesidad de crear en el futuro sus propias escuelas, al margen del llamado *mal gobierno*. Cuando se habló del séptimo punto, la independencia, se gritó con energía que México estaba sometida por los *gringos* y sus tratados económicos, así como las críticas a los patrones y capataces terratenientes de toda la República y, en particular, de Chiapas. Por eso era tan determinante la octava demanda que fue la que se llevó más vítores: la libertad. Las políticas del PRI y las trampas en las elecciones de Ocosingo, donde ganaron con más votos que habitantes, fueron mencionados en la novena demanda que arrancó una cadena de aplausos prolongados: la democracia. Cuando se habló de la paz, muchos escucharon en silencio mientras sostenían con decisión sus fusiles, porque entendieron que ese era el objetivo final y el que conectaba con la undécima y última petición zapatista: la justicia.

—Si un pobre agarra algo, al tambo—argumentó uno de los encapuchados desde el estrado en la última intervención—. Si un rico roba, hasta un pinche premio le dan.

Elisa escuchó con atención y asintió con la cabeza, porque sabía que aquella era una causa digna por la que, llegado el momento, estaría dispuesta a dar su vida. Jacob también lo tenía claro, aunque aún no había conseguido quitarse el miedo y la sensación de no saber si estaba a altura. Elisa, que estaba parada a su lado, le intentó explicar por qué la intérprete tardaba tanto en traducir al subcomandante Marcos.

—La palabra del Sup es muy dura. Pesa mucho, como si se le cayera. El castilla que ustedes hablan es como el de los libros.

—¿Y eso? — preguntó Jacob con interés.

— Nuestra lengua se habla con el corazón —le contestó posando la mano sobre su pecho —. Por eso a muchos les cuesta tanto hablar como vos hablás.

— Pues vos la hablás de maravilla.

Elisa le sonrió cálidamente con la mirada y, ajustándose el paliacate sobre su pequeña nariz, siguió escuchando en espera de que les dijeran lo que todos querían oír.

— ¿El 31? —se preguntó Jacob pensando por qué habían elegido el día de Nochevieja —. A las doce de la noche entrará en vigor el TLC, ¿no?

— Más bien porque empieza el Año Nuevo —le aclaró Elisa— y se cumple un katún del primer Congreso Indígena.

— ¿Eso fue hace veinte años?

— Sí pue, en el 74.

— Fue hace mucho tiempo, sí.

— Roma no se conquistó en un día, compa.

— Eso sí —contestó Jacob asimilando la magnitud de lo que estaba a punto de ocurrir—. Espero que todo salga bien.

— No lo dudes —le contestó mientras la traductora recordaba los once puntos en tojolabal—. Cuando tomemos Comitán, será pan comido. Es hora de que mande el pueblo y el gobierno obedezca.

— ¿Y a los militares?

— Les agarraremos por sorpresa.

— ¿Vos creés?

— No lo creo; lo sé. Hablarán de nosotros en los libros de historia. Tiempo al tiempo, compa —dijo Elisa con orgullo y excitación.

Jacob se quedó en silencio. No porque no supiera que aquello era una exageración, sino porque entendió la razón por la que lo decía. El compañerismo de Elisa iba más allá de cubrir turnos o compartir la ración de frijoles y tortillas cuando tocaba; siempre conseguía sacarle una sonrisa y contagiarle de un ánimo y una motivación que le habían hecho posible llegar hasta donde había llegado. Jacob tuvo claro, ya sin ambages, que lo que sentía por ella no tenía que ver con las causas revolucionarias, con haberse alejado de su familia durante aquellos meses, ni con la cobardía o el miedo que sentía ante un ataque que ya era inminente, sino con algo mucho más sencillo, cercano y, a la vez, poderoso. Un sentimiento irrefrenable se apoderó del cuerpo de Jacob y, aunque sabía que no era el momento ni en lugar apropiados, no pudo evitar decirle lo que sentía y que lo perdonara, pero no podía remediarlo. Elisa fingió no haberlo escuchado y, junto al resto de militantes que ocupaban la explanada, aprovechó el bullicio final y alzó su rifle Marlin para celebrar que, tras tantos meses de espera, aquel ejército insurgente estaba listo para tomar las cabeceras municipales de Chiapas.

Durante el camino de vuelta, Jacob agradeció llevar puesto el nuevo pasamontañas; así pudo disimular una vergüenza que no supo quitarse hasta que, horas después, llegaron de vuelta a su campamento.

— Siento lo de antes.

Elisa se bajó hasta el cuello el paliacate y, con un gesto que confundió más a Jacob, le dio un beso en la mejilla.

— Compa, lo que me decís es bien bonito. Cuando pase todo, si querés, platicamos, pero ahorita no.

Jacob no dijo nada, aunque no comprendió bien por qué le cambiaron a Elisa aquella noche los turnos de guardia. Cuando apareció su nuevo compañero, preguntó si sabía a qué se debían los cambios de centinelas. El chico, que tampoco sabía por qué le cambiaron a él de regimiento, no supo qué contestar. Supuso que, al quedar tan poco tiempo, estarían ajustando las posiciones de todos. Jacob asintió, aunque sin estar muy convencido, y le invitó a tomar asiento. El chico dejó su escopeta apoyada en la roca de vigilancia. Se llevó la mano a la visera verde que llevaba puesta y, tendiéndole la mano con una formalidad militar que a Jacob le pareció excesiva, se presentó y le pidió disculpas porque su español no era muy bueno. Jacob le dio la mano y, ante la sorpresa del chico que respiró aliviado, se presentó en el poco tojolabal que había aprendido de Elisa durante aquellos meses. Al hacerlo, sintió por primera vez que era quien decía ser.

— *Ja jb'i' ili ja Jacob.*

40

Cuauhtémoc no pudo pegar ojo. El aullido de los perros y el viento de muertos estuvieron azotando las ventanas toda la noche. El frío de la calle se había colado en la casa y no había manera de calentarla. Tuvo que esperar a que amaneciera un sol extraño que parecía haber confundido las estaciones. La cama deshecha, poco a poco, fue iluminando el tigre estampado del cobertor de San Marcos. Cuauhtémoc, parado frente al espejo del baño, seguía peleándose con el nudo de la corbata. Hacía tiempo que no se ponía aquel traje negro y, cuando lo hizo, comprobó el inexorable efecto del paso del tiempo. Al estirar los brazos vio cómo las mangas apenas le alcanzaban las muñecas y, por mucho que insistiera, no había manera de cerrar los botones más bajos. Esperó a que las lágrimas pararan y, dejando de oler el espliego y el membrillo con el que perfumaron la casa el día anterior, se frotó los ojos hinchados con la manga del saco, suspiró una vez más y emitió un sonido quejumbroso de acordeón desafinado.

Aún era pronto, pero Juan y María seguían esperándolo en la calle. Estaban sentados en la banca donde siempre se sentaban, frente a la gran ceiba que ese día parecía más grande de lo normal. Cuauhtémoc se sentó en el hueco que quedaba libre y, evitando el abrazo de los Guillén, alzó la vista y miró las ramas altas de aquel árbol centenario, como si no los conociera. María detuvo con una mano la pierna de Juan; había hecho el amago de levantarse, pero entendió que era mejor dejarle su tiempo y, también, su espacio.

Cuando Rosita bajó del taxi, la mirada de Cuauhtémoc se fue directa hacia la puerta por la que bajó Yalit. Con un rictus de tristeza adulta, arrastraba su cansancio con un pequeño traje gris de tela. Cuando pasó por la banca donde estaban, bajó la mirada dejando claro que no quería hablar con nadie. Rosita se disculpó y les dijo que los vería después.

Al entrar en la iglesia, les sorprendió que hubiera menos gente que durante el velorio. El padre Unai subió al púlpito y, con una pesadumbre que desconcertó a Cuauhtémoc, comenzó la homilía sin muchas ganas, como si estuviera restando importancia a los versículos que hablaban de la resurrección y la vida.

— El que cree en mí, aunque esté muerto, vivirá.

Cuando dijo aquello se quedó en silencio tras el ambón y, como si hubiera despertado de un extraño letargo, fue consciente de la trascendencia que tenía lo que acababa de pronunciar. Cuauhtémoc lo miró fijamente y esperó a que continuara, aunque los ánimos no estaban para escuchar ningún sermón y, menos, si de quien se estaba hablando era de alguien al que el padre Unai no había conocido lo suficiente.

Rosita no dejaba de secarse las lágrimas mientras que Yalit, para sorpresa de todos los curiosos que miraban de reojo hacia la primera banca, mantenía la mirada fija en el féretro que presidía el pasillo central. La tarima del presbiterio estaba repleta de lirios y nochebuenas y el olor floral se mezclaba con el de la madera del templo. Yalit miraba aquel cajón rectangular de pino con una mezcla entre lástima y rencor. Como si no quisiera aceptar que quien estaba ahí dentro era Yumil.

El padre Unai guardó silencio y, sentándose en la sede con una lentitud preocupante, dejó que se fueran acercando para que, quien quisiera, se formara en una fila para despedirse antes de salir hacia el panteón. María, que había estado casi todo el tiempo arrodillada en el reclinatorio, fue de las primeras en levantarse. Ni Rosita ni Yalit se movieron del sitio. Cuauhtémoc se quedó sentado con ellas intentando demostrar una entereza que no tenía, y mucho menos cuando empezaron a sonar las primeras notas del *Adagio* de Albinoni. Alzó la vista para ver de dónde sonaba la música. Al levantar la cabeza, su mirada se volvió a cruzar con la del padre Unai. Saludó bajando lentamente las pestañas y, empujado por la profundidad de los acordes aplacados del órgano, bajó la cabeza y, al ritmo de las melodías lúgubres de las cuerdas que empezaron a empujar la armonía fúnebre, lloró la muerte de su compadre como si fuera la suya propia.

Yalit le tendió su pequeña mano y, al agarrarla, la apretó con la misma impotencia con la que sostuvo la de Yumil cuando comprobó que su amigo se despedía de él para siempre. María y Juan volvieron a su sitio y, haciéndose un hueco en la banca, se sentaron en silencio junto a Cuauhtémoc. Teresa saludó a los Guillén y María, que no tenía muy claro qué hacía aquella mujer en la iglesia, le devolvió una mirada fría que se templó cuando vio que Pablo Cruz no estaba. En su lugar, algo incómoda por la situación, estaba Mayra.

—Qué raro que no estuviera don Pablo. ¿Y esa quién era? —preguntó luego María a Juan camino del cementerio.

—Será una su prima o así, ¿no? —supuso Juan sin mucho interés.

—Es una escritora que vive en el hotel —dijo Balam ante la sorpresa de su madre—. César me dijo.

—¿Cuál César? —preguntó María abriendo la ventanilla del taxi que seguía el cortejo fúnebre.

—El hijo de José Alberto.

—¿José Alberto?

—El que trabaja en el hotel, ma.

—Ah, el chavo ese de Guatemala.

—Sí, ¿por?

Cuauhtémoc, que iba sentado en el asiento del copiloto, se dio la vuelta y preguntó si sabía quiénes habían venido de Tierra Nueva.

—Yo no vi ni a Santina. Supongo que fueron directos. O no pudieron venir. Si la carretera sigue bloqueada... —contestó María viendo el atasco que había en la Tercera Poniente Sur—. Lo que sí me pareció extraño es que no viniera Ricardo.

—A mí me pareció un detalle por su parte —contestó Juan desde su lado.

—Ahí te doy la razón, Juanito, porque... —dijo Cuauhtémoc, pero no le dio tiempo a continuar; el taxista paró en ese momento en la puerta del panteón.

—Vos, Juan. ¡Mirá qué de jutús! —dijo María al ver la entrada decorada con cientos de cempasúchiles.

— Les quedó bien bonito, sí —confirmó Juan.

Al cruzar por la gran verja anaranjada de la entrada, sintieron un golpe de frío y esa sensación de ambiente cargado tan característico de aquellas fechas. María respiró hondo y se llenó los pulmones con el intenso perfume de las flores de muerto donde, misteriosamente, se mezclan a la vez los aromas cítricos y anisados de noviembre con las fragancias de las rosas y las caléndulas, la frescura del maíz con la del epazote y hasta el olor a lluvia de la tierra mojada. Todo, en una sola flor.

— Acá le dicen Día de los Finados y luego —le explicó días antes Teresa a Mayra cuando le preguntó cómo se celebran los muertos en Comitán —tienen el de los Refinados.

— O sea, ¿que aquí duran más de dos días?

— Uy, y hasta una semana, si les dejas. Pero no lo celebran igual. Yo digo que las puertas que se abren son del Mictlán, no las de Xibalbá —dijo en voz baja con una sonrisa.

Mayra se quedó viendo el panteón. A pesar de lo que le había dicho Teresa, aún había papel picado, rehiletes que giraban solos sobre las tumbas más pequeñas y los restos de las ofrendas y calacas sobre las lápidas de la entrada. No notó la diferencia entre una cultura y otra.

— ¿A poco son inframundos distintos?

— Que yo sepa, sí.

Gracias al colorido y la decoración de muertos, se disimulaba el evidente deterioro de los sarcófagos y las criptas del paseo principal y hacía aún más extraño aquel sepelio.

Cuauhtémoc y los Guillén se unieron a la familia de Yumil que, a paso lento, subía por la calzada hacia la sección donde lo enterrarían. A un lado, dejaron el mausoleo de José Pantaleón Domínguez, el hermano mayor de don Cleofás; la imponente cripta del antiguo gobernador Matías Castellanos Matamoros; y el viejo obelisco que estaba frente a la capilla neoclásica del famoso Belisario Domínguez donde un operario estaba pintando una de las pilastras de azul metálico. Al ver que se acercaba el féretro, dejó de trabajar y, quitándose el sombrero, mostró sus respetos como si el muerto que traían fuera el de un ilustre comiteco.

Rosita, que cargaba encima una corona de claveles y rosas blancas, se hizo a un lado y dejó pasar el coche fúnebre. Yalit ni levantó la cabeza del suelo; siguió caminando en silencio hacia la parte sur del cementerio, donde la majestuosidad barroca, neogótica y rococó daba paso a una zona de lápidas de piedra, muchas de ellas dispuestas sin mucho criterio. En una de ellas, frente a una cripta de enormes columnas de amarillo napolitano, estaba listo el hoyo sobre el que descansarían los restos de Yumil. Teresa y Mayra, que se habían quedado atrás, no muy lejos de la capilla de la familia Cruz, se apresuraron para llegar al momento del entierro.

— Entonces, ¿el hermano de Chayito no está aquí enterrado? —le preguntó en voz baja recordando el último capítulo de *Balún Canán*.

— No tengo ni idea. Luego buscamos pero, según yo, creo que no.

El padre Unai se frotó las manos para quitarse el frío y se dispuso a pronunciar las últimas palabras, antes del rezo final. Aun así, y a diferencia de otras veces, no consiguió pronunciar un discurso coherente; habló sin mucho brillo y, como si fuera el padre Efraín quien estuviera supliéndole, llegó a torcer el gesto y evidenciar que aquello no estaba bien.

— Allí detrás lo tenéis escrito —dijo refiriéndose a la capilla de Belisario Domínguez—: el mundo está pendiente de vosotros, ¿no?

Carmen avisó a Lolita con la mirada de lo que estaba pasando y, como si fuera la apuntadora ocasional de una obra de teatro, le intentó avisar, sin éxito, de que pasara ya a la oración de difuntos; no era el lugar para aquellas palabras. Los operarios recibieron el aviso de la tía de Carmen y manipularon el ataúd para colocarlo bajo tierra. En ese momento, Santina se acercó y, ante la mirada de todos, echó un puñadito de polvo de cinabrio que el viento se encargó de esparcir por la tapa. Aquel gesto, que nadie supo bien qué significado tenía, hizo que Yalit se despegara de la mano de su madre y fuera corriendo hacia donde estaba Santina.

— ¡Te lo pedimos, señor! —dijo a coro el grupo de plañideras que lideraba María.

— Para que se libere al mundo entero —añadió el padre Unai con la mirada fija en Santina que, en ese instante, abrazaba a Yalit como si fuera su propia hija— de todas las injusticias, violencias y signos de muerte...

Cuauhtémoc escondió la mirada al ver que todos se persignaban y recitaban unas consignas que no solo había olvidado, sino que le parecieron inútiles tanto en aquel momento como en la noche del velorio. El funeral de Yumil, pensó, tenía que haber sido diferente, pero fue todo tan rápido que ni tuvo tiempo para organizarlo ni, se dijo justificándose, tampoco hubiera sabido cómo hacerlo. De tantas cosas que platicaron en vida, pensó Cuauhtémoc mientras cubrían de tierra el hoyo, y nunca hablaron de qué hacer cuando uno de los dos no estuviera.

— ¡Pendejo! —se dijo en voz alta sin darse cuenta.

41

Las noticias llegaron poco después de una curiosa discusión, que nada tuvo que ver con lo que luego pasó, entre el padre Unai y el pastor Manfred. La celebración de la Inmaculada Concepción de aquel día no solo era confusa para él, sino para los creyentes católicos que, según comentó Manfred mientras jugaban la partida de los miércoles, equiparaban el milagro del nacimiento de Jesús con el de María. El padre Unai posicionó con decisión el peón blanco sobre el tablero y le recordó que muchos feligreses sabían la diferencia y conocían de sobra la historia de San Joaquín y Santa Ana.

—Santiago lo deja bien claro, Manfred: Ana era estéril y el nacimiento de su hija fue también un milagro.

—Por favor, Unai. Ya sabes lo que pienso sobre los libros apócrifos. Además, si para ustedes tampoco son canónicos, ¿no?

—Nunca entenderé qué problema tenéis los protestantes con la virgen, amigo —contestó resguardando la reina ante el ataque del alfil negro—. Ya sabes lo importante que es para nosotros, y aquí en México, ni te cuento. Te recuerdo que este año el 12 cae en domingo, así que...

—¿Así que qué? Venga, Unai. Que sabes de sobra lo que pienso. ¿El milagro guadalupano? ¡Por favor! Ya hemos hablado otras veces de eso. Mira que tenían por aquí nombres para elegir y deciden ponerle uno español, vaya por Dios.

—Eso fue mucho después, Manfred. Según el *Nican Mopohua*, su nombre era Coatlaxopeuh —dijo pausando mucho las sílabas—. De *coa*, serpiente y...

—Sí, sí. La imagen nauha de aplastar la serpiente es muy recurrente pero, compañero, reconoce que la coincidencia con el nombre de Guadalupe... —dijo marcando mucho las sílabas—. Eso es cosa de los conquistadores. En náhuatl, como tú bien sabes, no existe ni la letra ge ni la de. Además, ellos adoraban a la madre de Quetzalcóatl.

— ¿A Tonanzin? Los mayas no creo, Manfred.

— Los aztecas también los conquistaron aquí, Unai. Tú conoces bien los textos de Fray Bernardino de Sahagún. Además —dijo enrocando su rey negro ante la hábil respuesta del padre Unai—, si somos cristianos, es porque seguimos a Cristo, no a su madre. Tampoco es tan difícil de entender.

El padre Unai sonrió dándole amistosamente por perdido, pero manteniendo esa calma ecuménica que tanto practicaba y de la que, por otro lado, disfrutaba como el que más.

—Es más, si me apuras —continuó Manfred mientras esperaba su turno—, tampoco hizo gran cosa la pobre. Que tuvieron a la niña encerrada en el templo hasta los doce años, y luego la casaron con un carpintero de Belén que podía ser su padre, por favor.

— Sin ella, Jesús no hubiera nacido, Manfred —dijo el padre Unai con seguridad mientras centraba su atención más en el tablero de ajedrez que en la discusión teológica.

Manfred, que rara vez se daba por vencido, recitó de memoria un versículo de Juan para convencer al padre Unai de que la Biblia era un texto intocable.

— Eso que dice San Juan se refiere al texto del Apocalipsis, Manfred. No a toda la Biblia. Vosotros sois lo que hacéis interpretaciones libres.

— ¿Y también me vas a decir que cuando Moisés nos dice en Deuteronomio que no quitemos ni añadamos una sola palabra del texto se refiere solo a los Mandamientos?

— Tú lo has dicho —dijo cerrando la jugada con la torre—. ¡Jaque!

— La única mención que hay en la Biblia sobre los abuelos de Jesús está en Lucas —insistió Manfred protegiendo al rey con un peón negro—, y el abuelo se llamaba Elí, como bien sabes.

— Helí, Eliaquim, Joaquín...

— Ahí te gané, Unai —dijo acercando un peón hacia el caballo blanco—. Si fuera el mismo, José y María serían hermanos. ¡Elí era el padre de José no de María!

— Cómo te gusta marear la perdiz, Manfred —dijo sonriendo mientras decidía dónde colocar el caballo que sostenía en la mano.

— No te creas. Ustedes son los que siguen adorando ídolos de madera —dijo mirando el gran crucifijo de la sala.

— No empieces, que ya sé por dónde vas.

— Lo que quiero decirte es que... —Manfred acorraló al rey blanco con un movimiento de torre que Unai no supo ver—. ¡Jaque mate!

— ¿Mate? —preguntó observando la posición de los trebejos sobre la esquina del tablero—. Creo que no. Déjame ver...

En ese momento, llamaron a la puerta y, como ya era habitual cada miércoles, la partida de la semana se quedó a medias. Afuera, esperaba Félix Alberto Ocampo con una cara de consternación preocupante. El padre Unai lo miró con perplejidad. El seminarista se aflojó el alzacuello de plástico y, tragando saliva, batió la cabeza en señal de que traía malas noticias.

— ¿Todo bien, Ocampo? —dijo invitándole a pasar.

— ¿Ya se enteraron de lo de Escobar? —preguntó quitándose el abrigo y buscando un lugar donde dejarlo.

— ¿Qué Escobar?

— ¿Quién va a ser, Manfred? Pablo Escobar, el de Colombia. Lo ejecutaron al vuelo en su propia casa.

— No sabía —dijo el padre Unai—. Pues menos mal que aquí ya detuvieron al Chapo, porque si no... Ay, qué mundo. Pero cuenta, cuenta. ¿Qué ha pasado?

— Pues justo de eso quería platicarles, pero no sé si... —dijo bajando la voz—. Ya saben...

— Puedes hablar, Félix. ¿Qué ocurre?

El catequista tabasqueño les contó lo que había escuchado y, aunque no había conseguido saber el cuándo ni el cómo, les confirmó que el grupo zapatista, el mismo que a principios de año había levantado aquel ejército, se había reunido durante aquellos días y tomado la decisión de atacar las cabeceras municipales.

— Les recuerdo que hoy se firma el TLC —explicó Ocampo mirando por la ventana—, así que puede ser en cualquier momento.

— ¿Cómo que en cualquier momento? —preguntó el padre Unai aterrado.

— Ya es un hecho, padre: bajarán de las montañas y Comitán es uno de los objetivos.

— ¡Virgen santísima! ¿Y no hay manera de retomar el diálogo? La semana pasada misma estuve con los del Frayba y parece que habían llegado a un acuerdo con ellos, ¿no?

— Fueron meridianamente claros —le aclaró Félix Alberto—; ahorita no quieren saber nada de nosotros, y menos de don Samuel.

— O sea, que no nos relacionen con ellos —sugirió Manfred —. Al final, Truman tenía razón.

— No sé, pero tenemos que hacer algo, padre, aunque sea avisar a…

— ¿A quién? ¿Al ejército mexicano? —interrumpió Manfred con un sarcasmo que no provocó el efecto que buscaba.

— Me refería más bien a la gente —le explicó Félix Alberto bajando la voz a propósito—. Por lo menos, que estén preparados para guardarse en sus casas cuando llegue el momento.

— Pues no es mala idea, no —dijo el padre Unai.

— ¿Pero estamos locos, señores? —dijo Manfred algo irritado—. ¿Cómo van a avisar a la gente de algo así? ¡Santo cielo! ¡Qué disparate!

— Pues algo habrá que hacer, Manfred —sugirió el padre Unai sin saber muy bien qué hacer.

Hubo que esperar hasta la tarde para que el padre Unai reaccionara. Pidió quedarse solo, como siempre hacía cuando tenía que dilucidar algún asunto complicado. Este lo era. Y más, por la creciente sensación de culpa que, aunque no quisiera, no podía quitarse de encima. Durante muchos años, él había sido de los primeros en apoyar a las comunidades indígenas. El trato que recibían no era justo. Eso nadie lo dudaba.

Y es cierto también que él mismo les incitó durante aquellos años a unir fuerzas y rebelarse, pero no de aquella manera. O él se explicó mal, pensó, o ellos no lo entendieron bien. Todo el trabajo que había conseguido el padre Samuel en Chiapas, pensó recordando los años que trabajaron juntos, se desvirtuaría en cuanto vieran a las comunidades armadas. En aquella lucha, se dijo dando vueltas por la sala para pensar mejor, las armas debían ser las palabras. Además, la sensación de que se habían aprovechado del trabajo de la diócesis durante todo aquel tiempo para organizar su propio ejército era algo que no acaba de entender. El padre Unai se quedó parado en la ventana y, ajustándose los lentes de carey, observó cómo el viento agitaba las ramas del árbol de nambimbo, no muy lejos de la talabartería de Cuauhtémoc que, durante aquellos días, seguía con sus puertas cerradas. Entonces fue cuando vio cruzar por el Parque de la Corregidora a Carmen y a su tía Lolita, en dirección a la Casa Parroquial.

— Padre, se olvidó de nosotras, ¿verdá? —dijo Carmen agitando la bolsa de panes en señal de bienvenida.

— Pues de hecho justo ahora estaba pensando en ti —le dijo abriéndoles la puerta.

— Uy, pues no sé yo si eso será bueno o malo —dijo doña Lolita risueña mientras se ajustaba el fichú negro que le cubría los hombros.

— Nada malo, mujer. Ya sabe lo pienso de su maravillosa sobrina — Carmen no pudo evitar sonrojarse—. Pero no les voy a engañar: se me olvidó por completo que habíamos quedado en vernos. Uno ya tiene una edad...

— ¿Cuál edad, padre?

— El tiempo no perdona, Carmencita, pero sí. Una disculpa; hoy fue un día complicado.

— ¿Qué pasó, padre?

— Nada, que esta mañana llegó Félix Alberto y no trajo muy buenas noticias, la verdad.

— ¿Ese es el cura nuevo de Guadalupe?

— El mismo, sí.

—Son tiempos difíciles, padre —dijo Carmen sentándose en el sofá de piel junto a su tía—. Cuando estuvimos en Tierra Nueva, me di cuenta de lo mal que están las cosas.

—Me cuesta creer que no encontraran a Moisés.

—Si pasó por allí, como si fuera un fantasma, vaya. Un misterio. Yo creo que lo de la cadena se lo inventó el pobre Yumil, aunque ya nos quedaremos con la duda. Por lo menos, parece que la cosecha de ese año les fue bien.

—Gracias a Dios, porque ya está todo fuera de control.

—Lo dice por lo de los zapatistas, ¿verdá? —preguntó doña Lolita—. Por lo que anda usté preocupado, digo.

El padre Unai afirmó con un gesto de derrota y tristeza evidentes. No dijo nada más. Les dio la espalda y se quedó viendo en silencio el cuadro de Fray Bartolomé de las Casas, como si aquel retrato fuera el único lugar donde pudiera encontrar consuelo. Carmen no supo qué decir, pero entendió que poco podían hacer ya, salvo esperar un milagro de última hora.

—Agarrá un tu pancito, padre. Le sentará bien, que seguro que hasta se olvidó de comer.

El padre Unai sonrió sin muchas ganas y abrió la bolsa que le habían traído y escogió un pedazo de marquesote. Antes de llevárselo a la boca, miró aquel trozo de pan dulce y se acordó de los Guillén y la promesa que les hizo.

—No se preocupe usté tanto, padre. Verá cómo al final se arreglan las cosas. Usté sabe mejor que nadie que no es un problema que tengamos solo en Chiapas. Tarde o temprano, llegarán a un acuerdo y todo se resolverá.

—¿Negociar? ¿El gobierno de Salinas?

—Además, son gente pacífica —dijo mordiendo una costra de pan, obviando su pregunta—. Usté trabajó muchos años con el *Tatik* y, como todos saben, los indígenas de Altamarino hablan maravillas de usté.

El padre Unai recordó entonces cómo fueron los primeros años junto al obispo Samuel Ruiz. Fue una época compleja que llegó a enfrentarles hasta con el Vaticano, pero que supuso un antes y un después tanto para los indígenas como para la diócesis de Chiapas. El padre Unai rememoró los años en Ocosingo, en San Cristóbal y, por supuesto, los que estuvo en Altamarino donde pudo trabajar hombro con hombro con la primera generación de tuhunules. *Trece años ya*, se dijo viendo otra vez el retrato de Bartolomé de las Casas que presidía su escritorio, como si buscara la aprobación del fraile sevillano. Y sí: aquellos años pasaron por su cabeza a toda velocidad y, aunque era algo que quizá se pudo haber intuido desde hacía tiempo, nunca imaginó que se llegara a una situación como aquella. Si en vez de haber aceptado el traslado a Comitán hubiera optado por quedarse en el Frayba cuando le ofrecieron el puesto, pensó, quizá hubiera podido hacer algo y no tener aquella irritante sensación de impotencia.

—Además —concluyó doña Lolita con la boca llena—, eso que dicen de que están armados, no hay quien se lo crea.

A pesar de haber estado escuchando de espaldas a ellas, el reflejo de la ventana lo delató. No fue su idea, pero arqueó las cejas y, torciendo la cabeza hacia un lado, frunció los labios en cuanto escuchó aquello. Carmen entendió lo que estaba pasando; los rumores sobre un inminente levantamiento armado eran tan reales como el pan de San Cristóbal que estaba a punto de meterse en la boca.

42

Al girar la llave, una cortina de agua caliente empapó el cuerpo desnudo de Mayra. Cerró los ojos y sintió el chapoteo sobre su cabeza hasta que la presión fue disminuyendo. Cuando se aclaró el jabón que aún le resbalaba entre las piernas, ya estaba demasiado fría. Mayra salió de la ducha y frotó el espejo con una mano; aún seguía empañado. Se aplastó el arco de su gran nariz y, acercándose al cristal, se miró a los ojos. Al principio, no se reconoció en el reflejo. Por eso, hizo una mueca infantil con los labios, como si con esa burla especular volviera a enfocarse su rostro y el espejo le devolviera la imagen que ella esperaba. Aquel gesto le hizo recordar a la niña que jugaba con Fernanda que, a pesar de los años y la experiencia, seguía intacta bajo una piel madura, ligeramente bronceada. Por alguna razón que iba más allá de las trampas ópticas de ese espejo antiguo, aquella mañana, el color privilegiado de su piel le pareció entonces extraño, molesto, como si la mujer que estuviera viendo no fuera ella, sino la Mayra de ficción que había estado esperando tanto tiempo el momento de salir a la superficie. Aplastó las yemas de los dedos en el espejo y, cuando tocó el cristal frío, con la mirada de quien acaba de tener una idea magistral, comprendió que había llegado el momento de liberarla.

Aquellas Navidades fueron las más extrañas de su vida. No tanto porque había sido una fecha que, si hubiera podido, la hubiera arrancado de los calendarios, sino porque sintió que se abría una etapa, antes inimaginable, desde que Teresa le hizo aquella propuesta. No serían muchos días, y sabía que la situación con Pablo era compleja y no quería entrometerse, pero haberse quedado ella a cargo del hotel durante esa semana, le hizo darse cuenta de algo que jamás imaginó cuando pisó por primera vez el hotel de los Cruz.

Nunca contó con quedarse tanto tiempo en Comitán, pero haber encontrado un lugar con tanta tranquilidad era, precisamente, lo que buscaba y ya no tenía tan claro por qué volver a una ciudad caótica que ya la sentía lejana, como si, en vez de meses, hubieran sido años. Vivir en un pueblo donde no pasaba nada, pensaba convencida, se convirtió sin querer en un plan perfecto; ni en sueños lo habría imaginado. Aun así, cuando Teresa le planteó la idea de trabajar con ella, pensó que era una broma.

— ¿Yo? —preguntó cuando escuchó la oferta.

— ¿Y por qué no? Conoces el hotel mejor que nadie —le dijo Teresa días atrás.

— Es mucha responsabilidad.

— Lo digo en serio, Mayra. Me harías un gran favor.

— ¿Lo dices en serio?

— Totalmente.

— Pues no se hable más —sentenció Mayra sin medir muy bien las consecuencias de aquella decisión.

Cuando le dejó las llaves aquel día y le entregó el libro de cuentas, fue consciente de lo que acaba de suceder. Aquella invitación fue una prueba, se dijo al espejo con determinación, para saber si aceptaba o no aquel ofrecimiento tan inesperado. Mayra, de todas formas, ya conocía de sobra el funcionamiento del hotel. Además, era evidente que sentía algo especial por Teresa y, aunque no supiera cómo expresarlo ni tuviera claro cuál podría ser la reacción de ella si lo verbalizaba, sentía que había llegado el momento de ponerle nombre a lo que le estaba sucediendo.

— ¿Nueve meses ya?

— Como lo oyes, Fer —se contestó a sí misma.

Recordó entonces la Navidad del 88 en la Cineteca Nacional. La coincidencia de que *El secreto de Romelia* fuera la película que proyectaran en el Cristóbal Colón que la trajo a Comitán, quizá fuera una señal que ya era momento de aceptar. No fue tanto la historia o la casualidad de que el personaje se llamara Román, sino lo que pasó pocos días después. Aquel año, la historia con el hombre con el que estaba a punto de prometerse llegó a su fin. Y no había nada, como le dijo entonces su hermana Fernanda, que pudiera detenerlo; Mayra entendió no solo que él sería más feliz en Europa, sino que su sitio estaba en México y, a ser posible, lejos de los hombres.

La idea de conocer Comitán llegó más tarde. La razón tuvo que ver, sobre todo, con las lecturas compulsivas de aquellos años y con la determinación de llevar una vida diferente, lejos de la ciudad y, sobre todo, lejos de una vida que no era la que quería vivir. Empezar en un sitio donde nadie la conociera. Eso era. Y eso fue lo que hizo. Si estuviera viva Rosario, pensó, quizá se hubiera planteado volver al lugar de su infancia. Por suerte, se dijo convencida, la situación que vivió la escritora no era la misma que entonces, aunque Chiapas era tan complejo y diferente al Distrito Federal que, a veces, tenía la sensación de haberse quedado atrapada en un bucle temporal. Algo parecido, pensó, a lo que sucedía en la película de ese año, de la que no recordó entonces el nombre pero que tanta gracia le hizo cuando la vio, donde Bill Murray revivía una y otra vez un absurdo pero revelador Día de la Marmota.

— Fue el día del tlacuache.

— ¿Fue ese día? Vaya memoria que tienes.

Al cubrirse con la toalla, sonrió al recordar una de las escenas que ocurrían en aquel hotel ficticio. Pisó las primeras baldosas heladas y, dejando una estela húmeda por la habitación, llegó hasta la cama con la sensación de haberse levantado en un día que ya había vivido antes. No supo por qué, pero un impulso que no pudo controlar, le hizo acercase hacia la mesilla de noche para demostrar que las teorías sobre la muerte de Rosario Castellanos estaban equivocadas. Con un dedo tembloroso presionó el interruptor de la lámpara y, cuando vio que se prendió la luz y no pasó nada, más allá de que se hubiera iluminado el cuarto oscuro, confirmó lo que ya pensaba.

— Dueña, en fin, de la celda y de la triste lámpara —recitó de memoria recordando aquel poema premonitorio de la autora de *Balún Canán*.

Mayra se sentó sobre la colcha y, como aquella mujer solitaria del cuadro de Degas que presidía el salón de la casa de Román, se secó el cabello con la toalla de mano, en espera de que saliera el Sol. *Hechizo del tiempo*, recordó. Y así estuvo, silbando alegremente una vieja melodía familiar, viendo cómo los pies se secaban solos, hasta que la luz de la ventana comenzó a iluminar la habitación. Entonces fue cuando, con una sonrisa liberadora que solo ella fue capaz de entender, se levantó de la cama y apagó la lámpara de noche que tanta luz y compañía le hizo durante aquel año.

Se vistió con la primera blusa que encontró y, aún con la toalla envuelta en la cabeza, liberó la pequeña silla de caoba que estaba encajada en el hueco del escritorio. Nunca antes había sentido aquella sensación; enderezó la espalda y sintió que la que se sentaba entonces ya no era ella, sino la del espejo. Como si estuviera poseída de golpe por las nuevas musas griegas de la inspiración, Mayra volvió a sentir aquella sensación que tuvo cuando llegó. Pensó que la vida le había otorgado, por fin, una nueva oportunidad.

Colocó la primera hoja en el rodillo de la máquina de escribir y, tras posar las yemas de los dedos sobre las teclas, cerró los ojos. Tras un suspiro lento, que duró una eternidad, comenzó a escribir los primeros párrafos de una escena que sucedía, precisamente, en una habitación de hotel como aquella. La protagonista, al igual que Mayra, estaba sentada frente a una vieja máquina de escribir.

43

Un fantasma de vapor de agua recorrió lentamente los Altos de Chiapas. Cuando rompió la barrera montañosa de la Selva Lacandona, fue tragándose todo lo que encontraba a su paso. La espesa niebla avanzó desde Ocosingo y, poco a poco, fue ocultando la carretera y atrapando, bajo sus garras húmedas, los vergeles y ejidos que había dispersos entre San Quintín y Guadalupe Tepeyac. Cuando llegó hasta los límites de El Reparo, la inmensa bruma hizo que los ranchos de Momón quedaran ocultos bajo el manto espeso de la última niebla que despediría aquel año.

Desde Las Margaritas se podía ver cómo la niebla se iba acercando a lo lejos, aunque nadie estaba prestando atención. Bajo la *pochota*, que era como llamaban a la ceiba del Parque Central, la orquesta seguía tocando las últimas canciones, pendientes de que llegaran las doce campanadas. La plaza estaba, como cada Fin de Año, a rebosar. Las familias bailaban las canciones navideñas con una alegría y un entusiasmo que desafiaban al frío y al poco espacio que quedaba para moverse. Sobre todo, cuando los villancicos daban paso a las cumbias y los sones chiapanecos que interpretaban las marimbas. Los hombres marcaban alegremente los siete pasos del baile, mientras que las mujeres se dejaban llevar por el vaivén de las melodías conocidas. El resto, con las manos cargadas de uvas, cotillón y espantasuegras, miraba al reloj del Palacio Municipal y contaba los minutos para la media noche.

Balam tocaba sin mirar las teclas de su marimba; no podía dejar de ver a su padre quien, animado por el ponche y la música, había arrastrado a María hacia la zona de baile. Hacía mucho tiempo que no los veía bailar así y, por un instante, hasta se olvidó de que faltaba su hermano en el escenario.

— Sigue todo igual que antes —dijo cuando llegaron.

— Se echaba de menos, sí —añadió Juan.

— Hacía un buen, sí. Hiciste bien en aceptar el cambio, Balam —le dijo María.

— ¿Vos creés, ma?

— Mejor aquí que en Comitán. Ya escuchaste al padre Unai.

Al fondo, un grupo de familias tojolabales disfrutaban desde las gradas del alboroto de aquella noche. Las mujeres, sentadas en grupo, relamían los primeros escalones con el vuelo de sus faldas rojas que se movían, con alegría, al compás de la brisa y de las marimbas. Los hombres, cargados de tamales y vasos de tascalate, veían cómo los más pequeños correteaban por la explanada mezclándose con la gente que se iba agrupando en las gradas del Ayuntamiento.

Mientras, en la sala de baile del Salón Socio Cultural se preparaban también para las campanadas. A pesar de la solemnidad del evento, y el concierto para piano de Ricardo Castro que sonaba de fondo, los invitados platicaban alegres y esperaban, con una emoción parecida a la de la calle, el momento de brindar por el nuevo año. Cuando sacaron las bandejas con las doce uvas, la mayoría se arremolinó frente a las imágenes que se estaban proyectando en la lona de la pared, y tomó posiciones. Muchos sacaron los palillos de bambú de las copas de cava y, asombrados por la presentación, fueron levantando aquellas brochetas frutales como si fueran bengalas de fiesta. Pablo Cruz se quedó solo frente a los platos vacíos de la mesa redonda. Fumaba en silencio con la vista clavada en la ventana que daba al jardín del Ayuntamiento. Era como si esperara ver a Teresa aparecer tras las gigantes hojas de las palmeras que daban acceso al recinto. En el fondo, sabía que era imposible que eso sucediera, pero el efecto de las copas le hizo pensar que sí. Incluso se convenció de que haber aceptado aquella invitación en Las Margaritas había sido buena idea. Cualquier cosa con tal de no volver a Comitán. Cuando escuchó su nombre, se dio la vuelta y, alzando sin gracia la copa de champán, saludó al grupo que esperaba su turno, con cierta impaciencia, para poder hablar con el presidente municipal.

— ¡Tres! ¡Dos! ¡Uno...!

Afuera, todas las miradas se dirigieron hacia las enormes agujas que estaban a punto de juntarse en el reloj del Cabildo. Cuando se lanzaron los fuegos artificiales, tanto los que estaban en la explanada como los que seguían en el salón, se felicitaron y entonaron los vivas patrióticos. La explosión de júbilo fue acompañada de una carga pirotécnica como pocas veces se había visto. Incluso los milicianos que avanzaban, como si fueran empujados por la niebla de las montañas, vieron cómo la pólvora iluminó el cielo desde la carretera de Sacsalum.

Jacob siguió el plan marcado y, frente a la gasolinera de entrada, se detuvo con el resto del grupo. Esperaba nervioso las indicaciones de radio; hasta que no les dieran las órdenes de entrar, pensó que aquel sería un buen sitio. Miró hacia atrás y, en espera de que la niebla los protegiera, mandó al grupo orillarse en la cuneta. Repasó el plan una vez más y, mientras el resto se hacía a un lado y ocupaba el descampado, esperaron a que llegaron los camiones con el resto de insurgentes.

Jacob se quedaría en la retaguardia, pendiente de que le llegara la orden de ataque a la tropa. Mientras el primer grupo se hacía con la alcaldía y las oficinas gubernamentales, la columna liderada por Elisa, que estaba a punto de llegar, avanzaría hasta Comitán para tomar el 24 Regimiento de Caballería Motorizado. El tercer grupo, que ya había tomado posiciones en la salida hacia Comitán, se encargaría de cortar la carretera. El resto, aprovechando el caos que se iba a generar en la explanada, esperaría la señal para entrar en el rancho de San Joaquín y tomar como prisionero de guerra a Absalón Castellanos.

Nada podía salir mal, pensó.

Jacob volvió a contar las fotocopias, que aún olían a resistol, y las repartió entre los milicianos que estaban con él en la cuneta. El cansancio en la tropa era evidente, pero las ganas de llegar y, por fin, completar su objetivo les mantenía despiertos y, en algunos casos, hasta eufóricos. Sobre todo, cuando uno de ellos comenzó a ensayar la declaración que llevaba impresa y pronto leería frente al Cabildo.

— Hoy, decimos ¡basta! Somos producto de quinientos años de luchas... —comenzó a leer un insurgente en voz alta con una emoción que fue contagiando al resto de la columna.

Su misión, en principio, sería la más sencilla de todo el operativo. Cuando vieran arder el Palacio Municipal, debía encargarse de pegar las declaraciones de guerra en todas las esquinas de la plaza. Aun así, estaban preparados para cualquier contratiempo y ayudar a la columna que lo necesitase. La coordinación era importante ya que, una vez les llegaran las noticias de San Cristóbal, les tocaría el turno a las demás. Como sabían, primero caerían Ocosingo, Altamarino, Chanal y Rancho Nuevo. Después llegaría el turno de Oxchu y Huixtán y luego, Las Margaritas y Comitán.

El grupo aguardó en silencio con las miradas puestas en el viejo radiotransmisor que, en cualquier momento, les daría la señal para entrar en el Parque Central de Las Margaritas.

La espera duró más de la cuenta. Casi dos horas.

Cuando la columna volvió a retomar el camino y llegó al Parque Central, les sorprendió que estuviera tan vacía la explanada. La entrada no fue cómo se habían imaginado, pero pensaron que era mejor que apenas hubiera gente en la calle. Cuando supieran lo que estaba pasando, pensaban, se unirían a ellos y celebrarían la victoria.

El nuevo pelotón de milicianos cruzó la ceiba y fue directo hacia las gradas del Palacio Municipal, más que en posición de ataque, como si ya hubieran tomado la cabecera. De hecho, algunos comenzaron a pegar los carteles antes de tiempo. Fue entonces cuando se dieron cuenta de que en el Salón Socio Cultural la fiesta no había terminado.

Los primeros disparos hicieron que todos se miraran para saber de dónde venían las balas. La poca gente que quedaba a esas horas salió disparada hacia las esquinas o se tiró al suelo hasta que terminó la balacera. Los gritos que se escucharon no venían de la plaza, sino del Salón Socio Cultural.

Que hubiera tantos escoltas ayudó a que los invitados se calmaran y pudieran organizarse. Desde la puerta trasera fueron saliendo, mien tras los policías que aún seguían en la fiesta protegían la entrada del recinto. Entre el revuelo que se originó, nadie se percató de que el presidente municipal había desaparecido. Su escolta lo había disfrazado de mujer y nadie, ni siquiera los policías de la entrada, se dieron cuenta, hasta días después, de cómo consiguió salir. Pablo Cruz no tuvo tanta suerte. Se levantó del suelo en cuanto le dijeron que había que desalojar la sala, pero dudó de que fuera seguro y, en contra de lo que se le pidió, se escondió debajo de la mesa, sin saber que no había sido el único en tener aquella idea. Y no fue hasta que escucharon las sirenas de la policía, hasta que los que se habían escondido entendieron lo que acaba de suceder.

— ¡Cayó el Sup!

Al subcomandante Pedro ni le dio tiempo a entrar; se desplomó en suelo, justo frente al balcón del Palacio Municipal. Los caprichos del azar quisieron no solo que fuera abatido por un campesino que apareció de la nada por detrás de la ceiba, sino que su cuerpo quedara postrado bajo la escultura de Benito Juárez.

44

A Daniel lo despertó aquella mañana el ruido de un helicóptero de ataque. La aeronave sobrevoló el campamento a toda velocidad. Agitó las copas de los cedros y levantó una polvoreada ante sus pies, como si hubiera pasado un huracán o la Tierra estuviera temblando. Al salir de la cabaña, alzó la vista hacia el cielo y, aún con el sueño en el cuerpo, tuvo que frotarse los ojos para entender lo que estaba pasando. Al helicóptero le siguió el rugido aerodinámico de una avioneta monomotor blanca. Muy parecida a esas que, según decían, rociaban químicos para destrozar las milpas de los ejidos, aunque Anna insistía que lo que hacían era justo lo contrario: lanzaban en bolsas biodegradables las llamadas moscas de la fruta. Moscas macho, le dijo aquella vez, que habían esterilizado para, precisamente, atraer a las hembras, controlar la reproducción y nivelar así el control de las plagas.

Daniel siguió con interés la estela de condensación gigante que dibujó la avioneta sobre el extraño cielo despejado de aquella primera mañana de 1994. Cuando escuchó la primera detonación, se tropezó con uno de los troncos de madera y se cayó al suelo.

— ¡Por aquí, Daniel!

Anna le indicó el camino. Daniel se levantó del suelo con un miedo que no recordaba haber sentido nunca. Agarró la cámara, improvisó una mochila con los papeles importantes y salió corriendo a su encuentro. Jona les estaba esperando dentro del *jeep*. Por imposible que pudiera parecer, les explicó, con la voz trémula y un rictus descompuesto por el susto, que el ejército mexicano estaba bombardeando la Selva Lacandona.

— ¿Pero qué me estás diciendo, Jona?

— Lo que oyes, Daniel.

— Ayer tomaron todas las cabeceras y leyeron su declaración de guerra.

— ¿Pero estamos en guerra?

— Eso parece, sí.

— Vaya forma de empezar el año, ¿no?

A pesar del acelerón y de la habilidad de Jona al volante, el trayecto apenas duró unos minutos. Una furgoneta del ejército, custodiada por cuatro militares embozados, les detuvo el paso. Al pedirles la documentación, el más alto de los dos, miró el pasaporte de Daniel y, tras hablar con su compañero, le obligó a salir del vehículo con una arrogancia que estuvo fuera de lugar.

— ¿Todo bien?

Ninguno de los dos militares dijo nada. Un golpe seco en la espalda con la culata del fusil y Daniel, que seguía sin entender nada, levantó las manos y les rogó que le explicaran qué estaba pasando. De nada sirvió que Jona y Anna les dijeran a los militares en qué consistía su trabajo y que ellos no tenían nada que ver con lo que estaba ocurriendo. Sin mediar palabra, y con un nerviosismo contagioso que hizo más difícil saber cómo reaccionar, vieron cómo se llevaban a Daniel en la furgoneta con la aparatosidad típica de una detención criminal. Ellos se quedaron retenidos junto a otra pareja de militares y dos agentes del recién creado Instituto Nacional de Migración que les explicaron cuál era la situación y que por, mucho contacto que conocieran en la CONPAZ o en la Comisión de Derechos Humanos, de poco les iba a servir.

Durante la hora que estuvo Daniel en el coche, los militares no abrieron la boca. Aquel silencio fue espantoso y eterno. Hasta llegó a dudar de que fueran militares o de que lo estuvieran deteniendo. Daniel intentó frenar, sin éxito, el temblor de las piernas y, como hizo aquella vez cuando el taxista invitó a subir a un tipo extraño en el asiento del copiloto, cerró los ojos y procuró tranquilizarse.

— ¿Pero te asaltaron? —preguntó entonces Anna.

— Qué va. Luego supe que en Comitán es normal compartir los taxis, pero el susto que me dieron no me lo quita nadie. Me cagué de miedo, sí.

La camioneta avanzó a toda pastilla por el único camino de terracería que los sacaba de la Selva Lacandona y, cuando se incorporaron a la carretera federal, se dio cuenta de que estaban yendo en dirección a Comitán. Aun así, a mitad de camino, el coche se desvió y se detuvo en una tienda de campaña enorme que habían levantado a un costado de la Panamericana. Daniel se bajó del coche y, en cuanto lo sentaron en aquella silla, supo que no solo lo estaban deteniendo, sino que lo estaban confundiendo con alguien que, evidentemente, no era.

— Agarramos al güero de ojos verdes, inspector.

— ¡No inventes!

— Como lo oye, jefe.

El interrogatorio duró más de cuatro horas y estuvo a cargo del inspector Hernández, que vestía de nuevo el uniforme de la Policía Federal de Caminos. Por más que le explicó el error, no hubo manera de hacerle ver que ni sabía quién era ese tal Marcos ni tenía nada que ver con lo que estaba sucediendo en Chiapas. El inspector se encendió un cigarrillo y, envuelto en una cortina de humo, asintió con la cabeza con la satisfacción de un cazador que hubiera atrapado a un rinoceronte blanco. Esa detención, pensó el inspector mientras miraba a Daniel con una soberbia desmedida, sería la noticia del año. A su juicio, aquella captura era como si, meses atrás, hubiera detenido él mismo al Chapo Guzmán con sus propias manos. Gracias al comisario Ramos, que llegó en cuanto le dieron la noticia, Daniel pudo, al menos, aclarar el malentendido.

— Ya decía yo que me sonaba tu cara —dijo el comisario Ramos cuando lo vio—. Vos sos el fotógrafo español ese que estaba en el hotel de los Cruz, ¿verdá?

— Así es.

— Vaya historia la de ese cuate. ¿Y también estuviste en Tierra Nueva?

Daniel asintió, aunque no entendió qué tenía que ver Tierra Nueva con Pablo Cruz.

— Pobre gente.

— ¿Por?

— Según veo aquí —dijo sin hacerle caso y leyendo unas hojas que le acababan de pasar los del INM—, vos te fuiste del país hace tres meses.

—Ya le expliqué a su compañero —dijo buscando la mirada al inspector Hernández—, pero no sé si me escuchó. Cambié de planes y estuve con unos amigos en un campamento de Montes Azules.

—¿Y decís que había con ustedes un lacandón?

—Así es, pero se fue hace unas semanas del campamento.

—Ya veo —dijo el inspector Ramos—. ¿Y no avisaste a Migración?

—¿De qué?

—Pues de que te ibas a quedar más tiempo en mi país.

—No sabía que tenía avisar.

—O sea, ¿que tú pensaste que podías estar en México el tiempo que te diera la gana?

Daniel se llevó la mano al bolsillo trasero del pantalón.

—Vos, meco, ¡fiero tu modo!

—¿Cómo dice?

—Que vea yo esas manitas.

—Le iba a dar una tarjeta del hotel —se justificó—. Llame usted, si quiere, y verá que me están confundiendo con otra persona.

—Ahorita, sí, pero sigo sin entender qué hacías en la Selva.

—Ya se lo dije. Esta semana pensaba seguir mi viaje. No le estoy engañando.

—¿Hasta la Argentina? Pues las fronteras se cerraron ayer.

—¿Cómo dice?

—¿A poco no sabés lo que está pasando en Chiapas?

—Algo escuché, sí.

—Algo escuché, dice —repitió el comisario Ramos con sorna lanzando un cigarrillo al aire—. Pues me da que estarás aquí un buen rato, güerito.

—¿Cómo dice?

45

Dijeron que Comitán no se había visto igual desde la época de la Guerra de Castas. Entre 1849 y 1851 la llamada Peste del Cólera asoló a la República que presidía entonces José Joaquín Herrera y, en especial, a Chiapas. Durante aquellos inviernos de cuarentenas tan lejanos, murieron miles de personas. Comitán no se libró, aunque fue el caso más extraño; los vecinos del barrio de la Pila se salvaron, como si la epidemia se hubiera olvidado de pasar por sus casas. La idea de confinar aquella zona fue, según parece, lo que dio pie al milagro de San Caralampio. La leyenda nació de la supuesta veneración de un vecino que, tras toparse con un soldado que llevaba una novena dedicada al santo ortodoxo, decidió comprársela y pedirle ayuda al que pronto sería conocido como Tata Lampo. Aquel obispo turco terminó siendo no solo el patrón de Comitán, sino el protector de las enfermedades, pese a no haber sido incluido jamás en el santoral católico. Aun así, tanto en la variante mágica como en la sanitaria, fuera obligada o voluntaria, la explicación era la misma: la gente se encerró en sus casas y así pudo contarlo.

Durante aquellos años, dicen, hubo semanas enteras en las que Comitán se convirtió en un pueblo fantasma. Otros decían que no había que irse tan lejos, ya que en el 91 tuvieron un brote de cólera similar, aunque no tuvo nada que ver con aquellas tragedias decimonónicas, hubiera o no milagros de por medio.

Dijeron, decían, que no se había visto nada igual; aquellos primeros días de enero del 94, Comitán parecía una versión chiapaneca del Comala de Pedro Páramo. Nadie pudo haber imaginado que en aquel arranque de año la ciudad volviera a confinarse, no por ninguna enfermedad viral o un caprichoso sueño literario de muertos vivientes, sino por un estado de alarma. Una cosa eran los toques de queda. Otra muy distinta, que se cerrara Comitán y se hablara, como se habló entonces, del estallido de una guerra civil.

Por eso, cuando Jacob apareció por una de las calles del Parque Central se sorprendió tanto de que no hubiera nadie a esas horas. Las casas tenían cerradas las ventanas y, salvo por algunos pañuelos blancos que agitaba sin mucha gracia un viento desigual, no parecía haber nadie dentro. No solo el Centro Cultural o el teatro Junchavín, sino hasta las puertas del templo de Santo Domingo habían echado los cerrojos. Ver aquella plaza en silencio, sin puestos ni carritos ambulantes, fue algo tan extraño que parecía una escena improvisada de un sueño apocalíptico de Remedios Varo.

Jacob cruzó el parque con calma, intentando borrar de su mente las últimas imágenes en las que vio cómo Elisa, en sus brazos, y con una sonrisa inefable que iba más allá de la muerte, se despedía de él para siempre. Alzó la vista hacia el reloj del Cabildo y se extrañó al comprobar que las enormes manecillas habían dejado de contar las horas; aquel reloj jamás había dejado de funcionar. Ni siquiera tras el terremoto de 1902. Fue como si el tiempo se hubiera detenido. Era evidente que no eran las seis. Ni de la mañana. Ni tampoco de la tarde.

La ciudad, bajo una calma insólita, parecía estar dormida en un sueño profundo. Hasta pudo ver cómo una mariposa de cristal aterrizó sus alas transparentes sobre el poyete de la fuente de piedra, como si buscara refrescarse en el agua limpia que caía sin prisa o, simplemente, comprobar que había signos de vida en el Parque Central.

Jacob dejó atrás el templete y sintió cómo los latidos del corazón se desaceleraban con cada pisada y se iban acoplando al murmullo tranquilo y casi onírico de la fuente que, cada vez, se escuchaba más y más lejana. Salió del parque y bajó por la Avenida Central Sur. Sin perder de vista la impotente blancura de las torres neogóticas del templo de San José, recordó la última vez que pasó por allí, justo bajo el techo de tejas de la antigua casa, convertida en museo, del doctor Belisario Domínguez. No muy lejos de la esquina donde vio a su hermano por última vez.

Poco antes de llegar al barrio de San Sebastián, vio que a lo lejos se acercaba alguien que hablaba solo. Jacob se cubrió con el paliacate y se quedó quieto sin saber bien cómo reaccionar, aunque no hizo falta que hiciera nada; por los tumbos que daba y los esfuerzos que hacía por subir la cuesta, estaba claro que no era más que un borrachín o un teporocho. Al cruzarse con él, bajó la cabeza y no dijo nada. Ninguno de los dos se saludó, aunque el extrañamiento fue mutuo. Jacob ni se dio cuenta de que aquel hombre era Cuauhtémoc, y eso que pasó en ese momento por el portón donde solía estar su talabartería.

Jacob siguió su camino y, al llegar al Parque de la Corregidora, se sentó en una de las bancas, bajo la sombra de la ceiba. Todo seguía igual, salvo que aquel árbol de nambimbo parecía haber crecido demasiado durante su ausencia. Jacob respiró con decisión, cerró los ojos y escuchó el sonido de los mirlos y los zorzales que revoloteaban tranquilos sobre las jacarandas. Al abrirlos, vio que en una de las ramas se había posado un pequeño turpial. Tenía el cuerpo especialmente naranja y las diminutas alas que agitaba, como si le estuviera saludando, en vez de negras, blancas. Asintió y sonrió para sí, como si aquella ave fuera una paloma bíblica que diera por terminado el Diluvio Universal.

Jacob observó la ceiba donde su madre, años atrás, decidió enterrar su mushuc. En ese instante, creyó entender por qué su familia eligió ese árbol y no otro. Supo entonces que su vuelta tenía aún más sentido. Desde la Novena Calle Sur, alguien se aproximó hacia donde estaba sentado y, aunque él estaba de espaldas y era imposible verle la cara, sintió una necesidad irrefrenable de acercarse hacia aquella banca familiar.

— ¿Moisés?

Jacob se dio la vuelta y vio cómo María se acercaba con la cadena de plata en la mano, felizmente confusa, como si hubiera visto a un fantasma.

— ¿Sos vos?

Balún Canán tampoco existe.
Lo sé; he vivido allí.

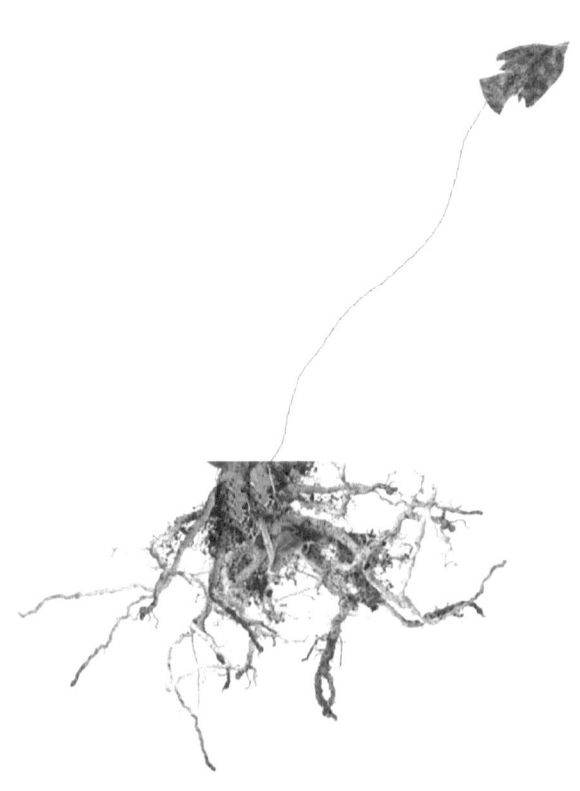

Pablo Medel (Madrid, 1978) es doctor en Estudios Lingüísticos por la Universitat Politècnica de València y máster en Literatura Comparada por la Universidad Complutense de Madrid. Asesor literario, tallerista de cursos de escritura, músico y profesor universitario, tanto en España como en México, ha publicado las novelas *El principio de Pascal* (Diente de Perro, 2016) y *La espiral esférica* (Inventa, 2019), ambas reeditadas en versiones electrónicas y audiolibros (Saga Egmont, 2022); así como el poemario *Paraíso en ruinas* (Primor, 2007) y, a tres bandas, *El tratado del aire* (Las pistolas de Jarry, 2019). Participó en la antología de cuentos *2084* (Inventa, 2016), tiene publicados varios discos con su banda Medelia y tradujo al español la primera novela de Stephen Crane, *Maggie: una chica de la calle* (Escolar, 2021). En la actualidad es colaborador habitual en la Oberta de Catalunya y profesor en la Universidad de las Américas Puebla y en la Escuela de Humanidades y Educación del Tecnológico de Monterrey.

www.ingramcontent.com/pod-product-compliance
Lightning Source LLC
Chambersburg PA
CBHW030653260626

47157CB00007B/2630